U0641522

摸金校尉之金棺伏

天下霸唱 著

北京联合出版公司
Beijing United Publishing Co.,Ltd.

图书在版编目（ＣＩＰ）数据

摸金玦 / 天下霸唱著 . -- 北京：北京联合出版公
司，2021.4（2026.2 重印）
ISBN 978-7-5596-4753-5

Ⅰ．①摸… Ⅱ．①天… Ⅲ．①长篇小说－中国－当代
Ⅳ．① I247.5

中国版本图书馆 CIP 数据核字（2020）第 243204 号

摸金玦

作　　者：天下霸唱
出 品 人：赵红仕
责任编辑：孙志文
封面设计：吴黛君

北京联合出版公司出版
（北京市西城区德外大街83号楼9层 100088）
北京新华先锋出版科技有限公司发行
三河市兴博印务有限公司印刷　新华书店经销
字数229千字　620毫米×889毫米　1/16　18印张
2021年4月第1版　2026年2月第3次印刷
ISBN 978-7-5596-4753-5
定价：59.50元

目 录

1

第一章　老鼠岭打天灯

1

您看这天底下的事儿，很难一句话两句话说明白。上下五千年，历朝历代高人不少，有的人开始并不得志，比如说韩信，那是多大的能耐？但是一出世，先受辱于胯下，到后来登台拜将，明修栈道、暗度陈仓，十面埋伏困住了霸王，直逼得项羽自刎乌江。要说韩信这辈子，真称得上跌宕起伏，脸露到天上去了，最后又当如何？未央宫被吕后所斩。韩信尚且如此，何况一般人呢？

人这一辈子，有的人是先贫后富，有的人是先富后贫，都不一样。人生沟沟坎坎，没有一帆风顺的时候。当年有这么一家大户，在地方上来说，可以说是首屈一指、富甲一方，站着房躺着地，开着大买卖，家里存了多少多少钱。当家的老爷捐过官，因此人称老员外，为人特别好，乐善好施，敬老怜贫，谁有困难让他知道了，他肯定得管。修桥补路、扶危济困、冬施棉衣、夏施药汤，家门口常年支粥棚，穷人吃不上饭的到这儿来，你说多好的东西没有，但棒子面儿粥和窝头儿管够，许吃不许带。这就不容易，不是一天两天十天半个月，常年这么干，那是多大的挑费？员外爷这人一辈子没干别的，成天尽干好事儿了，所以大伙儿都管员外爷叫活菩萨，要么叫大善人，说天底下再也找不着员外爷这么好的人了。

虽然这家的老祖先也在金殿受过封赏，但到了员外爷这辈儿，早就辞官不做，一心经商了。因为常言道"慈不掌兵，情不立事，义不理财，善不掌印"，真正的善人不愿意当官，宦海沉浮很多事情身不由己，不是说你不想昧良心不愿意干坏事就能不干的。总而言之这个人是从里到外、从头到脚、从心到肺地那么善。不过俗话说人无完人，别看这位员外爷已经是腰缠万贯的大老爷了，他自己也有烦心的事儿，什么事儿呢？没孩子！员外爷心想：你说我也没干缺德的事儿，修桥补路，吃斋念佛，我怎么就没个孩子呢？还甭说儿子，哪怕有个姑娘也好啊！怎么什么都没有呢！家中没有子嗣，以后我撒手一走，偌大的家业交给谁？不孝有三，无后为大，日后在阴曹地府见到列祖列宗，让我如何交代啊？所以说一想到这件事儿，老头儿心里就跟刀子扎一样，不是个滋味儿。老两口子坐到一块儿，也不干点儿别的，净互相埋怨。员外爷看夫人别扭，夫人看员外爷也别扭。

这天员外爷又在堂屋之中摇头叹气，对夫人说道："你别看别人都叫我大善人，可也有暗中说我的，让我听见了，你知道别人怎么说的？人家说我隐恶扬善，人前一个样，人后一个样，做好事儿都是给别人看的，并非真心为善，要是真心为善，不能没子嗣。我寻思上天有眼、神佛有灵，该让我有个儿子才是，想来想去，却该怪你，你说你跟我这么多年了，我要你有什么用？你怎么就不生养呢？还别说生孩子了，你琢磨琢磨，你跟我到现在，连个响屁都没放啊！"

员外爷一说这话，夫人就不爱听了，怎么呢？打人别打脸，骂人别揭短，夫人进门以来不曾生养，最怕别人提这个，平时下人们无意中提一句都掉脸儿。让员外爷当面一说那还得了，当时这脸色就不好看了："没孩子你可不能怨我呀！俗话说心诚则灵，要让我说，你还是心不诚，你得烧香拜佛！只有一片诚心，才能感动上天，那老娘娘才能给咱送个儿子来！"这一句话不要紧，员外爷可当真了，他是逢山拜山，逢庙拜庙，许下大愿了，为了求子，什么名山大川，挨个儿去了一遍，连花果山都去了！夫人也是一样，见了庙一定进去烧香磕头，每年还要去拜几次香，什么叫"拜香"？好比说庙在山上，夫人从山脚下开始，三步一个头直磕到山上。给庙里的香火钱也是多了去，反正甭管怎么说，心挺诚。不知道是老两口子心诚，还是赶上了，单说这年，还真得了个儿子，可把老两口高兴坏了，盼星星盼月亮，可把这儿子盼来了，老天爷保佑，神佛真是睁了眼了！

街坊四邻、亲戚朋友都来道喜，员外爷家大摆宴席，百十来张桌子把半趟街都占满了，三天三夜的流水席，甭管认识不认识的，来了道声喜，坐下就吃饭，而且是待客不收礼，和尚老道都请来给少爷念增福增寿经，那排场大了去了。员外爷这是老来得子，能不把这孩子当眼珠子吗？捧在手里怕摔了，含在嘴里怕化了，宠得是没边儿了。这孩子要什么就给买什么，想吃什么就给做什么，说你想干什么吧，只要你高兴，怎么着都行，真可以说是要星星不给月亮。他们家这位大少爷在这种环境下成长，那能学得了好吗？

后来又得过两个儿子，可都意外早夭了，仅这大儿子养住了，到了七八岁的时候，请先生到家里教大少爷念书吧，可这位大少爷哪是那材料啊？念书写字儿都不喜欢，打小一看书本就打哈欠，提起笔来就打瞌睡，不是念书的材料。老两口子宠孩子，反正家里有的是钱，不念书就不念书吧。家里面有人说了，这大少爷文的不喜欢，要不咱试试武的？常言道"学会文武艺，货卖帝王家"，到时候弓刀石、马步箭、十八般兵刃都拿得起来，练成一身的本领，有朝一日进了武科场，拿个头名的武状元，也是咱家的荣耀。员外爷觉得言之有理，又请来了专门的教师爷来教少爷，可这习武比学文还要苦，下的可都是硬功夫，还没等正经学呢，两天的马步扎下来，这大少爷就累尿了炕了，把老两口给心疼的，赶紧不让孩子练了。文的不成，武的也不好，这位大少爷整天无所事事，游手好闲，就一个爱好，什么呢？就喜欢玩！只要跟玩儿沾边儿，没有他不会的，提笼架鸟斗蝈蝈儿，听书看戏唱小曲儿，说什么东西好玩，这东西怎么玩才过瘾，全明白！简短解说，少爷一天一天长大，到了十几岁头儿上，吃喝嫖赌抽无所不通。

单说这一年，老员外岁数大了，得了场重病，这人就没了。没两年，老夫人也走了，家里大办白事，大少爷守孝，咱不提。二老这一走，大少爷就成了一家之主。二世祖没几个学好的，这位大少爷也不例外，原来爹娘都在，他还有所收敛，而今没了约束，吃喝嫖赌抽是变本加厉，为了玩那真叫坑家败产。如果说只是他一个人，倒不至于坐吃山空，奈何结交了一大群的狐朋狗友。人这辈子没有朋友那是寸步难行，那分交什么朋友，大少爷身边的这群朋友，没一个正经人，见天儿在一起无非是吃吃喝喝、花天酒地。

大少爷成了一家之主，家里的事儿一概不管，带上这伙子人，不是下饭馆儿就是上酒楼，除了吃就是喝，除了赌就是嫖，要不就是抽大烟，家里的买卖是从不过问，要说一个人挥霍，他们家有的是钱，也不至于挥霍一空，可架不住他那些朋友帮忙啊！这帮人没一个好东西，变着法儿替他挥霍家业。这个说了，窑子里新来个姑娘可不错，生得花容月貌、美若天仙，您得尝尝鲜去；那个说，十字街小梨园儿新来个小角儿太好了，要嗓子有嗓子，要身段有身段，没有君子不养艺人，您这样的谦谦君子，不得捧捧角儿去；还有人说了，得月楼从东北进了几只飞龙鸟，那味道没治了，常言道"天上龙肉，地下驴肉"，什么叫龙肉？说的可就是飞龙鸟，掌柜的说专门给少东家留了两只最肥的；又有人说了，德胜祥进了一顶海龙的帽子，要说咱这地界儿，有一位能戴得起的也就是大少爷您了。

如此这般，过了没几年，家底全败光了，祖宗根基已尽。树倒猢狲散，平时那些称兄道弟的朋友再也不上门了，家中又遭了一把天火，风助火势，火趁风行，把家中大宅烧成了一片白地。大少爷连住的地方都没了，只好找了处无主的破屋容身。想当年有钱的时候，出门从来都是前呼后拥，到什么地方都有朋友，别人可不是冲你这人，而是冲你这钱。这会儿穷了，连只耗子都不上门了，这叫什么呀？这就叫"人情冷暖，世态炎凉"。古人说得好："走遍天下游遍洲，人心怎比水长流。初次相见甜如蜜，日久情疏喜变忧。庭前背后言长短，恩来无意反为仇。只闻桃园三结义，哪个相交到白头？"

到了这个地步，大少爷才知道肝儿颤，人得吃饭呀，可这什么都不会，拿什么换饭呢？从来不学无术，四体不勤，五谷不分，挣钱的本事没有，花钱的门道儿全会，他这样的人你让他干什么去？

到后来实在活不下去了，大少爷想出一招儿！要说咱这位爷，他也并非一无是处，以前家有钱那阵子，他就喜欢玩枪，员外爷宠儿子，当初托人给他买过一杆双筒鸟铳，过去的鸟铳全是前膛装药，只能打一发。他这也是前膛装药，但是能打两响，射程也远，皇上老爷子跟前儿御林军的装备也不过如此。那位说了，这员外爷家再有钱，枪是说买就能买的？老时年间官商勾结，没有办不到的事情，弄把枪还不容易？于是这位大少爷就时不常带领一帮狐朋狗友出去打猎，还别说，这小子还真有几分灵气儿，再加上久练久熟，枪法真叫一个准。尤其好打兔子，野地里的兔子都让他打绝了，甭说兔子怕他，属兔的见了他都哆嗦。家落败之后，穷得家徒四壁，能当的东西全让他当了，仅有这杆鸟铳没舍得卖，他又会打猎，便挎上鸟铳，拎上药壶，上山钻老林子。如果打上两只兔子，留一只卖一只，卖了那只换几个钱，买酒买饭，留下那只剥了皮吃肉，兔子皮也能卖一份钱。好在他是光棍一个，自己吃饱了全家不饿，凭他这杆鸟铳，对付他一个人的吃喝不成问题。但他又是用过大钱的，不会过日子，打獾子、野兔卖几个钱，对他来说如同吃个泡茶，顷刻用完了，混一天是一天，手上一个大子儿也存不住。打猎毕竟看天吃饭，也常有打不到东西的时候，那就只好挨饿。

话说有那么一天，重阳节近，风高草枯，正是射猎的好时候。大少爷和往常一样，日上三竿才从被窝里爬出来，肚子里没食，饿得前心贴后心，天上掉不下热饽饽，想吃饭还得出去挣命，于是扛了鸟铳往山上走。他上的这座山，俗名唤作老鼠岭！外来人不知道的听了这个地名，通常会以为：既然叫老鼠岭，一准儿老鼠多，再不然是这山岭形似巨鼠。其实不然，在老时年间，老鼠岭经常有盗墓贼出没。盗墓贼偷坟挖洞，往往被称为土耗子。干这个行当，最好是父子兄弟，起码也得同宗同族，以免见财起意在背后捅刀子。据说在这山岭之中有一座古墓，说不上是哪一朝哪一代的墓了，总之是座大墓，引来很多土耗子，不知在这岭上挖出了多少盗洞，久而久之将山岭掏空了，墓里的陪葬品也都被盗走了，所以当地人将此山称为老鼠岭。

大少爷在岭上转了半天，没看见半只飞禽走兽，原以为又要两手空空了，却在此时，他这不争气的肚子拧了起来，只好钻进荒草丛中，解开裤带超度五谷轮回。那个年头没那么多讲究，有钱的用绸子擦，次等的用草纸，穷人用树枝刮两下，或在墙角蹭一蹭，怎么都能对付。且说这位大少爷，已经穷到这个份儿上了，穷讲究还不少，忙不迭从怀中掏出几张草纸，但见他"脚踩黄河两岸，手拿秘密文件，前面机枪扫射，后面炮火连天"，在荒山野岭中放了这一个大茅，蓦地里闷上心来，开口唱起了"叹五更"。俗话说得好，"女愁逛，男愁唱"，在以往来说，老爷们儿轻易不唱，好端端突然开腔唱两句，那是因为心里有愁有苦说不出。大少爷他也愁，想想以前衣来伸手饭来张口，过的什么日子？而今落到这般凄凉境地，家里边"四个破碗三个空，一个装了西北风"，一年到头，吃了上顿没下顿，几时才有出头之日？

不怕先穷后富，只怕先富后穷，混成这个样子，还不如在裤裆里拔根毛吊死算了！大少爷感叹了一番，又寻思发愁也没用，发昏当不了死，不如到岭下坑个大户，对付几块银洋，找个烟馆好好抽上两口，那才是真格的！一想到抽大烟，他骨头缝里都是痒的，过去有钱那会儿，在烟馆里有自己的包间，甭管他去不去，别人都不能用，长年累月这屋子给他一个人留着，烟枪、烟膏、茶壶、茶碗，连床榻上铺的盖的都是他专用的，单有烟馆里最漂亮的小丫鬟伺候，给他点烟倒水，还弹琵琶唱小曲儿。大少爷斜躺着那么一抽，吞云吐雾，如醉如痴，那是什么日子？天上的神仙也不过如此。他蹲在这儿正要犯大烟瘾，忽听前边荒草丛中"窸窸窣窣"一阵怪响。

打猎的一看见草动，眼珠子顿时就立起来了！他顾不上提裤子，一手拨开乱草，一手拎上鸟铳，悄悄探出头去，往前这么一看，但见一只小狐狸，正从乱草之中钻出，几乎撞在他的枪口上了。大少爷又惊又喜，常在老鼠岭打猎，却没见过几次狐狸，狐狸皮可比兔子皮值钱了！最不好打的也是狐狸，因为狐狸狡猾，远远的就会发觉有人过来，等你走到岭上狐狸早躲起来了，下套挖陷阱也没用，狐狸轻易不会上当。即使赶上时运，在近处撞见狐狸也不好打，一旦打不好打花了，狐狸皮就不值钱了。

机不可失，时不再来，大少爷根本来不及多想，心中只道了一声"好"，早知灯是火，饭熟已多时！端起他那双筒鸟铳，对准了狐狸的眼睛，手指一扣就要搂火。为什么要打眼睛，准头儿足的猎人才这么打，行话叫"对眼儿穿"，子弹这眼睛打进去，那眼睛射出来，伤损不到皮毛。这时突然有人在一旁叫了声："别打！"大少爷正在那儿全神贯注地打狐狸，冷不丁听到这么一句，直吓得他裤子落地老二横飞，急忙转过头看。原来是个老头儿，山羊胡子白净脸，六十开外的岁数，头发胡子都白了，往脸上看却没什么褶子，还真有那么几分"鹤发童颜"的意思，穿一件灰色长袍，不知道什么时候站在大少爷身后，竟连半点动静都没有。大少爷嗔怪道："大爷别捣乱，我这儿打猎哪！"老头儿对大少爷说："别打了，你看它多可怜。"说话间抬手往前一指，大少爷又扭脸这么一看，那只狐狸没跑，后腿跪在地上，两只前爪举起来，正对他下拜作揖。他当场吃了一惊，作声不得，猛地想起裤子还没提，赶紧低头提裤子，再一抬头，狐狸已经不见了。大少爷生了一肚子气，又不好发作，埋怨老头儿多此一举："狐狸可怜，我不可怜？今儿个让它跑了，我就没饭吃了！"

2

老头儿微微一笑，说道："饿不死你，你打它……"说话又抬手一指。大少爷顺着老头儿手指的方向一看，草丛中有两只山鸡，忙不迭举铳搂火。他这鸟铳是两响的，"砰砰"两枪，打下两只山鸡。如此一来，不愁今天吃不上饭了。他背上鸟铳，一手拎了一只山鸡，谢过老头儿，哼哼着山歌下了岭。一只山鸡卖钱，换了半斤高粱烧，另一只山鸡用黄泥糊熟，甩开腮帮子连吃带喝，解饱又解馋，就这么对付过去一天。从此之后，他仍在山上打猎，有的时候打得到东西，有的时候打不到东西。说来也怪，只要他打不到东西，那个老头儿就会出来，指点大少爷，或是往东或是往西。大少爷按老头儿的指点是弹无虚发，每次都能打到猎物。他对老头儿可以说是心服口服外带佩服，以为老头儿也是干这行的，是在这一带山上打猎的老猎户。问老头儿姓什么叫什么，老头儿也不说，大少爷只好以大爷相称。

有一天，大少爷又上老鼠岭打猎，转了整整一天，什么东西都没打到，也没见到老头儿，大少爷心里纳闷儿："老头儿怎么没来？一天见不着他，还怪想他的！"没了老头儿的指点，大少爷免不了空手而归，挨了一天饿，转过天来，仍不见老头儿的踪迹。他连根兔子毛也没打到，心里可就有点儿着急了。一连饿了两天，饿得眼珠子都蓝了，扛着鸟铳在岭上东一头西一头地乱撞，无意间一抬头，看见那个老头儿在前边，心说这可好了！急忙跑过去作揖："大爷，我今儿个上哪儿打去？"

老头儿指点他打了两只兔子，又问了他一句："你还敢打吗？"

大少爷说："我有什么不敢打的？只要是大爷您说的，我没有不敢打的！"

老头儿说："爷们儿，我实话跟你说吧，我找上你，一是看你枪法好，二是你们家的人八字够硬。你要是听我的，让你往后吃喝不愁。"

大少爷一听这话，眼珠子都快瞪出来了，拍着胸脯起誓发愿，一切都听老头儿的吩咐。

老头儿不慌不忙地说："我给你一个鹿皮袋子，今天半夜，你带上鸟铳和鹿皮袋子，躲在乱草丛里别出来，什么时候天上没有月亮了，会有两盏灯从岭上过，前边一盏黄灯你别打，等后边一盏黑灯过来，你对准了黑灯打！你把鸟铳里填满了药，你这不是两响的鸟铳吗？两响打不中，以后你也没机会了！无论打到什么你都别怕，一旦打中了，你赶紧跑过去，用鹿皮袋子扣住这东西，带到你家里，埋在东南角，再压上七块坟砖，不过你可别打开来看！"

大少爷越听越奇怪，问老头儿："到什么时候才可以打开来看？"

老头儿告诉他："一辈子也不能看，你先别问了，日头快落山了，你赶紧准备准备，找个地方躲起来！"

大少爷认准了一个念头，信这老头儿的准没错。他拎上兔子和鸟铳，找一片草深的地方躲了进去。当天正是农历十五，一轮明月高悬，老鼠岭上万籁俱寂。大少爷心里直犯嘀咕："大爷唬我不成？正好十五，月亮又大又圆，为什么告诉我没月亮？"他又饥又饿，想着想着睡了过去，等到三更时分，蓦地刮起一阵风，他身上一冷，霎时惊觉，睁开眼一看，风吹月落，岭上已经黑得伸手不见五指了，只听树叶和乱草让风吹得"沙沙"作响。到了这个时候，他才觉得怕上心来，深更半夜，岭上怎么会有灯？他是半信半疑，又怕一眨眼没看到什么地方有灯，瞪大了眼一下也不敢眨。便在此时，一阵狂风吹来，霎时间大树低头，小树折腰，越刮越大，地动山摇，山中走兽，虎啸狼嚎，飞沙走石，四处乱抛，那真是人怕房倒，鸟怕端巢！大少爷长这么大，从没见过这么大的风，刮得人立脚不住，真可谓"无影无形寒透骨，忽来忽去冷侵肤；若非地府魔王叫，定是山中鬼怪呼"。别看风这么大，他可没敢闭眼，眯缝着往岭上看，由东往西两盏灯疾驰而来！

两盏灯悬在半空，一盏黄灯一盏黑灯，黄灯在前黑灯在后。要说这黑天半夜的，又没有月光，何以见得是盏黑灯？其实黄灯与黑灯如同两团阴森的鬼火，一个冒着黄烟，一个冒着黑烟，来得好快，说到就到了，声息皆无。等大少爷回过神儿来，黄灯已经从他头上过去了，说话黑灯也到了。大少爷不敢怠慢，双筒鸟铳里的火药早填满了，抬手就往天上打了一枪，"砰"的一声硝烟弥漫。不过一来他胆战心惊，二来肚子里没食儿，又在乱草中躲了半宿，手脚发软，这一发鸟铳打出去，居然没有击中。大少爷这一铳放空，悬在半空的黑灯似乎受到了惊动，晃了两晃，眼瞅着就要往岭下遁去。大少爷想起老头儿说的话，他这杆鸟铳有两响，两响打不中，可再也没有机会了，说时迟那时快，他睁一目眇一目手指一扣扳机，对准黑灯又搂了一响。这一枪打个正着，黑灯立时灭了，黑乎乎的一团东西落了下来，掉在大少爷面前。他连忙张开鹿皮口袋扑上去，将打下来的东西扣住，又将鹿皮口袋紧紧扎上，黑灯瞎火的，他根本没看清是个什么东西，但觉这东西沉甸甸的，在鹿皮口袋中一动不动。

大少爷按老头儿所言，背上鸟铳和鹿皮口袋，拎了白天打的大兔子，深一脚浅一脚摸黑下了老鼠岭，到家顾不上干别的，把兔子剥皮开膛，也顾不上好不好吃了，打了一锅水，撒上一把盐，先煮了一锅兔肉汤，祭了一番他的五脏庙。吃饱了肉，喝足了汤，这才踏实下来。之前老头儿告诉大少爷，打下黑灯之后装进鹿皮口袋，不仅不能打开看，还得埋在他家东南角，压上七块坟砖。可是大少爷吃饱了犯困，再加上着实吓得不轻，他就不想再动了，顺手把鹿皮口袋塞在了炕底下。这位爷是个没心没肺的主儿，转天就把这事儿扔后脑勺去了。从此之后，他却再没见过那老头儿，但是去到岭上打猎，铳下从未落空，赶好了还打得到獐子和野猪，赶不好也能对付两只山鸡。

按下大少爷怎么上山打猎不提，再说当年有这么一个"土耗子"，乃江湖术士，左道中人，平时扮成一个火居道，以画阴阳八卦为生。书中代言，画阴阳八卦是干什么的？如今是没有吃这碗饭的了，在老早以前，有一路正一教的火居道人，会在坟中画八卦。哪一家死了人，抬棺下葬之前，必定要请来一位火居道，在坟坑之中用桃木剑沾朱砂画一道阴阳八卦符。据说这样一来，死人下到阴间见了阎王爷，不会受到责难。坟里的八卦也是一个镇物，为了避免重丧，一家之中在一百天里连死两个人，这叫重丧。有的在坟里放镜子，有的画个八卦，当成坟中镇物。

这位画阴阳八卦的火居道，虽说是个老道，其实岁数不大，顶多三十来岁，生了个好相貌，老话讲叫"男生女相"，眉清目秀、齿白唇红，阴阳道冠头上戴，云鞋水袜脚下踩，八卦仙衣披在身，马尾拂尘手中擎，背着一口桃木宝剑，还真有那么几分仙风道骨。别看这老道长得好，却不干好事，全指这扮相唬人，东冒一头西冒一头，什么地方死人了，他就去什么地方给人家画阴阳八卦；看谁家厚葬，人家前脚把棺材埋进去，后脚他就扒开坟土，偷出陪葬的钱物。此人虽然只干这等损阴德的勾当，却是个有道眼的，擅于望气。有一天从岭下路过，看出大少爷家中有东西，便找上门去，声称要在大少爷屋中降妖捉怪！

3

大少爷被他说得满头雾水，心说我穷得只有这四面墙，耗子都不进门，哪里有什么妖怪？火居道也不理会他，低头进了屋东找西找，从炕底下找出一个鹿皮口袋。大少爷这才想起鹿皮口袋开不得，正要拦挡，奈何火居道手快，已经将鹿皮口袋打开了。大少爷低头往下一看，鹿皮口袋中乃是一只玄狐。玄者黑也，玄狐就是黑狐。原来之前他打下的黑灯是这个东西，从他在岭上打下玄狐，又装进鹿皮口袋塞到炕底下，已经不下多半年了，玄狐竟似刚死的一般，身子还是软的。火居道一指玄狐说："此乃妖邪，吾当除之！"

大少爷可不傻："甭来这套，我一个大子儿没有。"

火居道说："吾替天行道，不求一文，唯妖死得其皮尔！"

换成个旁人兴许真让火居道唬住了，可别看大少爷平常不着调，好歹是大户人家出来的，吃过见过，何况他们当初也是因为一条狐狸皮转的运、发的财。很早以前，祖上便是猎户，以擅于猎狐著称，那会儿没有猎枪鸟铳，全凭下夹子、放套子、放鹰纵犬，再不然就是开弓射箭。有一年冬天猎得一只白狐，白狐皮又称"草上霜"，极为罕见。因为这种狐狸行动奇快，疾奔之际有如在草上御风而行，民间称之为飞狐，霜是指狐狸从头到尾都是白的，没有一根杂毛。飞狐通常个头儿都不大，成年的老狐也就二尺来长，一张皮子刚够做条围脖。而家祖打到的这只飞狐，身长四尺有余，膘肥体健，通体洁白，唯独嘴岔子是黑的，按迷信的说法，狐狸只要嘴岔子一黑，那就是有年头儿快成精了。并且来说，当时正值三九，正是皮毛最好的时候。

他家祖上知道这是得了宝贝，千方百计托关系找人将这条白狐皮带进宫去，献给了当朝皇帝。那位问了："给皇上进贡怎么还得托关系找人？"您别忘了，那是什么时候，过去有过去的规矩——身上没有功名，不能上金殿面君，别说普通老百姓，五品以下的官员，没有特殊的召见都不能上殿面君。皇上家那规矩多严啊！你在金殿上想抬头看一眼皇上都不行，仰面视天子等同于刺王杀驾，推出午门就斩了。所以说老百姓想见皇上更难上加难，你说是献宝，实则有意上殿行刺怎么办？谁敢给你担这个干系？因此下了血本，给一层一层的官员送礼使银子，关系都疏通好了，还要礼部演礼，教你上了金殿怎么拜怎么跪怎么说话，这才有机会上殿献宝。

老话说得好——普天之下莫非王土，率土之滨莫非王臣，皇上什么好东西没见过，还别说南七北六各省官员和番邦邻国的贡奉，单说皇宫里就有专门的造办处，想尽办法为皇上老爷子搜集天下的奇珍异宝，珊瑚的树杈按排摆、翡翠的白菜按垛摞、鸡蛋大的夜明珠按筐抬，那在皇上眼里都不新鲜，一张狐狸皮值得了什么？不过家祖胸有成竹，因为此皮除了御寒保暖之外，还有一件异处，如若有刺客靠近，原本柔软的狐狸皮毛会立即竖起，俗话说"功高莫过救主，计狠莫过绝粮"，说悬点儿，真到了节骨眼儿上，这条狐狸皮能救皇上的命。再加上花钱买通的这位大官儿会说话，说这平头百姓都心心念念为了天子安危、江山基业，何愁国朝不兴。皇上一听是这么个理儿，金殿上龙颜大悦，当场封赏，家祖从那以后成就了一番家业。

所以大少爷一听火居道这话，便知道对方存心不良，一把揪住火居道嚷嚷道："左邻右舍快拿刀来，待我把这贼道人的头卸了！"

火居道见大少爷识破了他的意图，不得不以实情相告：他自称有先天八卦印，道法非常。游历之时，曾途经一条河名唤鬼门河，但见山环水抱，虎踞龙盘，形势非同小可，此处必有大墓，怎奈古墓不在山中，却在鬼门河底，欲盗此墓，势比登天还难！以他的本领，打开墓门不在话下，不过墓中怨气太深，掏这里边的东西，只怕得不了好！所以说进古墓掏宝，非得有大少爷这条玄狐皮不可。一般的狐狸长得口锐鼻尖、头小尾大，毛作黄色，活的年头多了变为玄狐或白狐。以过去迷信的话来说，狐狸成妖作怪之事颇多，而要得道变成人形可不容易，它要吞吐日月精华炼成玄丹，活到一百年以上，洞悉千里之外，还必须躲过"九死十三灾"，活上一千年才与天相通，至此人不能制，性善蛊惑，变幻万端，又称"天狐"。大少爷打下的这只玄狐，只差最后一劫没躲过去，剥下它的皮筒子做成玄狐衣，尽可以消灾避祸，让钻古墓的土耗子穿上，才敢进这座古墓！

第二章　盗墓鬼门河

1

火居道撺掇大少爷跟他合伙盗墓，有这么一件玄狐衣，荣华富贵唾手可得！常言说"穷生奸计"，再加上大少爷也不是什么好鸟儿，听到"荣华富贵"四个字，什么仁义道德早就忘没影儿了。二人一拍即合，当下撮土为炉，插草为香，拜了一盟把兄弟。大少爷按照火居道的话，将死狐狸开膛剥皮，皮子熟好了找会缝活儿的做了一件玄狐衣。火居道说："仅有玄狐衣不成，想成大事，还要再找两样东西。"

他这个江湖术士，可不光会画阴阳八卦，一肚子旁门左道中的方术，他并不言明，只带大少爷到处乱走，一双眼贼溜溜地东瞧西看。二人走到一片庄稼地，看见老乡割了成捆成捆的麻秆儿，堆在田边地旁。其中一根麻秆儿，长得奇奇怪怪，又粗又长，比一般的麻秆儿长出四五倍还多。火居道给了大少爷几个钱，让大少爷去买下这根麻秆儿。大少爷不知道他这葫芦里卖的是什么药，想不出盗墓为何要使麻秆儿，但是为了发财，他也只好听火居道的安排，过去找种地的老乡说要买这根麻秆儿，问人家要多少钱。种地的老乡纳上闷儿了，麻秆儿全是论捆卖，本来也不是什么值钱的玩意儿，一个铜子儿两大捆，哪儿有单买一根的？别说没这么卖的，也没这么买的，你买上一捆麻秆儿可以填进灶膛生火，一根够干什么的？所以也没找大少爷要钱，让他看中哪根自己抽走。大少爷扛了这根又粗又长的麻秆儿回去，交给火居道。火居道接在手中点了点头："钥匙有了！"

大少爷一听这可稀罕，钥匙是开锁开门的，还真没见过拿麻秆儿当钥匙的。咱再说火居道得了一根麻秆儿，又带上大少爷往前走，来到一座县城，城中十分热闹，各行各业的买卖都有。虽是县治，尤胜州府。俩人转了半天，火居道指了指前面一家肉铺，对大少爷耳语了几句，吩咐他过去，买下肉案上面一个挂肉的杠子。大少爷莫名其妙，可是为了盗墓发财，他也顾不上多想了，走到肉铺跟前，抬眼这么一看，当门摆了一张肉案子，掌柜的是一个肥头大耳的山东屠户，赤着膀子，脸上身上又是油又是汗，肚子上挂了块脏乎乎的围裙，胸前露出一片黑杂杂的盖胆汗毛。掌柜的是家传的手艺，自己杀猪自己卖肉，肉也新鲜、分量还足，所以周围的人都愿意来他家买肉。这会儿，掌柜的正在使刀剔骨剁肉，累得四脖子汗流，肉案上方有一根胳膊粗细的大肉杠子，一端挂了个大铁钩子，挂起半扇大肉，看意思用的年头不短了，肉杠铁钩上油脂麻花，"嗡嗡嗡"地围了一大群绿头苍蝇，谁见了谁都觉得腻味。大少爷整整衣衫，迈步上前，同那肉铺掌柜说话。肉铺掌柜以为来了买主儿，连忙招呼："来得早不如来得巧，前半晌刚宰了一口大猪，花膏也似好肥肉！"

大少爷唱了一个诺："掌柜的，我不买肉，您这个肉杠子怎么卖？"

肉铺掌柜的打祖上三代在此卖肉，没听过不买肉却买肉杠子的，心说：这不成心捣乱吗？不免气不打一处来，对大少爷一挥手："去去去，别搅了我的买卖！"大少爷求告再三，非要买下肉杠子。掌柜的怎么也不肯卖，他家这根肉杠使了几代人了，称得上是传家宝。

大少爷死说活说，把身上的钱全掏了出来。肉铺掌柜架不住他死缠烂磨，再加上有这么个活宝在旁边搅和，肉都没法卖了，事出无奈，只得将肉杠子卖给了大少爷。大少爷扛上肉杠子，兴冲冲来见火居道。

火居道大喜："有了麻秆儿跟肉杠铁钩，再加上这件玄狐衣，何愁大事不成！"

大少爷心想："火居道当真有几分邪门，他用麻秆儿和肉杠如何盗墓？"转过天来，他们一人背了一条大口袋，怀揣千里火，分别扛了麻秆儿和带铁钩的肉杠子，来到了鬼门河边。火居道指出河中墓门方位，看看日头还在天上，告诉大少爷先沉住气，等到天黑了再下手。哥儿俩打了一斤烧刀子，买了一只熟鹅，一扯两半，一人一半，吃到十分醉饱，不觉已到三更时分，这才收拾得紧称利落，火居道披上玄狐衣，撑上一条小船下了鬼门河。大少爷在河边用长杆挑起一盏灯笼，扯起脖子问火居道："道长，墓门在何处？"

火居道往河中一指："待吾打开墓门，你切记不可出声，否则你我一世富贵，尽成画饼！"大少爷暗暗吃惊，有心要问个究竟。火居道却对他打了个手势，示意不要出声，随即掐诀念咒，取出一道黄纸符来烧了，手持那根又粗又长的麻秆儿，将麻秆儿前端伸入河中，一圈一圈地搅动起来。

说来怪了，河水让麻秆儿这么一搅，居然从中分开，卷作一个大漩涡，当中黑乎乎的一个大洞深不见底。火居道一言不发，又将麻秆儿伸进河水的漩涡之中，上上下下捅了几下，耳听"轰隆"一声，河底似乎打开了一道大石门，可是用灯笼照过去，深处漆黑一团，看不见石门的样子。大少爷两腿发抖，有心开溜，又舍不得老道许给他的墓中珍宝。只见火居道以麻秆儿捅开墓门，又握住从肉铺买来的肉杠子，将肉杠前的铁钩伸进墓门，一下一下地往上钩，他全神贯注如临大敌，口中念念有词，但是只张口不出声，脸上青一阵白一阵，额头上青筋都凸了起来。过了约莫一袋烟的时间，火居道双手使力，缓缓拽动肉杠子，好似钩开了墓中棺盖，又钩了几下，从中钩出这么一位。大少爷一看这个主儿，可了不得，身形魁伟，穿了一件黑袍，指甲不下一尺多长，脸上长满了白毛！

2

大少爷刚才是想跑没跑，这会儿想跑也跑不成了，吓得他裤裆里一热，一屁股坐倒在地。不过为了发财，他硬着头皮又从地上爬起来，挑高了长杆上的灯笼给火居道照亮儿，眼看就要把尸首从河底下钩上来了，怎知倒霉不分时候，正在这么个节骨眼儿上，忽然有人在大少爷肩上一拍，叫道："好大的狗胆！"

书中代言，来的这位不是旁人，正是肉铺掌柜的，之前大少爷找他买肉杠子，他就觉得奇怪，穿衣吃饭看家伙，屠猪宰牛卖肉的才用得上肉杠铁钩。听大少爷说自己是一个打猎的，为什么死活要买他的肉杠子，问这小子买去做什么用，这小子也不说，其形不正，其言有鬼，怎么想怎么觉得不对。肉铺掌柜的便偷偷跟着他，想看看大少爷意欲何为。他看见大少爷同一个画阴阳八卦的火居道接上头，一路来到鬼门河边，俩货把一只肥鹅吃了一个精光，鬼鬼祟祟躲了起来，又等到三更半夜，用肉杠子铁钩在河中乱钩。肉铺掌柜的心直，以为这俩人在钩王八，真不知道他们怎么想的，黑天半夜钩王八，不怕钩上浮尸淹死鬼来？于是走上前去，在大少爷肩上拍了一下。

他这么一拍不要紧，大少爷可受不了，心里本来就没底，冷不丁挨了这么一下，吓得大少爷原地蹦起多高，扔下手中灯笼大叫了一声："哎哟我的娘啊！"不仅大少爷吓了一个半死，那位画阴阳八卦的火居道也吓得够呛，而从古墓中钩出来的这位，如同受到惊动，活转了一般，竟一把攥住了肉杠。火居道使尽全力也拽不住肉杠铁钩了，他见吃到嘴边的肥肉要飞，如何甘心？只不过稍一犹豫，没舍得放手扔掉肉杠子，反被一股怪力拽进墓中，眨眼之间，河水又恢复了原状。

肉铺张掌柜可没看见这出儿，还当画阴阳八卦的火居道是连人带船让河中大王八拽走了，天老爷，这得是多大的王八？而大少爷吃这一惊非同小可，直吓得三魂渺渺七魄茫茫，三魂渺渺满天飞、七魄茫茫遍地滚，眼前一黑，一头扑倒在地，和死人没什么两样。肉铺掌柜只好将他扛回家，热腾腾一碗肉汤灌下去，这才让大少爷还了阳。

画阴阳八卦的火居道贪心盗墓，从而死于非命。大少爷原以为富贵已在眼前，没想到半路杀出个程咬金，火居道这么大的能耐都下河喂了鱼，自己这几斤几两哪够瞧的，却又想"生死有命，富贵在天"，他火居道没有发财的命，我大少爷未必没有。奈何盗墓抠宝可不这么简单，真正的大墓不好找也不好挖，好挖好掏的坟包子里又没值钱东西，只好仍在老鼠岭上打猎为生，由于肉铺掌柜救了他一命，一来二去俩人成了朋友。

据说后来大少爷又遇上了教他打猎的那个老头儿。老头儿告诉他，那个火居道是个偷坟盗墓的旁门左道，因为这次要掏的这个主儿来头太大，不敢轻易下手。而大少爷的玄狐皮旷世难寻，不但可以辟邪，玄狐皮还可以避水，要掏水窑儿非得有玄狐衣不可。麻秆儿和肉杠子也各有用处，先说这麻秆儿，都知道麻秆儿皮可以搓成麻绳，却不知这麻秆儿芯乃引火之物，麻秆儿与麻皮分离开以后，把麻秆儿浸泡在烂泥里，数天后再挖出来洁白如新。老乡们出行前往往将晒干的麻秆儿搓成"火具"，半夜点上用来照路，麻秆儿引的火乃极阳之火，阴风都吹不灭，阴阳相克，因此可以打开墓门。再说这肉杠子，在肉铺掌柜的家传了好几代，不知道积了多少血污油腻，不论是妖魔邪祟还是大罗金仙，都怕污秽之物，经年累月杀猪切肉都挂在这肉杠子上，又添了几分杀气，据说这东西可以降尸。他之前让大少爷躲在岭上打下玄狐，是因为那个东西入了魔道，吃了很多人，所以才要找人除掉它。而大少爷祖上最擅猎狐，甭管大狐狸、小狐狸、公狐狸、母狐狸，也不论是一只一只地打，还是成窝成窝地掏，反正死在家祖手上的狐狸是不计其数，牛羊这般的畜类见了屠户都会自知命在旦夕，更何况狐狸这么有灵性？这世上的狐狸见了他家的人必先怕上三分，虽然大少爷一无是处，唯独枪法了得，又是这家的后人，这才让他在岭上打下玄狐。

而大少爷有纵纹入口，必当穷饿而死，没有大富大贵之命，家里有多少钱也得让他造光了，即使积下大德，顶多也就有口吃喝饿不死。如果他将鹿皮口袋埋在屋子东南角，上山打猎绝不空手而归。可他一时贪心，跟随画阴阳八卦的火居道前去盗水鬼墓，致使玄狐衣连同火居道一并葬身河底。大少爷听后顿足捶胸、追悔莫及，也知道这老头儿绝非常人，便一把鼻涕一把泪地哀求。老头儿虽知这大少爷自作自受，但他毕竟帮过自己一个大忙，也不忍心看他吃不上饭，又给他指了一条活路，让他如此这般、这般如此。

大少爷又惊又喜，以为自己时来运转了，他按老头儿指点黑灯瞎火跑到岭上，挖出一块青石板，使出吃奶的力气将石板移到一旁。下面是个土窟窿，当中无棺无椁，仅有一具枯骨，也不知死了多少年了，穿的长袍和那个老头儿有些相似，可是已经朽烂了，难以细辨。枯骨怀中抱了一个油布包，从里到外裹了七八层。大少爷发财心切，硬着头皮从枯骨怀中掏出油布包，连下拜带作揖，又磕了十来个响头，才将青石板推回原位，揣上油布包连滚带爬下了老鼠岭。

3

　　大少爷以为土窟窿中的枯骨是个土耗子，江湖上说黑话，习惯将扒坟挖墓的土贼叫土耗子。土耗子身上的东西，必定是墓中的陪葬珍宝，非金即玉，拿出去卖掉，少说也够他抽上三五年福寿膏，结果打开油布包一看，大少爷傻了眼。当中仅有一卷古书，以及一枚玉玦，过去也有人说这是勾玉，比玉环少一点儿，玉质近乎水晶，通透无瑕。什么叫"玦"，古人云"满者为环，缺者为玦"，说白了玦就是缺了一块儿的环形，盗墓摸金之人将它挂在身上，告诫自己干这个勾当不能贪得无厌，全其义、绝其贪。

　　古书记载内容无非阴阳风水之类的堪舆口诀，名为《量金尺》。《葬书》有云："铜山西崩，灵钟东应。"这话是说西边的铜山崩坏，远在东方的灵钟会有响应，皆因铜出于山，暗指人死之后入土为安，而葬处形势之吉凶，仍会左右子孙后代的福祸。阴阳风水中"以水为贵，以龙为尊"，搜山寻龙称之为"量金"。大少爷从老鼠岭上掏的这卷古书，当不得吃当不得穿，却是寻龙点穴盗墓取宝的秘术，玉玦是盗墓开棺的镇物。民间传说有玉玦护身之人可以"出入阴阳"，到墓中取宝能够保全身而退。

老头儿之前告诉过大少爷："你这辈子没有大富大贵的命，任意妄为只会招灾惹祸，拿了这个东西可别乱用。"大少爷财迷心窍，赶上年头不好，他也当过土耗子，不过不敢进大墓，也没掏出过什么值钱的东西，始终那么穷。虽然他一没得过传授，二没拜过师傅，但是手上有《量金尺》秘本，当个土耗子还发不了财，也真说不过去。实际上不是他不想发财，而是没有发财的命，不是天时不到，就是地利不和。有一次手头吃紧，饭都吃不上了，有心去掏座墓冢，结果走到半路赶上土匪刘麻子作乱。这个刘麻子，祖上世代为匪，凶狠狡猾、嗜杀成性，而且势力很大，麾下尽是虎狼之众，真可以说是杀人如麻，在当地提起他的名号，三岁小儿夜不敢啼。之前有个军官被人冤枉判了死罪，这个人有脑子，从牢城中逃了出来，走投无路落草为寇，归顺了刘麻子。刘麻子爱惜他有些个用兵之才，封为了狗头军师。他也当真对得起刘麻子，把山上这些大大小小的土匪组织起来整日操练，完全按照军队的规矩来，这一下土匪们烧杀抢掠更是得心应手，刘麻子的势力也逐渐扩大，成为了地方上最难治理的一股匪患。官面儿上征讨了多次皆大败而归。

当地有一路军阀，也是土匪出身，自己打了个如意算盘想把刘麻子这一众人马招安，一是平了匪患，二来扩大自己的势力。没想到刘麻子手下这个狗头军师也是诡计多端，托人告诉军阀愿意归顺，等刘麻子带领着手下的一众人马，全副武装由山上下来，直奔军阀所踞的县城。因为是打着归顺的牌子，这一路上也无人拦阻，可一进县城就翻脸了，打得守备部队措手不及，占据了县城烧杀抢掠。军阀那边赶紧调兵夺回县城，双方反复交战，一连打了十几天，直杀得昏天黑地，积尸遍野，血流成河，从城里到城外，方圆几十里之内的人全死绝了。

大少爷前去掘坟，路过此地被乱匪的人马裹住，土匪可不管你是不是军队的人，只要不是自己人举刀就剁，眼看躲不过去这一刀之厄了，急中生智卧倒在死人堆里，在脸上抹了血迹，又抱了几个死尸挡在身上，他躲到下边，合当命大不该死，这才没让乱匪杀掉。等到乱匪过去，他仍不敢出来。直到半夜时分，万籁无声，大少爷才把脑袋探出来，见天上的月亮又大又圆，月光澄澈，四下无人。他正要从死人堆里爬出来，却见烛光晃动，由远而近。

大少爷吃了一惊，以为乱匪去而复还，万不得已再次装死。过了没多久，但见一个童子手捧灯烛在前开路，后边跟了一个穿黄袍的人，面容枯槁，脸上神色怪诞，阴沉沉的一言不发。大少爷瞧出对方来者不善，乱匪刚过去，却大半夜的在野地里走，还什么地方死人多往什么地方走，能是好人吗？那个年月兵荒马乱，到处都在打仗，战乱过后，经常有胆大的泼皮无赖，趁天黑来剥死人身上值钱的东西，这些人心黑手狠，见到半死不活的往往会杀掉灭口。他见情形不对，一时不敢妄动，一动不动地躲在死尸下边，偷眼去瞧来人的举动。只见这个穿黄袍的人摇摇晃晃走了过来，离近了一看更觉得诡异，但见此人面色蜡黄、眼窝凹陷，太阳穴都塌了，张开的薄片子嘴，有出气儿没进气儿。虽然穿着袍子看不出胖瘦来，但往手上看，皮包骨头、青筋暴露，手指甲二寸来长，还都是黑的，怎么看都不像个活人！再瞧这个童子，六七岁的年纪，穿得花花绿绿，手捧一根白蜡烛，小脸儿惨白惨白的，还涂得红一块儿粉一块儿，看着倒像是扎彩铺里的纸人儿。

深更半夜在荒郊野外死人堆里看见这么两位，别说是大少爷，换了谁也受不了啊！但见这个穿黄袍的用手一指，命童子以灯烛照尸，凡是妇人、老翁、小孩，以及缺胳膊少腿儿身首两分的，皆弃之不顾，伸手抓起来扔到一旁，扔树叶也没这么轻易。吓得大少爷魂飞胆裂，一口气没提住，裤裆里又湿了，恐怕穿黄袍的人将手伸到自己头上，大气也不敢出上一口。

过了一会儿，穿黄袍的人拎起一个壮年男子死尸。死尸身材魁硕，膀大腰圆，他借灯烛之光仔细观瞧半晌，见是个囫囵尸首，这才点了点头，将死人拎到面前，脸对着脸，张开口往死人脸上吹气，吐出来的气息有如一缕黄烟，都被死人"吸"了进去。再看穿黄袍的人气息渐弱，身材高大的死尸却冉冉而动。如此持续良久，死人忽地睁开了双眼，穿黄袍的却已毙命。活过来的死人将穿黄袍的推倒在地，用手抖了抖身上的泥土，仍是一声不吭，命那个手捧灯烛的童子在头前带路，大摇大摆地竟自去了。大少爷惊骇欲死，常听人言讲，仙家分为"天、地、人、神、鬼"，天仙和神仙最高，属于天道；人仙和地仙其次，属于人道；而这鬼仙则是地府里的恶鬼修成。虽说都是修炼得道，唯有这鬼仙的修法最邪门儿，必须找活人借形，可是害了人就得不了道，因此要找刚死不久的尸首将元神附上去，等到朽坏了再找下一个，说俗了叫借尸还魂，难道这是个鬼仙不成？

大少爷吓破了胆，哆哆嗦嗦一夜没敢动，等到鸡鸣破晓东方渐白，他才从死尸底下爬出来。经过这一番惊吓，大少爷的命没了一半，身子大不如前，有心当盗墓的土耗子也当不成了。要说他这一辈子，简简单单两句话可以说完——发财如做梦，倒霉似落坑！

咱们说的这位大少爷，正是我的祖父。我出生于全国解放后的1951年，后来"文化大革命"开始了，我祖父也让人揪出去批斗了，原因是他在解放前从事的行当也属四旧范畴。祖父挨完了斗还不明所以，偷偷问我："怎么他大舅、他二舅、他三舅都没事儿，非跟他四舅过不去？你说他四舅招谁惹谁了？"

他虽然不太明白外面的运动，可也担心身边几十年的《量金尺》秘本和玉玦是个祸头，又觉得失传了可惜。于是他口传心授，让我一个字一个字地记下，这才将秘本付之一炬，玉玦则让我揣在身上。至于他怎么在老鼠岭上打天灯，怎么跟个画阴阳八卦的老道下河盗墓，如何遇上一个老头儿指点，又如何得到《量金尺》和盗墓贼身上的玉玦，全是他跟我说的，我只是当成故事来听。真与不真您往后看，当时我可料不到，他在几十年前遇见的东西，又让我给撞上了！

第三章　向风中逃亡（上）

1

　　1966 年、1967 年、1968 年三届初、高中毕业生，合称"老三届"。这些学生离开学校之后，无非三条出路，一是参军，二是上农村插队，三是接班顶替下厂当工人。在我们那个年代，对任何人来说，参军都是上上之选。我以为我根红苗正，又是军区子弟、毛主席的好孩子，入伍参军天经地义理所应当。从小接受的教育以及我的家庭环境，也都让我认为自己注定会成为一个军人，在解放全人类的战争中建立不世功勋，万没想到过不了政审这一关，稀里糊涂变成了"可以被教育好的子女"，同样命运的还有胖子和陆军。胖子是当年那位肉铺掌柜的后人，我们两家三代交情，从他光屁股穿开裆裤我就认识他了。陆军则是我和胖子的同学，近视眼，小白净脸儿，平时爱看闲书，爱贪小便宜，净出馊主意。既然当不了兵，工人阶级又不要我们，我们哥儿仨唯一的选择，不外乎

"广阔天地炼红心，上山下乡当知青"。

当时的知青管种地不叫种地，自嘲为"修理地球"。不过知青和知青不同，基本上分成两大拨儿，插队知青是去农村落户，户口落在农村，干的全是农活儿；另有一拨儿称为兵团知青，去到屯垦兵团，在边境上开荒，实行半军事化管理，环境也许比牧区、林区艰苦，但是可以摸枪，除了没有领章帽徽，和正规部队没有多大分别。

我们三个人当然选择后者，虽说生产兵团也有政审，终究比正规军宽松。几经周折，我们进了北大荒生产建设兵团农垦三师机枪连。没到北大荒之前，哥儿仨想得挺好，原以为有乡村有田地，可以春耕秋收，日出而作日落而息，半军事化的兵团还有机会打枪，骑马挎枪巡逻在漫长的边防线上，那多带劲？可是到地方一看，眼泪好悬没掉下来，眼前的景象，真可以说是"千里无人断午烟，荒原一望杳无边"！莽莽苍苍的沼泽湿地不见尽头，又有兔子又有狼，住的全是地窝棚。这一年刚好是 1968 年。

农垦三师的驻地临近内蒙古中俄边境，此处与大兴安岭原始森林接壤，北宋时完颜阿骨打的女真部落在此渔猎为生，后金八旗也是从这里发迹，龙兴入关建立了清王朝，然后把这大片的荒野和原始森林保护了起来，打猎、放牧、种地都不允许，千百年以来一直保持着古老蛮荒的状态。从五十年代开始，才有屯垦戍边的兵团前来开荒。兵团以师团连为单位，各有各的区域。我们在参加了简单的军事训练之后，被分在了西北方最荒凉的 17 号农场，隶属于黑龙江生产建设兵团农垦三师。说好听了叫农场，实际上连座像样的房屋都没有，在荒原上掘几个洞，上面用树枝编个盖子，再遮上两层苫布，这就叫"地窝子"。吃住全在这种地窝子里，冬天冷死，夏天热死，一下雨就灌汤，简直不是人住的，胖子的游泳就是在这儿学会的。

17号农场的编制是一个排，实际上人数只有一个班，排长是一位参加过抗美援朝战争的伤残军人。他在长津湖冻坏了一条腿，从1953年就开始屯垦戍边，扎根边疆长达15年之久，对这片荒原了如指掌。我们这哥儿仨在连里团里乃至于师里，都是出了名挂了号的"难剃头"，说白了就是调皮捣蛋不服管，那也不奇怪，我们以前住在军区大院，首长见得多了，是立志要在第三次世界大战中当司令员的主儿，区区一个生产兵团的排长怎么可能指挥得了我们？不过我还是很佩服我们这位排长，因为他有一肚子深山老林中的故事，让人听了上瘾！

屯垦兵团的生活十分枯燥，除了背不完的语录、写不完的"斗私批修"心得，我们排只有两个任务，一是挖土渠排干沼泽，二是军事训练及巡逻。挖土渠的活儿并不轻松，出工两点半，收工看不见，凌晨摸黑下地，天黑才回来，一天下来，一个个筋疲力尽累得半死，手上磨出的血泡都顾不上处理。由于中苏关系恶化，备荒的生产兵团都要装备武器，所以除了锄头、铲子等生产必备工具之外，全部人员都配发了枪支弹药，半夜三更还经常紧急集合，被排长从热被窝里拎起来武装拉练，为此没少闹笑话。有那么一次，又在深更半夜紧急集合，一声哨响，大家连滚带爬地出了被窝儿，全班十多个人一字排开。排长让胖子检查是否有人没达到战备要求。胖子拿着鸡毛当令箭，挨个儿给我们挑错，先说张三背包没打好，又说李四武装带没扎上。这小子长脾气了，居然还批评我没系围脖，不符合实战要求，真打起来趴上几个小时，非冻坏了不可。排长认为胖子说得有理，正要表扬他，抬手电筒往前一照，差点儿没把排长鼻子给气歪了。原来地窝子里太黑，胖子不知是拿了谁搭在火炕上烘烤的长筒毛线袜子，往自己脖子上一围就跑了出来，臭烘烘的黑袜底刚好围在他嘴上。

2

　　我们这个排地处荒凉，偶尔会在荒原深处看到一两只狼。据说以前还有狼群，但是经过前几年的打狼运动，狼群早让边防军给打绝了，剩下的狼已经很少很少了。有的狼为了活命，甚至会翘起尾巴装成狗，即使是这样，晚上也没人敢出去。如果白天遇上狼，允许用步枪打，兵团有兵团的纪律，可以用子弹打狼除害，但是不准为了改善伙食打野兔山鸡。我们排总共十来个人，那一年寒冬将至，连部下令撤走一批人员，因为天太冷地都冻住了，没有活儿可干，要等春天开了江才陆续回来。解放前山里的胡子和放排淘金为生的人们，无不迷信于天相地相，通过观察山川江水的变化来趋吉避凶。春天松花江解冻时，要站在岸上看今年是文开江还是武开江：文开江指江上的冰层逐渐融化，过程缓慢；武开江指江上起鼓，大块儿的冰排堆叠碰撞，声势惊人，据说那是独角老龙用角划开。过去的人们相信武开江预示年头好，好年头必有好兆头，四方太平，五谷丰登，这叫"天有龙助"。所谓"一龙治水好"，龙多了反而不好。其实文开江说明春脖子长，意味着无霜期短，在这高寒的边荒，会直接影响农作物收成。

　　连部又让留下几个人，负责看守农场的重要设备。我和胖子、陆军三个人被选中留下，另外还有一位战友，也是个从北京来的女孩儿，她同样由于出身问题参不了军，才来兵团当了知青。老北京管漂亮女孩叫"尖果"，兵团的人也跟着这么叫。她作为全班唯一会使用电台的通信员，这一年也留在17号农场。原本还有另一个女知青，不过由于患上了夜盲，临时被调走了，团部没来得及再指派别的人员。因此留守17号农场的，就只有我和胖子、陆军、尖果这四个人。前些时候，转场的蒙古族牧民路过17号农场，有条黑色的大牧羊狗生下一条小狗，牧民们要长途跋涉带着刚断奶的小狗不方便，暂时托付给尖果照料，等转年开春再领走。小黑狗圆头圆脑，长得和小熊一样，冬季的北大荒万物沉眠，每天和小狗玩耍给我们增添了不少乐趣。而随着严寒的到来，在这片亘古沉睡的茫茫荒原之上，也将只有我们四个人和一条小狗相依为命。

排长离开之前反复叮嘱："一旦遇上风雪，你们猫在避风的地窝子里，能不出去就别出去，地窝子虽然原始简陋，但是底下有烧地火龙的土炕，烟囱直通地面，烧热了呼呼冒烟。你们必须轮流盯着，绝不能让土炕里的火灭了，还要随时出去除掉积雪，以防地窝子的出口和烟道被埋住。你们没在北大荒猫过冬，不知道西伯利亚寒潮的厉害，千万不要大意，否则一晚上过去你们就全冻成冰坨子了！"

其余的人撤离之后，我们四个人留守北大荒17号农场，每天除了外出巡视，最重要的就是用木材取暖。这个冬天冷得出奇，虽然还没下雪，但从西伯利亚刮过来的寒风带着冰碴儿，吹在脸上跟小刀子拉一样，根本睁不开眼，使人感到无法抵挡。眼瞅着天气变得越来越恶劣了，厚重的铅云从西北方向压来，我给我们这几个人分了工：尖果负责电台和伙食，等到寒潮到来刮起暴风雪，一两个月之内断绝交通，我们储存的粮食有限，万一不够吃了，打猎都没处打去，那就得活活饿死，所以每个人每天的口粮必须有定量；我和胖子的任务是生火添柴，以及外出巡逻，趁天气还好，我们要尽量多打几只兔子山鸡冻起来当粮食；陆军则负责文化生活，每天给大家伙讲一个故事解闷儿。

陆军愁眉苦脸地说："兄弟是看过几本杂书，可在北大荒待了快一年，你们天天让我讲，我肚子里那些零碎儿早掏光了，实在没的可讲了，现编也编不出来呀！"

胖子一嘬牙花子："陆军儿你小子别不识抬举，二分钱一斤的水萝卜——你还想拿我们一把是不是？"

我也对陆军说："别得了便宜卖乖了，你小子要是觉得讲故事辛苦，打明天开始你上外面捡柴火去。"

陆军的体格十分瘦弱，来阵大风都能给他刮倒了，根本抵挡不住北大荒的寒威，闻听此言忙说："不行不行，这么冷的天，我上哪儿找柴火去？我看我还是接着主抓思想文化工作算了，今儿个我再给你们讲讲雷锋同志的故事。"

胖子说："雷锋同志的故事咱太熟了，不就是背老大妈过河吗，这还用你讲？"

陆军说："雷锋同志的事迹多了，你才听过几段？他小时候放牛让地主家狗咬过，这事儿你们不知道吧？"

胖子说："这事儿我还真不知道，可全是打小苦大仇深的，让狗咬一口有什么出奇的？你今天要讲这个，可对付不过去这一关！"

尖果说："你们别只顾着逗闷子，我看这两天木柴用得太快了，必须省着烧，否则真要冒着风雪到荒原深处找木柴了。"

陆军一看有人转移话题，赶紧附和说："是啊！我今天上午去看过，储备的木材确实不多了，据说这北大荒的冬天可不是一般的冷，咱们连个屋子都没有，再没有木柴烧热地窝子，按老排长的话来说，一晚上过来那就冻得直挺挺硬邦邦了！"

我听他们说到这里，也开始担心起来，之前我听路过17号农场的蒙古族牧民说，看天兆将会有百年不遇的酷寒，到时候漠北的冷风一起，荒原上会刮起无比可怕的"闹海风"。没到过北大荒的人，根本没听过这种说法，什么叫"闹海风"？那是打旋的强风夹着暴雪，这种风刮起来的响动,如同疯狗狂吠,一连多少天都停不下来,而我们要从17号农场出去找木柴,只有前往沼泽湿地与原始森林交界的地方,遇上那么恶劣的天气,出门走不了多远这条小命儿就交代了,在那种情况之下,如何去找木柴取暖?况且天寒地冻积雪覆盖,根本也不可能找到木柴!

一想到这个念头,我们四个人才真正意识到——遇上大麻烦了!负责存储木柴生火的人,正是我和胖子,在这件事上出了差错,我们俩推脱不了责任。可我不免觉得奇怪,我当真会如此马虎大意,居然没注意到木柴烧得太快,或存储的木柴不够吗?趁着暴风雪未至,我和胖子带上步枪,把衣帽捂严实了,冒着遇到狼的危险,前往荒原深处搜集木柴。我们俩一边捡可以当柴烧的干树枝子一边说:"之前储备的木柴很充足,都怪我们光想把地窝子烧热了,人待在里边舒服,用木柴用得太狠,要不是尖果及时发现,等到暴风雪来临,我们四个人就得在地窝子里等死了,这次太危险了,今后再也不能如此大意了!"

在荒原上寻找木柴并不容易,我们在几天之内往返多次,也没有找到足够的柴火。我和胖子只好冒险前往大兴安岭原始森林边缘,老林子里的木柴随处都有,只是相距17号农场太远,而且排长也多次告诉我们,不准接近这片深山老林!

3

我当时问过排长:"原始森林里会有什么危险?天寒地冻之时,老林子里的大熊都蹲仓了,只要有步枪,遇上狼和豹子也没有什么可怕的。"

从前山林深处出没的鄂伦春猎人,骑在鹿上以弓箭火铳射猎,他们所使用的老式前膛燧发枪装填缓慢，杀伤力和射程有限，遇上熊虎豹子都很危险。但是兵团装备了五六式半自动步枪，一个点射黑瞎子都能撂倒，对付野兽绰绰有余，更别说是狼了，仅有一个例外，那就是野猪！大兴安岭上的野猪，嘴尖腿长，常言道"没有上千斤的熊，却有上千斤的猪"，因为野猪常在松树上蹭它的皮，沾了一身厚厚的松脂，年久结成一层硬壳，即使被步枪击中也很难毙命，所以一两个人进山遇上野猪很危险。不过我可没听说这一带有野猪出没，在这片深山老林中，有什么东西会让身经百战的老排长心生畏惧？

　　赶上那天他喝多了苞谷酒，又让我和胖子、陆军三个坏小子一撺掇，言多语失，话匣子打开收不住了，才说起五十年代初他刚到屯垦兵团的遭遇。那时候他也是刚从战场上下来，身上的硝烟还没有散尽，背了步枪进山捡柴，看着大兴安岭深秋时节的景色太迷人了，不知不觉走到了岭上。他在朝鲜冻坏了一条腿，虽然没截肢，但是走路也很吃力，到了山上感觉走不动了，于是在林子里坐下，点上一袋烟抽了两口，困意上涌，不知不觉打了个盹儿。迷迷糊糊感觉旁边有人，他以为是兵团的战友，睁开眼往旁边一看，他的头发根子一下子全竖了起来，只见一头大狼，正坐在他旁边，捡起他掉在地上的烟袋锅子，和人一样一口一口地喷云吐雾！排长说到这里，脸上全是难以置信的神色，他问我们："你们见过狼抽烟袋吗？那不是成了精成了怪？"

　　在当时那个年代，这可是犯忌讳的话，说轻了是迷信思想，说重了那就是动摇军心！我对排长说："我倒是在动物园看过猴子捡了没灭的烟头抽上几口，要说狼抽烟袋，那可是前所未闻，狼的爪子拿得起烟袋？排长你别再是睡迷糊了做梦？又把做梦的事儿当真了！"

　　排长说他在朝鲜战场上打仗，见死人见多了，为军的人都不怕鬼，他又是猎户出身，后来到北大荒屯垦戍边，打过熊打过豹子，当然不怕野兽。不过当时看着真真切切，可把他吓坏了，都忘了还带着枪，从山上直接滚了下来。过后再想，他也无法相信自己看到的情形，兴许真是看错了，可他说的妖怪，并不是那只捡起来烟袋锅子抽的狼，而是……

我们听得好奇，一再追问，排长却不肯往下说了。我和胖子是天不怕地不怕的主儿，何况还有五六式半自动步枪壮胆，早将排长那些话扔在了脑后。我们告诉陆军和尖果，既然带了步枪，进山可不光是捡木柴了，说不定能打到狍子，狍子肉味鲜美，全身没肥膘，炖着吃爽滑入味、烤着吃外焦里嫩，除了狍子，别的我们都不稀罕打！

二人吹了一通牛皮，走进大兴安岭原始森林边缘，拖了两大捆木柴返回17号农场。一去一回并没有发生任何意外，可也没打到狍子，只好对另外两个人吹嘘："我们在原始森林中见到几次狍子，但是往返太远了，打中了怕也带不回来，所以没开枪，不过地形我们都摸熟了，等明年开了春，多带几个人再去，打上两三头狍子不在话下！"

四个人将木柴码成垛，估计这么多木柴，足够我们度过北大荒漫长的寒冬了。木柴的危机终于得以解决，我悬着的心也落了下来。眼看西北方的铅云越来越厚，两三天之内可能就会下雪，我们必须尽量减少外出，准备躲在地窝子里猫冬了。17号农场的地窝子一共有前中后三排，后面两排没人住，我们四个人一条狗都住在前面一排地窝子里，这排地窝子从左到右依次有五间，左起第一间放置枪支弹药以及锄头铲子之类的农具。我和胖子、陆军三个人，住在左起第二间，锅灶在当中一间，尖果住在左起第四间，最后一间放置通信电台，众人储备了过冬的食物也都在这里。

三排地窝子后方还有一座屯谷仓，存放了堆积如山的干草，本来也想将木柴堆进去，考虑到地窝子相距屯谷仓有一段距离，一旦刮起暴风雪，很难去屯谷仓搬取木柴，就把第二排地窝子当成了柴棚。陆军多了个心眼儿，当天给储存的木柴做了记号，按每天使用的木柴量进行划分，以免胖子烧起来又没数。可是等到转过天来一看，真是见了鬼了，码放成堆的木柴少了一小堆儿。陆军怪胖子又烧多了木柴。胖子急得直跺脚，脑袋上都冒汗了，他敢向毛主席发誓，绝对没用过那么多木柴！

17 号农场位于人迹不至的荒原，这要不是人用的，那不是见了鬼吗？四个人胡乱猜测了半天，都说可别自己吓唬自己，说不定是搞错了。怎知又过了一天，我们到柴棚中一看，堆积的木柴又减少了。四个人面面相觑，心头均涌起一阵莫名的恐惧，储存过冬的木柴怎么会不翼而飞？莫非被人偷走了不成？不过木柴又不是什么值钱的东西，与其来偷还不如自己去捡，可怕的是 17 号农场周围根本没有人烟，怎么会有偷木柴的贼？不论是闹鬼还是有贼，一天减少这么一小堆木柴，看起来并不多，但是十天半个月下去，我们这几个人就熬不过这百年不遇的严寒了，那真是土地爷掏耳朵——崴泥了！

众人预感到情况不妙，忙将木柴搬到头一排地窝子，放在最左侧的一间，枪支弹药则分发到个人。我暗中打定主意，今天夜里要格外留神，将压好子弹的半自动步枪放在身边，睡觉时也不忘睁着一只眼，我倒要看看究竟是什么东西作怪，木柴总不可能自己长出腿儿来跑掉！

4

荒原上地窝子五个一排，底下有俗称"地火龙"的土炕相通，根据烧柴的位置不同，可以控制不同的加热区域。当天半夜，我们关上地窝子的门，围在土灶前烤火取暖。尖果烤了几个冬枣，给每个人泡了一大缸子热腾腾的枣茶，又开始了我们的思想文化生活。陆军将雷锋同志的故事翻过来掉过去讲了无数遍，我们早就听腻了。我只好开始给大伙儿讲《林海雪原》，虽然我以前看过这本书，却只记得一小半，即兴发挥胡编乱造这么一通讲，讲的是"小分队奇袭奶头山，杨子荣活捉蝴蝶迷"，根本哪儿也不挨哪儿，倒也把胖子、陆军、尖果三个人唬得一愣一愣的。说到后来，我实在编不下去了，于是留下胖子在当中一间地窝子守夜添柴，其余的人各自睡觉。

我连衣服都没有脱，直接钻进了被窝儿，半自动步枪和手电筒，都放在伸手就可以够到的地方，侧起耳朵听着周围的响动。北大荒的生活单调枯燥，时间漫长得无法打发，而在脑海中发动第三次世界大战，是我为数不多的乐趣之一。此时又忍不住在被窝里胡思乱想，想象着在一个破晓的黎明，几百万苏军如同滚滚铁流，在多个方向越过边境发动了闪电战，我们17号农场首当其冲，同苏军展开激战。虽然我英勇善战，带领胖子等人消灭了一波又一波敌军，可毕竟敌众我寡，胖子壮烈牺牲了，陆军被敌人俘虏了，这小子贪生怕死，不仅当了叛徒，还带敌军来抄我们的后路。我只好带尖果杀出重围，各个兵团和边防军在我的指挥之下，迅速施行战略转移。在会合后方的友军之后，我决定诱敌深入，一举歼灭苏军主力。我口叼卷烟，站在指挥部的军事地图前，身披大衣两手叉腰，一脸的凝重，警卫员送来的鸡汤我都没心思喝。最后，我睿智而又坚毅的目光，终于落在地图中部的太行山脉。太行山形势险峻，自古以来被视为兵家必争之要地，苏军以坦克为主的机械化部队，无法在此展开。我将指挥我军大兵团从三面围歼苏军，可不知怎么了，军事地图上的太行山在我眼中变成了一条巨龙，阴阳风水中称"山脉凝止起伏为龙"，龙者，善于变化，可大可小，能隐能显，能屈能伸，能飞能潜，太行山历来被视为中原龙脉，埋葬在此的帝王公侯，何止千百……

我本来在想如何指挥大兵团歼灭苏军，但是脑中一出现地图，地图上山脉就会变成一条条龙脉。这也不奇怪，之前祖父让我死记硬背下他那本"四旧"残书，如今我想忘都忘不掉了，一条条起伏伏的龙脉在我脑中挥之不去。不知不觉已至半夜时分，我在被窝里胡思乱想，一旁的陆军早已沉沉睡去，地窝子里变得冰冷拔凉的，隐隐约约可以听到胖子的鼾声。我心知守夜添柴的胖子又他娘的睡着了，正想起身去同他轮换，忽听隔壁当作柴棚的地窝子中有轻微的响动，一听就是有人在挪动木柴。我心说：嘿！真他娘有鬼不成？立即睁开眼，用手一推陆军，又出去在胖子屁股上踢了一脚，对他们指了指柴棚的方向。胖子和陆军顾不上穿衣服，只把皮帽子扣在脑袋上，抄起五六式半自动步枪，紧紧跟在我身后，蹑手蹑脚来到外边，只见旁边那处地窝子的门板开了一条缝。我打开手电往里面一照，正赶上一只毛茸茸的大狐狸用嘴叼着木柴要往外溜。狐狸在暗处突然被手电筒的光束照到，顿时龇出尖牙，双眼放出凶光！

17号农场存放的木柴，总是无缘无故地减少。我们夜里前去捉贼，打开地窝子的门，发现是只大狐狸在偷木柴，三个人稍稍一怔，随即醒悟了过来，究竟是怎么一回事儿，咱还得先往前说。

大概在一个多月以前，秋天的北大荒，是色彩最丰富、风景最美丽的时候，广袤的原野上黄的黄、绿的绿，远处与大兴安岭原始森林交界的地方层林尽染，在蓝天白云的衬托之下比油画还要迷人。当时有几个从牧区来的女知青，到17号农场看望同学，按说兵团上有规定，不属于兵团的人不准接近边境，但是我们这个17号农场太荒凉了，山高皇帝远，一年到头也没几个人来，所以排长对此事睁一只眼闭一只眼。那几个女知青一看这地方的景色太美了，不由自主地陶醉在如画的风景之中，在荒原上走出很远。

17号农场的位置十分特殊，正好位于北大荒地图上突出的位置，西北是漫长的边境线，东面与大兴安岭原始森林接壤，西侧同大漠草原临近，往南全是无边无际的沼泽湿地。当时的中苏关系极为紧张，战争一触即发，不过这一带全是沼泽湿地，人都走不过去，苏军坦克更是无法行动，所以17号农场没有后撤，留下的人仅有十几个。牧区来的几个女知青不知道危险，在荒原上越走越远，都快走到原始森林了。她们也是命大，没有遇到狼，反而在草丛深处发现了两只刚出生的小狗。小狗睁着两对黑溜溜的大眼睛，见了陌生人显得非常惊慌。女知青爱心泛滥，抱起来就舍不得撒手了，索性抱回地窝子，还准备带往牧区，没想到捅了一个大娄子！

　　整个17号农场的人数只有一个班，编制却按一个排，排长是头一批来北大荒屯垦戍边的军人，他对荒原和森林中的事情很熟悉，听到这个消息，立时吓了一跳，以为女知青们捡回来的小狗是狼崽儿，急冲冲跑过来看了一眼。原来不是狼崽子，当然也不是什么小狗，而是两只小狐狸，看样子生下来还没有多久。排长的心里"咯噔"了一下，命令女知青们赶紧把两只小狐狸放回去，从哪儿捡回来的放回哪儿去！几个女知青软磨硬泡苦苦央求排长，表示一定好好喂养小狐狸，等长大了再放归森林。排长不通情面，麻虎脸往下一沉，将她们几个人带到外面，说明了这件事情的利害关系。狐狸不是狗，养不起来，再说小狐狸丢了，大狐狸肯定要找，找不到就会报复。狐狸不仅报复心强也极其狡猾，千万不要自找麻烦。排长还吓唬几个女知青说，如果不把小狐狸送回去，他就要报告上级。女知青们委屈地掉下眼泪，只得准备把小狐狸送回去，怎知一进地窝子，才看见这两只小狐狸已经死了，可能是受到了惊吓，也可能是不适应环境。排长见状也觉无奈，野生的狐狸关进地窝子不死才怪。事到如今无法可想，只好让人把小狐狸远远地埋了。

几个女知青惹完祸捅完娄子就走了，可是跑得了和尚跑不了庙，大狐狸要报仇盯上了17号农场，它通过气味认定，杀死两只小狐狸的凶手，就是住在地窝子里的那些人！

5

打这儿起，大狐狸经常围着地窝子打转，三天两头捣乱，把农场里几只下蛋的鸡全咬死了。排长也急了，知道这仇疙瘩解不开了，只要大狐狸不死，就会不断展开报复。17号农场虽然荒凉，却并非完全没有人迹，偶尔会有蒙古族牧民，以及在原始森林中出没的鄂伦春猎人经过。而无论是草原上的牧民还是森林中的猎人，都对狐狸十分敬畏，愚夫愚妇见到狐狸，往往会对之膜拜。在排长看来这都属于迷信，不过兵团有纪律要尊重当地风俗，所以他从来不打狐狸。如今被逼无奈，他向大兴安岭的鄂伦春猎人借来两条猎犬，带上步枪骑马追击这只狐狸。一连追了三天三夜，步枪和猎犬让狐狸疲于奔命，最后也不知那狐狸是死是活，反正消失在了荒原深处，再也没在17号农场附近出现。

大伙儿都以为这件事就这么过去了，谁承想狐狸趁17号农场人员减少防备松懈的机会又偷偷溜了回来！它似乎知道半自动步枪的厉害，不敢正面出现，暗中把人们储备过冬的木柴一根一根叼走，倘若我们再晚发现几天，大风大雪一来，就得眼睁睁地等死了。都说狐狸狡诈阴险，没想到会狡猾精明到这种程度，真不知道狐狸是怎么想出来的，它居然明白地窝子里的人依靠木柴活命，没了木柴全得冻死！

这个念头在我脑中一闪而过，刚这么一打愣，老狐狸如同背上插翅一般，"嗖"地一下，从我们三个人的头顶上蹿了过去。它体形虽大，却轻捷灵动。等我们三个人回过神儿来，狐狸已经悄无声息地落在了我们身后数丈开外。

虽说我们家祖上是靠打狐狸发迹的，我却从不相信有什么成精的狐狸，但是这只狐狸真快成精了，居然会钻进地窝子偷木柴，这是存心想要我们的命啊！倘若让它从容脱身，往后还指不定生出什么变故！我刚想到此处，胖子已然转回身去，端起步枪就要射击，结果忙中出错，枪栓还没拉开，他手忙脚乱地去拉枪栓。

狐狸见了步枪，吓得心惊胆战，恨恨地盯了我们一眼，抹头飞奔而去。我和胖子、陆军三个人又气又急，却也无可奈何，因为狐狸逃得太快，等我们拉开枪栓再瞄准，对方早就跑没影儿了。老排长经验那么丰富，使用半自动步枪骑着马带着猎犬，追了好几天也没打死这只狐狸，可见其狡诈灵活非比寻常。它想出来对付 17 号农场的招儿，简直匪夷所思，让人防不胜防！今儿个让它跑了不要紧，我们这个冬天算过不踏实了！

正当此时，夜幕下突然跃出一个黑影。我们借着月色一看，分明是一条大黑狗，额顶生有一道红纹，头脸似熊，声如虎吼，斜刺里扑倒了狐狸，露出牙刀，张口便咬。那只大狐狸只顾向 17 号农场地窝子里的人报复，黑狗又是从下风口忽然掩至，出其不意攻其不备，使它猝不及防，一下子被黑狗扑个正着，但这狐狸老奸巨猾，身躯灵敏，倒地之后并不急于起身，因为一起身便会让大黑狗顺势按住，它就地连续翻滚，等黑狗一口咬空，狐狸也已腾身而起。它看出大黑狗凶恶异常，自己根本不是对手，毫不犹豫地狂奔逃命。

大黑狗一咬未中，虎吼一声，再次向前跃出。它这一跃后发先至，势如猛虎。狐狸应变奇快，发觉势头不对，电光石火间一个急转，又让黑狗扑到了空处。这几下兔起鹘落，生死只在一线之间，把我们三个人看得目瞪口呆。尖果听到了外面的响动，也拎着棍棒出来查看，见到此情此景，同样惊得呆住了。月光从浓厚的乌云缝隙中透下，在莽莽荒原之上，大黑狗和狐狸展开了惊心动魄的生死追逐！

第四章　向风中逃亡（中）

1

狗与狐狸生来就是天敌，那条大黑狗凶猛顽强，见了狐狸只顾往死里咬，而狐狸则凭借老到的经验临机生变，有这么好几次，眼看快要被黑狗扑住，它却能在间不容发之际逃脱，每次都只差了那么一丁点儿。我们端着步枪站在一旁，都替大黑狗在手心中捏了一把汗，眼瞅狐狸一次又一次在几乎不可能的情况下逃脱，急得众人直跺脚，连叫可惜！

不过我们很快就看出来了，那条大黑狗矫捷如同虎豹，狐狸终究无法彻底摆脱它的追击，只能在死亡边缘拼命地兜圈子，随着气力逐渐消耗，必定会被大黑狗咬死。我们四个人认识这条大黑狗，之前蒙古族牧民转场路过此处，这条叫"乌兰"的大牧羊狗生小狗，乌兰在蒙古语中是红色的意思，属于那个年代最常见的名字，牧民们将小狗托付给尖果照料，那条小狗正是乌兰所生，我们百思不得其解，已经同牧民转场的大黑狗，为什么又回来了？事后看到大黑狗脖子上拴了一块羊皮才明白，原来牧民不识字，在羊皮上画了图给我们传递信息。大致上说，大黑狗不放心小狗，牧民认为 17 号农场位于荒原深处，又值百年不遇的奇寒，仅有几个年轻人留守很不安全，于是让大黑狗过来与 17 号农场的人一起过冬。大黑狗来得也巧，正赶上我们在柴棚门前与狐狸对峙，当即扑上前来撕咬。老狐狸百密一疏，完全没想到 17 号农场中会有如此凶悍的巨犬。这条大黑狗非是寻常的猎犬可以相比，据说乃是蒙古大军远征欧洲之时，从西伯利亚雪原上找到的犬种，血统非常古老，三只巨犬围攻可以将一头重达千斤的大熊撕成碎片，它们生存在条件最恶劣的西伯利亚，当地猎人常带这种巨犬打熊，统称"猎熊犬"。

猎熊犬乌兰接连不断地凶猛扑咬，让老狐狸气都转不过来一口，眼看就要被大黑狗的牙刀插进喉咙活活咬死。我们几个人在一旁看得真切，一同振臂高呼。谁知老狐狸奸猾无比，趁大黑狗扑咬之际，突然将它的尾巴移开，露出腚下那个小窟窿，"噗"的一声，放出一团绿烟。因为狐狸会在荒原上吃一种罕见的浆果，不是为了充饥，而是把它转化成一种"武器"，它所放出的这一团臭气，让人闻到就会心智迷失。过去的迷信之人常说，谁谁谁让狐狸精给迷了，那无外乎是让狐狸放出的臭屁熏蒙了。而狗的嗅觉最为灵敏，一旦将这绿烟嗅到鼻子里，不论如何训练有素或凶猛强悍的猎犬，也会当场发狂，转圈追咬自己的尾巴，不死不休。只是狐狸的臭腺需要积攒一两个月，还不是时时都能找到那种罕见的浆果，因此不到穷途末路，它绝不敢轻易使用。

此刻，老狐狸让大黑狗追得躲没处躲藏没处藏，上天无路入地无门，它为了求生，在万不得已的情况之下被迫放出臭烟阻敌，大黑狗从没碰上过如此难缠的对手，它也识了这臭烟厉害，连忙跳到一旁躲避。狐狸趁此机会，缓了这么一口气，飞也似的一路狂奔而去。它被吓掉了魂儿，脚下毫不停留，冒着刺骨的寒风，越过漆黑无边的荒原沼泽，不停向国境线方向逃窜。

我知道老狐狸报复我们17号农场，乃是事出有因，多少对这老狐狸有点儿同情，这次对方死里逃生，应该领教了厉害，估计下辈子也不敢再来了，毕竟冤冤相报没个完，于是喝住大黑狗，不让它再去追赶狐狸了。

苍穹笼罩之下的荒原寒风凛冽，呜呜咽咽的风声有如狼嗥。我们四个人只戴了皮帽子，身上的夹袄单薄，挡不住这刀子一样的寒风，已冻得上下牙关捉对儿厮打，赶紧带上大黑狗钻进地窝子，在煤油灯下，看了牧民捎来的消息，均是又惊又喜，有这么大的黑狗在屯垦兵团17号农场守着，可再也不必担心老狐狸回来骚扰了。

自从老狐狸逃跑之后，17号农场周围就没了它的踪影。北大荒的天气一天比一天寒冷，西北方的天空积满了乌云，低得仿佛要从天上掉下来一样，还没来得及完全变黄的草上结起了冰霜，纷纷扬扬的雪片开始飘落。猛烈无比的寒流正从西伯利亚源源不断地涌进东北。据懂得看天象的蒙古族牧民说，将会有上百年才出现一次的奇寒！一场规模罕见的大暴雪来得又快又突然，西伯利亚在这几天之内不知冻死了多少牲畜，随着暴风雪迅速接近北大荒，用不了多久，广袤的荒原将会被冰雪覆盖，交通和通信完全中断！

我们四个人守在屯垦兵团17号农场，除非有必要，几乎不再外出，只躲在地窝子里，持续添柴烧热火炕，抵挡滚滚而来的寒流。这天一早，地窝子的灶膛上放着一把大铁壶，水烧得哗哗直响。地窝子下边还有一个土窖，那是用来放土豆的菜窖。我拉开木板子，从地窖口拎出满满当当一筐土豆，拣了几个交给尖果，根本不用洗，扔在大铁壶中使劲儿煮。按计划，在不干活儿的情况下，我们一天吃两顿，以土豆为主。四个人开会似的，围成一圈，各自用筷子从铁壶中扎出煮熟的土豆，吹开热气，剥下皮来蘸上盐面儿吃。东北的土豆，皮越粗糙越好吃，一咬掉干面儿，这叫麻土豆。皮细水分多的菜土豆，反而不好吃。另有一种橙黄色的软土豆，较为罕见，一百个里头才挑得出一两个，可以直接生吃，比梨还甜。早上刚吃完土豆，胖子就提议下午包饺子，我和陆军一致响应，天冷出不去，与其整天闷坐发呆，包饺子又能解馋，又能打发时间。并且来说，在北大荒吃上一顿猪肉白菜馅儿饺子，那就等于过年了！

尖果说："连部给咱们留下的白面不多了，照你们这么个吃法，到过年的时候可什么都没有了。"

陆军说："那倒也是，不如少吃一顿，饺子留到过年再包。"

胖子说："外头天寒地冻，咱们躲在地窝子里出不去，黑天白昼都分不清，过不过年有什么分别，你要让我说，今朝有酒今朝醉，明朝没酒喝凉水，先把今儿个这顿饺子吃了再说！搞革命嘛，非得有这份乐观主义精神不可！"

陆军说："你这是盲目乐观主义，暴风雪一刮就是好几个月，你现在把粮食都吃光了，往后上外头喝西北风去？"

众人为了是否包饺子，各持己见争论了半天。最后还得是我做主，搬出最高指示对胖子和陆军说："要团结，不要分裂，吃不吃饺子你们听我的。今天情况特殊，牧民让大黑狗来帮咱们看守 17 号农场，偷社会主义木柴的狐狸已经让大黑狗咬跑了，给咱们除掉了一个心腹大患，值得好好庆祝一番，所以这饺子还是得包。但是从此之后，咱们必须有计划地分配木柴和粮食，并且严格按计划执行。"

四个人正在地窝子中商量包多少饺子，那条大黑狗却变得坐卧不安，一圈一圈在地窝子里打转，又用脑袋顶开门板，瞪起两只眼对着荒原发出低吼。它这一撞开门不要紧，冷风呼呼直往地窝子里钻。胖子连声叫冷，忙将黑狗赶走，冒着风雪用力把门板关紧。可这大黑狗一整天都不安宁，在地窝子里不停转圈。我们四个人都感到十分奇怪，却又不知道究竟发生了什么，要说那只老狐狸溜回来捣乱，大黑狗应该不至于显得如此紧张，或许是这场百年不遇的暴风雪逐渐逼近，让狗都觉得反常了！

2

下半晌，外边刮起了闹海风，荒原上涌动起一团团弥天漫地的大雾，那是强烈气流圈起的雪雾，连了天接了地，往屯垦兵团 17 号农场席卷而来。而在此时此刻，我们正在地窝子里忙着包饺子，在北大荒屯垦兵团包饺子，意味着改善生活，但是吃饺子容易包饺子难。说起吃饺子，我和胖子、陆军哥儿仨，比架势、比吃相、比速度，各有各的绝招，没有一个白给的，包饺子却勉为其难，毕竟都是十七八岁的毛头小伙子，连擀面皮儿都不会。

以前包饺子的时候，包出来的样子千奇百怪，五花八门，什么形状都有，有的张着嘴像烧麦，有的馅儿装多了像大肚子罗汉，有的里外全是馅儿如同刺猬，而且越包个头越大，因为越包越着急，等不及下锅了，干脆集中余下的饺子皮和饺子馅儿，一举打个歼灭战，包出几个特大号饺子草草收场。包完的饺子码在洗脸盆中，摆满一层再摆一层，好几层饺子挤在一起，又忘了撒面粉，底下的还没煮就已经成了馅儿饼。煮饺子也图省事儿，直接来个底儿朝天，一下子扣进大锅。等到开了锅将饺子捞出来，眨眼这么一会儿，还没等我和陆军看见出锅的饺子长什么样，胖子就已经干掉了一多半。他肚子里有了垫底儿的，才腾出嘴来说话，告诉我们饺子还没熟得拿回去重煮。二次回锅再捞出来的饺子，皮和馅儿已经彻底分了家，变成了一锅片儿汤。好歹对付熟了，比起高粱米饭、地瓜窝头，味道还是好得太多了。锅底那一层黏糊糊的饺子粥，等到半夜装在铝制饭盒盖上，架到煤油灯上烘烤，再用刀子将烤得发焦的面片儿刮下来吃，这就是我们发明的美味——饺子锅巴！

如今有通信班的尖果在，我们终于不必再为包饺子、煮饺子发愁了。本来打算留到过年吃的两个罐头也都打开了，准备好好吃上一顿，但是不敢忘记到各处巡视。整个屯垦兵团 17 号农场，有前中后三排地窝子，总共住得下二十几个人，烟道露出地面，如同耸立在荒原上的墓碑，最后面一排地窝子是仓库，存放了不少农机具，留守人员的主要任务是确保安全，防止积雪太厚把地窝子压塌了。在三排地窝子的后方还有一座很大的屯谷仓，干打垒的夯土墙，里头是堆积如山的干草，以及装满了草籽的大麻袋。

下午三点半前后，尖果留在地窝子里准备煮饺子，我和胖子、陆军三个人穿上皮袄，把皮帽子捂严实了，去外面抽了根烟，顺便巡视一下各处的情况。我望到远处白茫茫的一片，估计这股从西伯利亚平原上吹来的暴风雪，今天夜里就会将 17 号农场完全吞没！

我对胖子和陆军说：“这鬼天气，突然变得这么冷，出门站不了多久，就能把人的耳朵冻掉，可总不能在地窝子里撒尿，问题是出来撒尿的话，尿也得冻成冰柱子，到时候还得拿棍儿敲。”

胖子拖着两条被冻住的清鼻涕挖苦说：“你怎么天天叫苦，战天斗地是咱们的光荣传统啊，反正过冬的木柴保住了，天冷就把地窝子烧热点儿，一会儿咱回去吃完尖果包的饺子，半夜听着外面呼啸的风雪，你再给我们讲上一段儿《林海雪原》，那还有什么可追求的？当然了，假如有酒那就更好了，饺子就酒，**越吃越有**，喝上二两也能有效驱寒，假如大黑狗再从雪窝子里掏两只兔子出来，咱烤上兔子肉下酒，那得是何等的美味啊？俗话说得好——烟酒不分家，光有酒有肉还差了点儿意思，假如排长藏起来的那条战斗牌香烟，能让咱们误打误撞给翻出来，一边儿抽着战斗烟，一边儿啃着兔子腿儿，喝几盅小酒儿，最后再来上一大碗猪肉白菜馅儿的饺子垫底儿，这小日子就没得比了！"

陆军听得悠然神往，忍不住补充道："吃饺子得配大蒜啊！假如再找几瓣儿大胖蒜，然后把火炕烧热了，沏上一缸子大枣儿茶，哥儿几个半躺半卧，喝着茶抽着烟，《林海雪原》这么一讲……"

我说："大白天的咱就别说梦话了，有句名言说得好啊！失败是一切成功之母，我也送给你们哥儿俩一句——假如是所有操蛋之父！你们俩假如了半天，顶得了蛋用吗？趁早别想了，什么喝酒、抽烟、啃兔子腿儿……"

话音还未落地，忽见一只满身冰霜的野兔，没头没脑地奔向我们。野兔一旦离开自己熟悉的地方，逃窜起来往往不顾方向，常有狂奔之中撞在大树上，撞断脖子而死的兔子。这只野兔见了人居然不闪避，狂奔而来一头撞在了胖子腿上，由于它逃得太快，这一下撞得可不轻，当时就蒙了，倒在雪地中起不来了。

胖子不顾寒冷摘下皮帽子，一下扑住野兔，揪上耳朵拎在手中，乐得嘴都快咧到后脑勺儿去了。他用袄袖摸了摸鼻涕，转过头来问我和陆军："你们俩刚才谁说……假如是一切操蛋之父？"

我和陆军两个人见状也都愣住了，野兔在狂奔之际撞上人，完全事出偶然，不过胖子的运气未免太好了，出门抽烟都能捡只兔子回来，有他这份运气，我们还要狗干什么？

正当我们纳闷儿的时候，又有两只野兔和一头体形硕大的驼鹿，从我们三个人的身边狂奔而过。这些荒原上的动物，似乎遭受了巨大的惊吓，一路没命地奔逃，根本顾不上前头有什么。驼鹿头上的角很大，分出许多枝杈，狂奔到 17 号农场附近，终于不支倒地，鹿眼翻白，口中喘着粗气，不住地吐出血沫儿，眼看是活不成了，而在风雪中逃窜而来的动物，远不止这几只野兔和驼鹿。我们三个人惊骇无比，抬头望了望，但见风雪茫茫，天看起来不是天，地看起来不是地，却看不出有别的东西从远处而来，为什么成群的动物在风雪中奔逃？

哥儿仨正要走过去看那头倒地不起的驼鹿。胖子忽然抬手一指，叫道："你们快瞧，冤家又来了！"

我和陆军闻声观瞧，原来此前给大黑狗咬走的狐狸，也上气不接下气地跑了回来，它对我们这三个人看都不看一眼，飞也似的掠过地窝子，从屯谷仓门板下的缝隙中钻了进去。胖子破口大骂："该死的狐狸，真他娘的丧心病狂，偷我们社会主义木柴还不解恨，又想偷我们社会主义稻草！"

喝骂声中，他跑回地窝子放出了那条大黑狗。原以为黑狗一出来，必定会追进屯谷仓咬死狐狸。屯谷仓不比别处，四周都是夯土墙，仅有一个出入口，狐狸钻进去等于进了死路，插上翅膀也飞不出去了，谁知那条大黑狗并不理会狐狸，却如临大难一般，撒开腿向东狂奔而去。三个人你看看我我看看你，都觉得这情形越来越奇怪了，隐隐约约有不祥之感，只怕要出大事，为什么逃走的狐狸又跑了回来？大黑狗却逃了？可是在目前来说，谁也顾不上多想，还是捉拿狐狸要紧，不把它逮住，我们 17 号农场永无宁日！

我对其余二人一招手，快步返回地窝子，取了步枪和子弹。我又想到 17 号屯垦农场的这座屯谷仓，里面堆积了大量干草。北大荒冬季严寒，干草不仅可以用来取暖保温，盖地窝子也离不开这东西，屯谷仓除了一道简陋的木板门，夯土墙周围还分布着几处通风口，上头有用茅草铺成的顶棚，里面黑咕隆咚的什么也看不见，狡猾的狐狸很可能趁我们看不见，再次从中逃脱。因此我让陆军和胖子带着手电筒和电石灯照明，各持步枪准备围堵。尖果也穿上大衣，把小黑狗揣到怀中，跟随我们三个人前来帮忙。胖子一马当先，撞开屯谷仓那个木门，众人进去用手电筒往前一照，眼前的情形出人意料！

3

狐狸趴在草垛高处呼呼喘气，根本不理会有人进了屯谷仓，它有可能是没有力气再逃了，摆出一副要杀要剐悉听尊便的样子。

胖子摩拳擦掌咬牙切齿地说："上次让它跑了，居然还敢回来！哥儿几个都别开枪，伤了皮毛可不值钱了，今儿个你们瞧我的，我逮个活的剥下皮筒子，尾巴给尖果当围脖儿，身子给我做个坎肩儿，还有四条腿儿，给你和陆军一人做俩手套！"

陆军拦住胖子说："先别动手，你不觉得很奇怪吗？"

我说："是不对劲儿，从来也没听人说过，风雪和严寒会使狐狸、野兔亡命逃窜，况且连那条大黑狗都吓跑了，来了什么可怕的东西不成？"

尖果听我们说了刚才的事情，同样感到难以置信，大黑狗不可能丢下小狗和 17 号农场里的几个人逃走，它会不会跑出去求援了？

她这话一出口，我和胖子一齐摇头。屯垦兵团 17 号农场周围方圆百里没有人迹，而且一场百年不遇的暴风雪将会在天黑之后席卷而来，在如此恶劣的天气条件下，边防军的骑兵也无法出动，能找什么人求援？再者说来，大黑狗往东跑了，在那个方向上，仅有一望无际的大兴安岭原始森林，我们虽然不相信大黑狗会扔下主人逃命，但也想不明白这其中的缘故。

　　胖子可不管这么多，背上半自动步枪，拔出一柄短刀，上去要给狐狸开膛剥皮。尖果看这只大狐狸累得都快吐血了，也不知在荒原上奔逃了多久，她心生怜悯，想留下狐狸的一条性命。

　　胖子主张赶尽杀绝，以免还有后患，不顾劝阻仍要上前动手，他往前走了半步，口中却对我说："你不要婆婆妈妈妇人之仁行不行？狐狸为什么偷木柴？它是要把咱们活活冻死在这儿！"

　　我心想：你这也是奇怪，不让你打狐狸的是尖果，我又没说什么，你为何跟我啰唆不清？想到这儿我往旁边一看，当时我的头发根子都竖了起来！

　　原来胖子以为我摁住了他的肩膀不让他往前走，他一边说话一边去推那只手，可是用手一碰，他也立即发觉情况不对，那可不是人手，而是毛茸茸的一只大爪子！他吓了一大跳，扭头往后一看，居然是一张全是灰白色长毛的巨脸，二目如同两盏绿灯。那是一头正在淌口水的巨狼，人立而起比胖子还高出半头。民间一向有"狼搭肩、莫回头"的说法，独狼在攻击人的时候，一般不会正面冲突，而是悄悄地跟在身后，找准时机用前爪来搭人的肩膀，人一般都会下意识地回头，而此时哽嗓咽喉最脆弱的地方就完全暴露出来了，这时候一口咬下去，成功率极大，还不用消耗体力。而此时这只巨狼的爪子正搭在胖子的肩膀上，见胖子扭头，张开又腥又臭的大口，对准胖子的脖子一口咬了下来。

　　我转头往旁边看的时候，巨狼这一口正要咬下来。我来不及将手中的五六式半自动步枪倒转过来射击，抬起枪托就对着狼头狠狠捣去。这一下子捣得好不亲切，恶狼发出"呜"的一声惨叫，当即滚倒在地。胖子也随即"啊"的大叫了一声，拼命往前一跃，身上的棉袄已被狼爪撕开了几道口子。那头狼饿得眼都红了，枪托砸在脸上也全然不顾，打了一个滚儿，再次起身扑将过来。胖子将手中的五六式半自动步枪对准巨狼射击，漫无边际的荒原上悲风怒吼，步枪的射击声几乎被风雪吞没了，那头巨狼则在转瞬间倒在了血泊之中。

我们这四个人，都曾经见过出没于 17 号农场附近的狼，那全是前几年打狼运动中幸存下来的个别分子，早已被半自动步枪吓破了胆，在一般情况下，这些狼见到人也不会主动攻击。而今天出现的这头巨狼，却和我们以前看到的狼完全不同。首先是体形非常之大，外貌凶悍冷峻，其次是毛色白多灰少。我们几个人不约而同地意识到情况不对，顾不上再去理会躲进屯谷仓的狐狸了，匆匆忙忙往前面的地窝子走，可是走到一半，只见漫天风雪之中，正有四五头巨狼撕扯争抢那只倒在地上的驼鹿。胖子端起半自动步枪，正待射杀这几头巨狼，却看到凛冽的寒风中还有成百上千头饿狼，如同潮水一般向 17 号农场涌来，那是荒原上前所未有的大规模狼群！

4

百年不遇的奇寒，冻死了雪原上的无数野兽，耐得住苦寒的西伯利亚苍狼，陷入没有食物的绝境，出于求生的本能，若干饥饿的狼群结为一体，随着凛冽的寒风追逐猎物，并在狂风暴雪的掩护之下，袭击沿途的牧民和牛羊，又穿过漫长的边境线，突然出现在了 17 号农场，这是北大荒千百年来从未发生过的"狼灾"！

我们这四个被兵团留下看守地窝子的人，从来没有见过西伯利亚苍狼，但是北大荒已经没有多少狼了，绝对不可能凭空冒出上千头巨狼。看到狼群汹涌而来的方向，以及凶恶冷峻的样子，众人多少也猜出了几分。西伯利亚苍狼体形巨大，性情凶残，成群结队出没于寒冷的西伯利亚荒原，因为它们习惯于集群活动，可以说几乎是没有天敌。

狼群汹涌而来，凭借风势飞驰，转眼冲进了17号农场。陆军胆子小，吓得脸上全无人色，两条腿抖成了面条，站都站不稳了。胖子则是好勇斗狠，他举起手中步枪，瞄准了正在撕扯驼鹿的一头巨狼，准备扣动扳机。尖果却想跑回地窝子，用电台通知团部。我一看势头不对，暴风雪中的狼群来得太多太快，我们原以为要对付的只有狐狸，带出来的子弹并不多，即使弹药充足，仅凭四支半自动步枪，也挡不住成百上千头恶狼！

我一想：来不及再去地窝子取电台和子弹了，没等钻进地窝子就会被追上来的恶狼扑倒，逃跑是没错，但在这种情况之下，跑错了方向必死无疑，眼下只能往回跑，躲进17号农场的屯谷仓。屯谷仓周遭全是干打垒的夯土墙，又高又结实，仅有一道木板门可供出入，只要将门板挡住应该可以将狼群挡在外面。屯谷仓的木板门用的是白桦木，以铁丝绑成，十分结实，恶狼撞不进来。那里面又有堆积如山的干草，有一定的保暖作用，人躲在里面不至于冻死！

逃生的时机转瞬即逝，我来不及多想，拽上抖成一团的陆军，同其余两人逃向屯谷仓。倒毙在17号农场的驼鹿，眨眼间已被恶狼啃成了白骨，群狼见到活人立即红起眼合围上来。四个人被迫回头开枪，阻挡来势汹汹的恶狼。这些狼都快饿疯了，一旦有被子弹击倒而不能起身的狼，就会被其余的恶狼扑住吃了。狼群的纪律性很强，在食物匮乏的状况下，它们会毫不迟疑地吃掉负伤和死亡的同类，但是绝不会对身体完好的同类下手，这也是西伯利亚苍狼在恶劣条件下生存的天性。众人且战且走，刚退到屯谷仓门前，一条脸上带疤的巨狼也追到了身后，猛地一蹿，将尖果扑倒在地。胖子的步枪子弹已经打光了，还没来得及重新装填弹药，他想起腰里还揣着刚才捡来的兔子，于是用力抡起兔子，对准疤脸狼扔了出去。疤脸狼纵身而起，一口咬住了从半空扔来的野兔。我和陆军连忙扶起尖果，撞开屯谷仓的木板门，四个人跌跌撞撞地逃了进去，又翻身顶住门板，这才"呼哧呼哧"喘作一团，但听狼头撞击和狼爪子挠动木板的声响接连不断。荒原上寒风呼啸，肆虐的暴风雪与群狼的嗥叫声完全混成了一片。

5

众人心惊肉跳，吓得胆都寒了，如果慢上半步，此刻已经葬身狼腹了！所幸有屯谷仓结实的夯土墙，挡住了狼群。我们这四个人和一条小狗，还有那只筋疲力尽的狐狸，被群狼团团围困在屯谷仓之中。屯谷仓的干草堆成了小山，干草本身具有保暖的作用，不过在暴风雪带来的奇寒之下，夯土墙上已经长出了白花花的冰霜，谁也无法确定钻进稻草垛里能不能过夜。屯谷仓虽然可以挡住狼群，可是天气如此恶劣，也很有可能发生垮塌，直接将我们活埋在其中。另外没有粮食，已经下了锅的饺子也没吃上，真可说是"里无粮草，外无救兵"！困在四面透风的屯谷仓中，又能支撑得了多久？

我们意识到身处绝境，但是无论如何总比出去让恶狼撕碎了吃掉好。四个人拼命逃进屯谷仓，还没等缓过气儿来，木板门和地面的缝隙之间突然露出半个狼头，狼眼凶光毕露，试图从屯谷仓的木板门下爬进来。胖子用后背顶住木板门，坐在地上正要喘气，屁股险些让恶狼咬到，他急忙跳起身来，抡起步枪的枪托往下砸。钻进来半个头的恶狼，让枪托砸得一脸是血，不得不退了出去，旋即从木板门下伸进几只狼爪子，不断刨挖门板下的泥土。我们四个人见群狼要刨个地洞钻进来，皆是大吃一惊，赶紧用步枪和屯谷仓里插草用的铁叉子，对着从门板下伸进来的狼爪子狠狠地招呼。好在天寒地冻，地面冻得比生铁还要硬，狼爪纵然锋利，也难以扩大洞口。西伯利亚苍狼的身子又比狐狸大得多，无法直接钻进来。双方隔着屯谷仓的木板门僵持了好一阵子，狼群终于放弃了挖地掏洞的念头。

众人不敢掉以轻心，搬过十几个填满草籽的大麻袋，将屯谷仓的木板门死死顶住。屯谷仓里白天也漆黑一片，眼下我们只有电石灯和手电筒可以照亮。陆军提起照明用的电石灯，到周围仔细看了一眼，屯谷仓的夯土墙足够坚固没有缺口，狼群应该攻不进来，这才稍稍放心。胖子摸出半包烟，叼上一支就要抽，尖果用手电筒的光束指向夯土墙，那里有四个鲜红的大字"严禁烟火"，提醒胖子可别引燃了草垛。我一想不错，屯谷仓全是干草，万一引起大火里面的人就全成挂炉烤鸭了。我当即吹灭了胖子刚划着的火柴，把他的半包烟及一盒火柴没收了，揣到我自己怀中，又将电石灯放在没有干草的角落中。

那只狐狸则缩在草垛角落里，注视着我们四个人的一举一动。我们自顾不暇，也没心思再去理会这只狐狸了，反复查看屯谷仓四周有无破绽。17 号农场的屯谷仓高处有几个通风口，平时用几块砖头塞住，最上方是用木头板子搭成的顶棚，为了防止暴风雪事先进行了加固，也是非常结实，并且留有三处可以开启的口子，能让人爬上去清除压在顶棚上的积雪。屯谷仓里除了干草垛，还有两架木梯。四个人搬动木梯爬到高处的通风口向外张望。此时才下半晌四点多钟，天色还没有完全黑下来，不过狂风吹动暴雪，荒原上白茫茫一片，远处已不可见，但是可以看到狼群仍在外面徘徊。

胖子搬过一架木梯，爬上去守住通风口，随时注意外边的情况。我和陆军、尖果在下边商量对策。眼下没水没粮，气温还在急剧下降，到了泼水成冰的地步，可谁也不敢点火取暖，半自动步枪的子弹没有多少了，从子弹袋中取出来数了数，仅有三十几发，不够杀出一条血路，然而困守到半夜，非得被活活冻死不可。

尖果说："只盼狼群尽早离开，它们进不了屯谷仓，天气又这么寒冷，应该会去别处找吃的。"

陆军绝望地说："不可能啊！你们有所不知，我以前看过一本书，那上面说狼是最古老、最完美的掠食生物。这样的生物从史前时代开始一共有三种，其一是恐怖鸟，其二是剑齿虎，其三是狼，唯一存活到如今的只有狼，因为它们耐得住各种残酷的气候和生存条件，又能够持续很多天不吃不喝，越饿越凶残，越饿越有耐心，越饿越贪婪，所以才有人说狼性就是饥饿！这群饿极了眼的巨狼，既然看见有活人躲在屯谷仓之中，不把咱这几个人吃掉，它们绝不会自行撤离。"

我听陆军这么一说，感到十分绝望，但是狠了狠心，鼓励陆军和尖果："我们宁可在屯谷仓中冻饿而死，也不能出去装进狼皮棺材，在这场你死我活的较量之中，我们一定要竭尽全力求生！"

说话这会儿，胖子已经顶不住刮进通风口的风雪了，他鼻涕直流，只得先将通风口用砖头塞上，爬下梯子报告情况。他一边哈气暖手，一边哆哆嗦嗦地说："外面的情况没什么变化，我看这群恶狼把这儿当成家了。咱得先想个法子取暖，否则等不到半夜就要有人冻死了。"

我对胖子说："屯谷仓里好歹有许多干草，咱们钻进草垛里，兴许能撑过今天晚上。外面冷得滴水成冰，狼群在暴风雪中忍饥挨冻，估计围困不了多久。"

胖子使劲点了点头："这还真是个法子！屯谷仓中成捆成捆的干草确实可以御寒，况且事到如今，不是也想不出别的招儿了吗，先钻草堆里暖和暖和再说吧！"说话他就要往堆积成山的干草垛里钻。

正在此时，干草垛上的狐狸忽然蹿了起来，紧张地嗅着周围的气味，不住地在屯谷仓中打转，显得十分不安。

胖子对狐狸说："不用这么慌张，你爷爷我现在顾不上搭理你，你要是不想出去喂狼，趁早给咱腾个地方，上一边儿待着去！"

尖果说："狐狸的举动很奇怪，它一边转圈一边盯着咱们，是不是想告诉咱们什么？"

我看狐狸果然是在一处通风孔下打转，就搬过梯子爬上去看个究竟。出于好奇，陆军也跟了上去。二人将砖头抠出来，挤到一处向通风孔外张望。我见到外面的情况立刻吓出一身冷汗。

胖子和尖果在下面给我们扶着梯子，迫不及待地问："怎么回事儿？是不是狼群要攻进来了？"

我吃惊地说："狼群带了一个……怪物过来！"

第五章　向风中逃亡（下）

1

我做梦也没看到过这样的东西，说不上究竟是个什么，只能告诉其余三人："狼群中有个怪物！"

陆军鼻子上架着一副高度近视眼镜，俩眼加起来一千八百多度，比酒瓶子底儿还厚，眼镜片儿让冷风一吹，雾蒙蒙的什么也瞧不见，他在旁边追问："怪物？你看清楚没有，是什么样的怪物？"

我忍着刀割般的暴风雪，一边观察屯谷仓外的情况，一边低声告诉陆军等人："狂风暴雪中的恶狼越聚越多，有只断了尾巴的巨狼，背来了一个似狼非狼的野兽，身上灰白色的毛发很长，好像活了很多年了。一般的狼都是前边腿长，后边腿短，所以狼上山快下山慢，下坡只能一步一挪。断尾巴狼背上这个东西，却和那些狼相反，两条前腿比后腿短，可它似乎走不了路，要让别的狼背着它行动，这个怪物也是一头狼吗？"

另外两个人在梯子下边不明所以，尖果说："世上会有前腿短的狼吗？"

胖子说："你们这叫少见多怪，十个指头伸出来还不一边齐呢，就不许有这么一只半只狼前腿儿长得比较短？"

我说："狼群将无法行动的同类全吃光了，为什么仅仅留下这个前腿儿短的老狼，还有一头狼专门背着它？"

陆军听到我们的对话，怔了一怔，突然叫道："快开枪！快开枪！这个怪物不是狼，它是狼群中的军师！"他又急又怕，慌了手脚，险些一个跟头从梯子上掉下去，忙抓住我的胳膊，连声催促："快快！赶快用步枪打死它！"

屯谷仓的通风孔可不是碉堡的射击孔，我站在梯子上，根本无法使用半自动步枪向外边射击，但是我和胖子、尖果三个人一听到"狼军师"这几个字，登时醒悟过来了，同声惊呼道："狈！"

中国有个成语叫"狼狈为奸"，狼性贪婪残忍，也足够狡诈，但狈却更为阴险，一肚子坏水儿，狼群想不出的办法它能想出来，相当于狼群里的军师。古书之中早有关于狈的记载，不过这么多年以来，真正见过狈的人却没有。因为不是所有的狼群都有狈，狈本身也十分罕见，相传只有狼和狐狸交配，才会偶然产下这样的怪物。实则不然，狈这东西像狼，但不是狼，只是经常跟狼群一同出没。

当年有不少人，把断了腿儿不能行走的狼误当作狈。据说在五六十年代，东北和内蒙古地区开展打狼运动，曾经捕到过一只狈，一度引起了轰动，后来才发现只是断了前腿的狼。真正的狈几乎绝迹了，只不过它的特征很明显，我们在北大荒屯垦兵团中，可没少听过这些传说，此时看见巨狼背上的怪物，就知道多半是狼军师！

我们这才明白过来，困在屯谷仓中的狐狸为何变得紧张不安，它的嗅觉远比我们人类敏锐，初期它认为屯谷仓能够挡住狼群，所以有恃无恐地趴在草垛上喘歇。而当狐狸发觉狼群中有狈，立刻感到大祸临头，看来17号农场的屯谷仓守不住了！众人均知外面的暴风雪有多可怕，一旦失去了屯谷仓，到了风雪肆虐的空旷荒原上，一转眼就会让狼群撕成碎片吃掉。只有想方设法守住屯谷仓，我们才有机会生存下来，可是谁都想象不出狼群会如何展开进攻。我在通风口看了这么一会儿，已经让寒风刮得手脚发僵，我告诉陆军先从梯子下去，又招呼胖子将半自动步枪的子弹装好，尖果也拿了插草用的铁叉防身。

四个人根据地形进行了简单部署，屯垦兵团17号屯谷仓中一共有两架木梯，东西两个通风口各置一架。我和胖子分头爬上木梯，从通风口向外观察狼群的动向，尖果和陆军负责在下边用手电筒照明，以及给步枪装填子弹，做好了负隅顽抗的准备。

胖子提醒我："半自动步枪的子弹打不了几轮，要是有这么三千发子弹，再来上两箱手榴弹，守在屯谷仓居高临下，来多少狼也不在话下，不过屯谷仓的夯土墙又高又厚，狼群本事再大也进不来啊！咱没必要这么紧张吧？"

陆军对胖子说："你不知道狈的狡猾，狼群一定能想出法子进来，到时候就是咱们的死期！"

胖子说："陆军儿，你是不是尿裤子了？"

陆军说："死我倒不怕，只是让狼撕了未免也太惨了！"

胖子说："你尽管放心，我给你留下一发子弹，一旦狼群攻进来，我直接给你来一枪送你去见马克思，绝不让你被狼咬死！"

陆军说："你太够意思了，只有一发子弹你还留给我，那你自己怎么办？"

胖子说："我坚持一会儿是一会儿，说不定把大部队等来了。"

陆军说："暴风雪太大了，三两个月也恢复不了交通，大部队咱是指望不上了！胖子你别光嘴上忙乎，你倒是盯紧了，当心有狼进来！"

胖子说："你大可不必提心吊胆，狼头再怎么结实，它也不可能把这么厚的夯土墙撞个洞出来。"

我守在另一侧的梯子上，发现 17 号农场屯谷仓外的狼群开始有所行动了，急忙打个手势，让梯子下的尖果通知另外两个人，成百上千的恶狼正在暴风雪中一步步逼近屯谷仓！我心中暗觉奇怪："狼群一拥而上是要推到夯土墙？那不是自不量力又是什么，难道我们高估了这些狼？"

但是我很快就看出了狼群的意图，第一排巨狼人立而起，趴在 17 号农场屯谷仓的夯土墙上，第二排巨狼蹬着前边的狼头又往上爬。我抬头看了看屯谷仓的顶棚，不免倒抽了一口凉气："哎哟！搭上狼梯了！"

2

狼群来得好快，说话这会儿，屯谷仓四周的狼梯已经搭到了高处，狼头撞开堵住通风口的砖头，发疯一般往里边钻。我在木梯上无法开枪射击，急忙从梯子上溜下去，抄起半自动步枪，让尖果抬起手电筒往高处照，手电筒的光束一晃，可以看到屯谷仓通风口处的两只狼眼，如同绿幽幽的一对灯！我端枪瞄准那一对绿灯，手指一扣扳机，"砰"的一声枪响，绿灯应声而灭。屯谷仓的通风口不止一处，平时都用砖头塞住，如果扒开砖，人可以探出头去，只是身子出不去，狼却可以钻进来。

几乎是在同时，其余几处通风口的砖头也被狼扒了，我和胖子各持半自动步枪，接连几个点射，将钻进通风口的饿狼一一击毙。五六式半自动的步枪子弹，总共才有三十几发，一个轮射打下来就用掉了一半子弹，而屯谷仓高处若隐若现的绿灯，灭掉一对却又冒出一对。我一看这么打下去可不成，忙叫众人搬上装满草籽的麻袋，等我将钻进来的饿狼打退，就赶紧用麻袋塞住通风口。四个人忙得如同走马灯一般，拼命堵上了四周的通风口，又推动屯谷仓中的木头架子进行加固，终于将狼群挡在了外边。我们这几个人惊魂初定，又饿又累，全都支持不住了，坐在干草垛上直喘粗气，等到定下神来，才发觉身上的冷汗已经出透了。

胖子说："太他娘的冷了，我这身上的汗全结成了冰，再不点个火堆烤一烤，可就冻成冰棍儿了！不过狼吃死人也只吃热乎的，见了冰坨子下不去口，我们冻成四个冰棍儿，至少可以留下囫囵尸首。"

我和胖子身上虽然冷，但是还能挨得住，陆军和尖果却已冻得发抖。万不得已在屯谷仓的一个角落拢了一堆干草，我从怀中摸出那半包烟和火柴，分给胖子、陆军。哥儿仨一人抽了一颗烟，又点上一堆火。四个人围成一团，挤在火堆前取暖。胖子这半包"新功"牌劣质香烟，是我们仅有的烟了，平时舍不得抽，都是将烟丝剥出来，夹上干树叶子搓在一起抽，一口抽下去呛得直咳嗽。如今死到临头，可想不了那么多了，各自狠嘬了几口，半支烟抽下去，紧绷的身子才稍稍松弛下来。

胖子说："可惜了一大锅饺子！来北大荒多半年了，好不容易包上一次正经饺子，还让狼给搅了！"

我说："你饿昏了头了，饺子怎么还分正经不正经？"

胖子说："你们包的玩意儿能叫饺子？充其量叫片儿汤！我看你们包饺子那两下子，都不是跟师娘学的，直接跟师妹学的！"

陆军听我们说到饺子，馋得直咽口水，喃喃自语道："吃不上正经饺子，有饺子锅巴也好！”

尖果轻轻叹了一口气：“我们在想锅里煮的饺子，狼群在想屯谷仓里的人……”

胖子若有所悟：“合着全是为了口吃的？”

我心中一动，对其余三个人说：“那也不奇怪，人要吃东西，狼也要吃东西，全是为了生存。之前陆军说过，狼性是饥饿，人性其实也是饥饿，从前我不太了解‘饥饿’二字的含义，直至来到北大荒，兵团实行供给制，干活儿的时候一天三顿，不干活儿的时候一天两顿，一顿半斤粮食的定量。直观看上去，半斤粮食是两个窝头一碗稀饭，说实话绝不能算少，但是你得分干什么活儿了，挖土渠脱大坯，这一天的活儿干下来，光是流的汗也有七八斤了，一斤半粮食还不够塞牙缝儿的，那时候我才真正明白什么叫饿，饿字怎么写？一半是个食，一半是个我，饿者——我要吃也！物不平则鸣，肚不饱则叫，穷则思变，饿则思填，此乃天经地义！但是人和狼不同，人的信念可以战胜一切困难，包括饥饿！想想革命老前辈当年的经历——天将午，饥肠响如鼓，粮食封锁已三月，囊中存米清可数，野菜和水煮！打游击反围剿，封粮三个月仍然斗志高昂，我等只不过一顿饺子没吃上就打蔫儿，你们不觉得惭愧吗？咱们要相信——面包会有的……”

胖子给我接了一句：“牛奶也会有的！”

陆军和尖果又一同接了一句：“一切都会有的！”

我说：“我这是鼓舞你们的革命斗志，不要起哄！”

陆军推了推鼻子上的近视眼镜：“列宁同志说过——有限的供给与近似于无限的饥饿经常会发生尖锐的矛盾。你解决这一矛盾的方法属于幻想派，通过意念来战胜饥饿。”

胖子说：“精神会餐？这也是我的强项……”一说到吃，他立即变得神采飞扬，什么卤煮、火烧、包子、炒肝、烤鸭、烧鸡，在他绘声绘色的描述下，形状颜色历历在目，味道口感萦绕嘴边，说得我们几个人直吞口水。

胖子越吹越起劲儿，他也有足够的资本进行炫耀。当初我们刚到屯垦兵团，赶上一次大会战——给牧区送羊粪，全团有两千多人参战，胜利完成任务之后举行了大会餐。当然，由于条件艰苦，并没有酒肉，只不过窝头管够，拿团长的话来说，敞开了可劲儿造！兵团中的知青，全是十七八的半大小伙子，正值争强好胜的年纪，一听说窝头管够，当即开展了吃窝头大比武，胖子以压倒性的优势夺得了第一名，大窝头一字排开，他势如破竹一口气干掉了二十多个，其余参与比武的知青望尘莫及，同时打破了北大荒生产建设兵团历届吃窝头大比武的最高纪录！他为了凑个整数，也是为了保持纪录不再被人打破，吃掉二十几个窝头之后喝了一口水，又塞下去四五个窝头，一共消灭掉了三十个大窝头，直到 1977 年知青大返城，再也没有人可以接近这个纪录的一半。在我们这儿提起一次吃掉三十个窝头的胖子，整个兵团从上到下没有一个人敢不服。

胖子连吹带比画，对他吃窝头的英雄事迹夸夸其谈。他不说还好，越说我们越饿，他的肚子也咕咕作响，说到一半，他猛地一拍大腿："嘿！我真是吃土豆、窝头吃多了，咱这不是守着干粮挨饿吗？"

陆军忙问："你带干粮了？"

胖子说："干粮？我没带干粮。"

陆军扫兴地说："没带你说个什么劲儿！"

胖子拍了拍陆军的头："你小子也就是个吃土豆啃窝头的脑袋……"他往后一挑大拇指："屯谷仓中还有只大狐狸，岂不是现成的野味儿？"

我一听胖子要吃狐狸，岂不是犯了我的忌讳？这话又不能明说，我正在想怎么开口，却听陆军对胖子说："狐狸肉也能吃？听说狐狸肉骚，女人吃了不来月事，没法儿吃啊！"

胖子说："什么月事？饿到这个份儿上哪还有那么多事儿？我可真没看错你，你也是一脑袋高粱花子，骚点儿怕什么，好歹也是肉啊！不比啃窝头好吗？何况你连窝头都没有，让你吃肉你还挑肥拣瘦。列宁同志怎么说的，真正的无产阶级是不应该挑食的！"

陆军奇道："列宁同志说过这话？"

胖子说："怎么没说过，你不记得了，列宁同志在十月革命胜利之前，连红菜汤都喝不上溜儿，干啃了三十多天黑面包，他在那会儿说的。"

陆军说："那是我随口一说，你还当真了。"

胖子焦躁起来："嘿，你这坏小子！敢给列宁同志编段子？"

我忙对胖子说："别炸猫了，你只吃土豆窝头还长这么一身肉，充分说明了咱社会主义制度的优越性，少吃几顿饿不死你。"

尖果也劝胖子别打这个念头，之前狐狸偷 17 号农场的木柴，欲将众人置于死地，虽说事出有因，但是不除掉狐狸，四个人一个也活不成，然而后来有了大黑狗，不用再担心狐狸来捣鬼了，何必赶尽杀绝？况且我们和狐狸都被困在 17 号农场屯谷仓，全凭狐狸的指示，众人才发现屯谷仓外有狼军师，此时要将狐狸吃掉，未免不仁不义。

胖子愤愤不平："你们仨简直人妖不分，跟只偷社会主义木柴的狐狸讲什么仁义？"他已经等不及了，说话的同时站起身来，一手握了刀子，一手提上电石灯，转过头去捉狐狸。我想拦他一道，也跟了过去。狐狸惧怕火光，在我们点火取暖之后，躲到了屯谷仓另一边的角落。我和胖子走过去一看，只见狐狸仰起了头，正一动不动望向高处。我下意识的抬头往上看，屯谷仓的通风口全堵死了，高处黑咕隆咚的，不知死到临头的狐狸在看什么？

3

我正在纳闷儿，忽听屯谷仓高处的顶棚上"嘎吱嘎吱"作响，我心中立时一惊，糟了！围在屯谷仓外的狼群并未罢休，而是以狼梯爬上了屯谷仓顶棚！屯谷仓上面的木架子之间，只铺了一层干草，远不如周围的夯土墙坚固结实！我急忙招呼其余三个人，立即到高处防御，趁现在我们还有地势之利，无论如何不能让狼群突破顶棚。众人原本又冷又饿，均已疲惫不堪，但是为了求生存，又跟刚上满了发条一样，搬起梯子迅速爬上顶棚。我和胖子一马当先，揭开顶棚上的木板和草席，顶着如刀似箭的暴风雪，上到屯谷仓的最高处。这上边只有木头架子可以攀蹬踩踏，其余地方是铺了草席的，稍不留神踩上去就得掉到屯谷仓里。下面虽然有堆成山的草垛，掉下去也摔不死，但是再爬上来，可就没有时间抵挡狼群的进攻了。

二人上到高处，耳中听得狂风暴雪"呜呜"怪叫，风大得好像随时都能把人卷到天上去，眼前白茫茫的一片。我和胖子只好背上步枪，手足并用往前爬行，扒住屯谷仓夯土墙的边缘，小心翼翼地探头张望，发现有一头恶狼已经上了顶棚，胖子当即端起步枪对准狼头射击，狂风暴雪中完全听不到半自动步枪的射击声，而中弹的恶狼则将顶棚砸出一个窟窿，翻着跟头滚了下去，其余的巨狼前仆后继蜂拥而上。我和胖子人手一支半自动步枪，仅挡得住两个方向，尖果和陆军相继爬上来助战，子弹用光了拿枪托去砸、用枪刺去捅，屯谷仓中用来插草的叉子，也成了我们手中的武器，将一群又一群爬上屯谷仓的恶狼击退，人和狼都是杀红了眼，全然忘却了寒冷与恐惧。此时的天色越来越暗，规模罕见的暴风雪，呼啸着掠过 17 号农场。我百忙之中往下看了一眼，屯谷仓下面密密麻麻的是无数双碧绿贪婪的狼眼，那是挤不到近前的恶狼，正仰头望着屯谷仓上的活人，看得人头皮子都跟着发麻，两条腿止不住地打战。

我的身子晃了一晃，险些从高处直接掉下去，急忙扔下子弹打光的半自动步枪，张开双手紧紧抱住墙头。一头巨狼趁机跃上了顶棚，龇了龇狼牙，张口向我扑来。

我的身子几乎冻僵了，想要躲避却力不从心，即使躲得过这一扑一咬，也挡不住后面源源不断的恶狼，一时间万念俱灰，只好闭上眼睛等死。正当此时，胖子从夯土墙上站起身形，倒转了手中的半自动步枪，枪托往前狠狠砸去，这一下正抡在狼头上。恶狼"呜"的一声哀鸣，从高处掉了下去。胖子又奋力将我往旁一拽，避过了另一头扑上来的巨狼。那头巨狼背生红毛，一扑不中，恰好扑在屯谷仓的顶棚上。它这一扑使足全身力气，又将顶棚砸出一个大口子，打着滚儿跌进了屯谷仓，不偏不斜，正落在我们之前拢起的火堆上，摔得火星乱溅。四周的干草垛堆积如山，干草见火如何得了，"轰"的一下引发了大火。

火借风势，风助火威，霎时之间烈焰翻滚，火舌升腾。一个火头直蹿上来，已经爬上屯谷仓顶棚的几头恶狼吓了一跳，扭头又跃了下去。周围的狼群也纷纷往后退开，因为狼的天性怕火，虽然处在酷寒的暴风雪中，却也不敢过分逼近。17 号农场屯谷仓里的干草引燃了大火，迫使我们四个人撤到顶棚边缘。此刻的雪片已如鹅毛般大，借了风势铺天盖地地落在荒原上。屯谷仓内的烟火往上升腾，又被暴风雪压住，一时半会儿还威胁不到趴在墙围顶端的几个人，反倒挡住了狼群的猛扑。我身上沾染的狼血已经冻住，棉袄已被撕开了好几条口子，身体因寒冷变得麻木僵硬，感觉不出自己身上有没有伤，正待低头察看，却见尖果攀在木梯上，冒烟突火要下去，我赶紧将她拽了回来。

从西伯利亚席卷而来的暴风雪，一阵紧似一阵，两个人纵然面对面大声喊叫，对方也完全听不到，因为叫喊声都被暴风雪吞没了。不过我知道尖果想做什么，那只小黑狗还留在屯谷仓里，这场大火一烧起来，必定难以幸免。可是下边的火势太大，她冒死下去不但救不了那只小黑狗，连她自己的小命也得搭上！尖果不想让小黑狗活活烧死，执意要从木梯上下去。我狠心阻拦，两个人一个挣一个拽，在屯谷仓上相持不下，趴在夯土墙边缘的胖子和陆军，则在声嘶力竭地大声哭叫，他们的叫喊声也被暴风雪完全吞没了。正在这乱得不可开交的时候，忽见屯谷仓中那只狐狸衔起小黑狗，顺着木梯逃上顶棚，身上的狐狸毛都被火烧焦了。

我使劲揉了揉眼，根本不敢相信眼前所见的一幕，狐狸和狗本是天敌，狐狸连狗的气味都难以接受，怎么可能冒死救出一条小狗？或许是这只狐狸的崽子在不久前死了，母性的本能使它不忍心看小黑狗命丧火窟，又或许是要依靠众人抵御狼群，总之它冒着九死一生的危险，拼命把小黑狗叼到了高处。漫天风雪之中，老狐狸和小黑狗，还有我们这四个人，趴在屯谷仓的夯土墙上，身后烈火浓烟，周围则是多得数不清的饿狼。

四个人见此情形，都明白已经到了穷途末路，做好了赴死的准备。可正在这么个生死系于一线的当口，团团围住 17 号农场屯谷仓的狼群忽然一阵大乱。我们不明所以，从高处往下一看，只见暴风雪中冲来一群野狗，为首一条黑色巨犬，正是此前逃走的大黑狗！它身后是几只与它种类相似的巨犬，最大的一条，几乎和黑驴差不多，其后紧紧跟随着百余条普通的野狗。这一百多条大大小小的野狗，什么样子都有，有的是牧犬，有的是猎犬，还有不少土狗，显然是常年在人迹不至的深山老林中出没，一个个长毛邋遢，野性十足，都有如下山的猛虎一般，冲进狼群之中到处乱咬。

由于野狗们从下风口迂回而来，使得围攻 17 号农场屯谷仓的狼群并未发现，等到群狼回过神儿来，已经有很多狼被野狗咬死了。狼群的纪律性很强，生性坚忍善战，乱了一阵儿之后，在狼王的率领下，纷纷龇出獠牙，冲上去同那些野狗撕咬在一处。众人趴在屯谷仓的夯土墙上，借着火光目睹了这场突如其来的血战，一个个目瞪口呆，从不曾见过这般恶斗。

4

我曾听牧民说过，在北大荒边缘的林海之中，经常有成群结队出没的野狗。当年草原上开展过轰轰烈烈的打狼运动，带上一条狼皮筒子，可以去供销社换一条平装战斗牌香烟或二斤闷倒驴烧酒。牧民和猎户们为了多打狼，养了不少狗。牧区的狗长得跟毛驴子那么大，身上青灰色的毛长极了，兵团的人都说那是蒙古獒。一只蒙古獒斗得过四五头狼，以前草原上的狼多，狼习惯在半夜袭击羊群，外边黑得伸手不见五指，人出不去，牧民在敖包里可以听见蒙古獒同恶狼撕咬的声响彻夜不绝。天亮之后，蒙古獒累得趴在地上，一整天不吃不喝，到夜里又同狼群恶战，几天下来，狮子一般雄健的蒙古獒也得活活累死，却仍忠于职守，来再多得狼都不会畏惧退缩。可是随着兵团开荒，狼越打越少，狗和兔子却越来越多。既然没有了狼，当然也用不上这么多狗了，毕竟狗是要吃肉的，狗多了就成了负担。草原上还好说，牧民对狗极好，林区和农区却不同，"狡兔死，走狗烹"这话都传下多少年了，所以有的狗被人煮来吃了，有的狗被人丢弃，从而变成了野狗。野狗们为了生存，退进了大兴安岭原始森林，见了人躲得远远的，很少能再看到它们的踪迹。

牧区的大黑狗似乎与野狗的首领相识，它察觉到狼群穿越国境逼近17号农场，明知自己抵挡不了，也无法及时搬来援兵，竟然跑到林海深处找到这群野狗，在千钧一发的紧要关头赶了回来。为首的巨犬猛如虎豹，个头之大，实所罕有。根据牧民口中的传说，草原上有过这样一头"魔犬"，在打狼运动中可以说是战功累累，后来草原上的狼少了，牧民也舍不得把它下汤锅，就把它赶进老林子，让它自生自灭，想不到让我在这里见到了！

西伯利亚苍狼的个头、力量和凶狠程度都远远超过蒙古草原狼，而且这一个个都是饿红了眼。厮杀之中，巨犬被几头恶狼死死咬住不放，全身上下鲜血淋淋，依然在狼群之中横冲直撞，往来冲突，每一口咬出，锋锐的牙刀就能切开一头恶狼的喉咙，狼群的首领也让它一口咬死了，直到身上的血流尽了才倒下。

西伯利亚狼群虽然凶恶，但是一来猝不及防乱了阵脚，顷刻之间死伤无数，二来首领被巨犬咬死了，其余的狼没了主心骨儿，混乱中纷纷退散。这一场狼群与野狗群之间的血战残酷至极，牧区的大黑狗也与一头恶狼同归于尽，一狼一狗互相咬住对方至死也不肯放松。荒原上到处都是横七竖八的死狼和死狗，但很快又让暴风雪掩埋住了。北大荒17号屯垦农场之中，仅有我们四个人及一只老狐狸还活着。小黑狗也在严寒中冻死了，刚出生不久的小狗，终究没有躲过这一劫。老狐狸身上的毛烧掉了好大一片，它头也不回地消失在了茫茫风雪之中，我们这几个人死里逃生，个个冻得肢体麻木，互相拉扯着，勉强爬回地窝子。原以为逃进去可以活命，可没料到，地窝子顶棚已经让暴风雪掀掉了，地火龙冻成了冰坨子。

我快要冻僵的脑袋"嗡"的一声，糟了大糕了！严寒中的荒原不比别处，朔风夹雪，如刀似箭，皮厚毛长的大牲口也挡不住这寒威，何况是人？众人见到情况不对，急忙找到排长留下的火种，整了整毡靴棉帽，挎上大号手电筒，一人搬上一捆柴草，准备寻找避风处躲一躲暴风雪。

17 号农场屯谷仓的顶子没了，夯土墙却还在挡得住风雪，却避不过严寒，但是能躲一会儿是一会儿，撑过这漫漫长夜，或许会有边防军赶来支援。我这是尽量往好处想，然而带来严寒的暴风雪至少会持续五六天，在这场规模空前的暴风雪过去之前，只怕不会有援兵到来！

天已经黑透了，一望无际的荒原上，狂风暴雪呼啸肆虐。我们搬了柴草正准备要走，此时我一抬头，却见逃走的狐狸到了我们身后。我心想狐狸适才逃进了原始森林，它为何去而复返？仍要与我们作对不成？一怔之际，胖子、陆军、尖果三个人也看到了狐狸。四个人皆有不祥之感，以手遮挡风雪，举目望向四周，只见一双双如饥似渴的狼眼，如同一对对幽绿的鬼火，在暴风雪中忽隐忽现，四面八方全是，也不知来了多少！

第六章　黑山头古墓

1

原来 17 号农场的死狼和死狗，引来了更多的饿狼，之前逃散的狼群也折了回来。好在狼群之前吃了一个大亏，仍是乱成一团，全去争抢死狼死狗，趁热从雪窝子中掏出来吃，还顾不得扑咬活人。不久之前逃走的狐狸，又被合围上来的狼群挡住了去路，只好逃回了屯垦兵团 17 号农场。我们四个人一人抱了捆柴草，扔下柴草两手空空，仅有胖子背了一支没子弹的步枪，有子弹也打不了，因为枪栓已经冻住了！狼群一旦扑上来，如何抵挡得住？

咱再说那只大狐狸，它可能在逃跑途中让狼咬了一口，脖子上直往下淌血，逃到了我们这四个人面前，看见这边也有狼，立即掉头钻进了一条土沟。出了 17 号农场地窝子，往前走不了多远，有一条屯垦兵团在荒原上挖的土沟，宽约一米，两米多深不到三米，汛期用于排水。如果下到两三米深的土沟当中，或许可以躲避暴风雪，却挡不住严寒和西伯利亚狼群。可众人也顾不得那么多了，一看狐狸钻下去，我们也连滚带爬地进了土沟，打开手电筒照亮，跌跌撞撞地跟在狐狸后面，深一脚浅一脚不住往前走。狐狸似乎在等我们这几个人，不时转过头来往我们这边看。我心中一动："狐狸毕竟与屯垦兵团 17 号农场的人是死敌，它会好心带我们逃命？"

屯垦兵团在荒原上挖的排水土沟虽然只有一条，两边却还有许多旱沟，深浅不一，走势并不规则。狐狸三转两绕，逃入一处旱沟，又一头钻进了一个土窟窿。我实在想不出狐狸在打什么主意，心中一阵犹豫，不敢轻易跟进去，但是忽隐忽现的绿灯越来越多，西伯利亚狼群已经围了上来。

胖子扔下抱在手中的柴草，摘下背上的五六式半自动步枪，将明晃晃的刺刀顶上。他让陆军和尖果用手电筒往土沟上边照，只要有狼探下头来，他就一刺刀捅上去，捅死一个是一个，捅死一个少一个！

陆军和尖果按胖子说的，分别用装了八节电池的大号手电筒往上照，光束照到了一个狼头，一对恶狠狠的狼眼在手电筒的光束下，泛起炫目的绿光。西伯利亚苍狼也怕强光，它一让手电筒的光束照到，不等胖子用刺刀去捅，当即缩头退开。暴风雪已将天地连成一片，我们躲在土沟之中，冻不死也得让风雪埋了，又见狼群不住逼近，只好咬了咬牙，将心一横，跟在狐狸后边钻进了土窟窿。那里边十分狭窄，但是非常深，一行四人一字排开，匍匐向前。我在后边，爬几米往后看一看，似乎有狼跟了进来。狼饿急了，可以和狗一样钻洞。我怕让狼咬住我的脚后跟，可在这么窄的地方，转不过头去对付恶狼。不过当我们爬了几百米之后，身后的土层垮塌下来，阻断了来路。我暗自庆幸，在逼仄压抑的土洞中又往前爬，随后挤进了一条地裂子。

退路已绝，四个人被迫摸黑前行，感觉走出了很远很远，狭长的岩裂仿佛没有尽头，从大致方向上判断，地裂子应当通到大兴安岭黑山头，狐狸是带我们进了黑山头？我们身上的冻疮裂开了一道道口子，手电筒的光亮也逐渐变暗，陆军实在走不动了，死狗一样趴在地上，我们想给他打气，可是连口号都喊不动了，只好由我和胖子架上他，尖果打了手电筒在前边照亮，几个人一步一蹭往前挨。好不容易挣扎到一个比较宽阔的地方，但见乱石陈横，苍苔覆盖，深处还有云雾缭绕，要说这是个狐狸洞，可也太大了！

2

四个人逃命至此，都走不动了，也说不出话，不约而同地坐下来。我脑袋昏昏沉沉的，四肢乏力，搓了搓冻僵的手，跺了跺冻木的脚，顺势倚在乱石边坐下，感到身上一阵阵发冷，脸上手上的冻疮疼得要命，口干唇裂，手电筒扔在一旁，到处黑乎乎的，睁不睁开眼没什么分别。

我喘了几口气，想去摸手电筒，却摸到身旁躺了一个人，冰冷梆硬，不是胖子、陆军，也不是尖果，怎么会冒出来这么一位？我一惊而起，困意全无，手忙脚乱地掏出火柴，划亮了一根。在火柴的光亮之下，见到旁边居然是一个死人，遮了很厚一层尘土，青衣小帽，身背一柄黑伞，挎了一个皮口袋，皮肤乌黑，脸如枯腊，面目已不可辨认。干尸旁边扔了一柄铲子，铲头如同鸭子嘴，铲柄有个龙爪，约有一握粗细，乃乌金打造，形状实属罕见。我看得入神，不觉火柴烧到了尽头，燎得我一缩手，眼前又陷入了一片漆黑。

大兴安岭一带有句话，说是"打霜不钻洞，下雨不蹚草"。意思是打霜之后，别钻土窟窿、树洞，因为说不定会撞上蹲仓的老熊，让它舔上一口可受不了；伏天炎热，下过大雨之后，不要往乱草深处走，蚂蟥还不打紧，一旦让土皮子咬了，五步之内必死。洞中这个"倒卧"，多半是让蛇咬了，皮肉发黑，扔在这儿连野兽都不会啃，变成了干尸。

我吃了一惊，急忙摸到手电筒，换上几节电池，打开来照亮。胖子和陆军见状，同样是又惊又骇。尖果躲到我身后，不敢去看死尸。胖子不在乎，他捡起那柄铲子，左看右看，啧啧称奇，长这么大没见过这样的铲子，大小同工兵铲相似，却并非近代之物，铲刃十分锋利，扔在地洞中这么多年，仍不见生锈，铲头又打造得形同鸭子嘴，这是干什么用的？我听我爷爷说过这叫鸭嘴铲，在老时年间，盗墓的土耗子才使这样的铲子，身上的伞或许是"阴阳伞"，毙命于此的这位……是个土耗子不成？

之前我们四个人又饿又累，手电筒的光亮又暗，没来得及多看，此刻再一打量，洞穴四壁均被泥土遮住了，可是颇为齐整，似乎是一处石窟，伸手抹去泥土，果然见到色彩斑斓的壁画。众人这才意识到，狐狸带我们躲进了一座古墓！挖盗洞下来取宝的土耗子已经死在这里了，却不见了狐狸的踪迹。我捡起干尸身边的皮口袋，里边有几根火把、两支蜡烛、一个朱砂碗、一柄凿壁的穿子、一捆绳子。胖子从干尸怀中摸出一块水晶，竟和爷爷留给我的玉玦一模一样，另有一枚黑乎乎的老棺材钉、几枚铜币，他点起一根蜡烛，放在烛光下辨认，可以看到铜币上铸有"康德"年号。应该是伪满洲国钱币，想见这个土耗子死了不下几十年了，没想到狐狸带我们进了一座古墓，死尸是个盗墓的。

我让胖子将这些东西揣上，阴阳伞和鸭嘴铲也带上，以后也许用得到。胖子对我说："来17号农场快一年了，可没看见周围有什么古墓。"

我说："草原与大兴安岭相交之处，古称黑山头，虎踞龙盘，形势非同小可，没有古墓才怪，只不过葬者——藏也，死人埋在地下，就是为了让别人找不到，你在上边当然看不见。"

3

话虽如此，可没人顾得上古墓了，还是处置冻疮要紧。四个人手上脸上全裂开了口子，往下一摁直冒黄水，黄水冒完了又冒清水，必须摁出鲜血来才行。

不过在我们北大荒生产建设兵团，长上一脸一手的冻疮并不叫苦，兵团中有句话"一年分四季，各有各的苦"，这话怎么讲？开了春还没化冻，土层中全是冰碴儿，一锄头抡下去，如同抡在铁石之上，刨上一天土可以把人累死，累不死你再看看这双手，虎口开裂，手掌上全是血泡；伏天接二连三下暴雨，站在没膝的水中挖土方，一天下来往下一脱鞋，真可以说是连皮带肉脱下一层；秋草长的时候出小咬，草蠓子咬人也往死里咬，扑头盖脸一片片飞下来，你躲都没地方躲，人怕草蠓子咬，更怕传疟疾，因为疟疾而死的人不在少数，唯有拿烟熏。草蠓子是让烟熏走了，兵团的人可也得跟着挨熏；待到苦寒之时，躲在地窝子中忍饥受冻乃是家常便饭，万一冻伤严重，截肢落个残疾的也不是没有。

我们几个人在北大荒快一年了，能吃的苦全吃遍了，却没遇上过这么大规模的狼灾，应对经验不足，不知狼群几时才退；又担心屯谷仓付之一炬，死狼死狗也被别的狼吃光了。万一狼群退走了，你光说有狼灾，怕交代不过去！况且17号农场的屯谷仓和地窝子都没了，出去恐怕也得冻死。

胖子什么都不在乎："你们一个个怎么都跟遭了雹子似的，别这么垂头丧气的，常言道得好——大难不死必有后福。我敢说古墓中一定有宝！"

陆军闻听此言，也兴奋起来了："你不提我还真想不到，我有个同学之前在山上插队，捡到一枚鸟龙蛋化石，交上去立了一功，还批了他二十天探亲假。如果我们捡到几件陪葬的金器，带出去交给师部，不仅无过，反而有功，说不定还能当上正规军，也不枉身上冻裂了许多口子！"他虽然胆子不大，可是不怕古墓中的死人，神是人封的，鬼是人说的，世间何曾有过鬼神？你见过让狼咬死的人，见过在严寒中冻死的人，几时见过让鬼吓死的人？

一说到立功受奖，甚至有机会参军，尖果也不怕了。四个人打定了主意，将厚重的皮袄脱掉，打成捆背在身后。毕竟是往古墓中走，嘴上说不怕，心里可都打鼓，而胖子的半自动步枪已经没了弹药，枪支也在钻进地洞的时候扔掉了，他就拎了那柄挖盗洞的铲子。我有一柄短刀，陆军手持屯谷仓中的木叉，各人手中有了防身的家伙，胆气均为之一壮。尖果打开装填八节电池的大号手电筒，负责给我们照明。兵团配备的特大号手电筒看上去虽然十分唬人，其实照明距离并不远，尤其是在完全黑暗的地洞中，而且耗电迅速，持续使用十几分钟光束就会变暗，关键时刻根本指望不上。我只好又点了一支刚才找到的火把，在阴森的古墓中摸索而行。

众人仔细辨别，所处之处，似乎是一处因断层下陷而崩塌的墓室，大兴安岭有多处断层，经常发生山体下陷。我们与狐狸一前一后从墓室拱顶上下来，前后及左右两边，各有一座拱形门洞，皆以石砖砌成，砖上阴刻宝相花纹饰，形状几乎一致。各门均被从洞口落下的泥土碎石埋住了一多半，必须四肢着地才能爬进去。胖子要过我手中的火把，挨个儿往里看了一遍，全是黑乎乎深不见底。他问我们先进哪个，我一指正中一座石拱门："应该往这边走！"

胖子说："为什么不往这边走？过去的人不都迷信死了上西天吗？墓主人一定躺在西边！"

陆军忙摆手说："不对，听说古代人讲究阴阳宅，阳宅是什么样，阴宅也是什么样，你没听过坐北朝南吗？北门是上首，墓主人多半在北边。"

我问胖子和陆军："你们分得出东西南北？"

胖子摇了摇头，他倒有法子："大不了挨个钻一遍，看看里边有什么东西。"

陆军说："乱走可不成，相传古墓之中有暗箭伏火，全是要人命的东西！"

我对他们说："这是一座辽墓，距今不下上千年了，又被掏了盗洞，大可不必担心伏火。"

胖子不信，他说："进来之后没看见一个辽字，何以见得是座辽代古墓？"

我用手一指，说道："你没瞧见墓砖上阴刻的纹饰吗？那是一种多层次的花卉图案，整体近似尖瓣莲花，花芯如同勾卷的云朵。据说世上并没有这种花，乃是佛经中的往生之花，是二十四佛花之首，放万丈光明，照十方世界，古时称为宝相花。到了辽代，宝相花才被刻在墓砖上。我刚才说的那还只是其一。其二，辽墓大多在马蹄形山坳中，格局坐北朝南，主墓室在正中，两侧为东西陪葬耳室，这些全都无关紧要，即使分不清东南西北，我们也该往这边走，因为什么？你们放亮了仔细看看，这边有狐狸的血迹！"

众人用手电筒和火把一照，血迹兀自未干，点点斑斑的血迹，一路进了那座拱顶门洞。狐狸让围上来的西伯利亚苍狼咬了一口，又带我们逃至此处，看来血流得可不少，它还活得了吗？我们都很担心这只狐狸，怎么说也是同生共死一场，如果没有狐狸带路，我们早让狼吃了。当即趴下身子，以火把在前开道，一个接一个钻进了拱顶门洞，里边是好大一座墓室，东西两边各设耳室，四角摆列膏烛。墓室当中并没有棺椁，也没有尸床。

我记得《量金尺》秘本中有相关记载，辽代贵族墓葬仿袭唐制，不过有一部分没有棺椁，仅以棺床置尸，所谓"棺床"，又称"尸床"，只不过是一个雕龙绘凤的石台，规格高的也有玉台。死尸灌以水银，过去千百年也不至于朽坏，以黄金覆面和金缕衣装裹，放置在尸床上，或仰面朝天，或倒头侧卧。这座辽墓，不知所埋何人，没见到棺椁和尸床。墓室中累累白骨，那可不是死人的枯骨，而是狐骸，对面的巨幅壁画上，则是一条腾云驾雾的九尾妖狐！

4

壁画底层抹了白膏泥，年代虽然久远，仍看得出画幅十分巨大，火把都照不到顶。众人看得出奇，狐仙狐怪的传说在民间广为流传，即使在那个年代，我们也听了不少。狐狸如果长出九条尾巴，那叫"九尾妖狐"。聊斋之类的迷信传说当中有五通神，民间排列为五大姓"胡、黄、白、柳、灰"，头一个古月胡，也就是狐狸。相传狐狸通灵，可以吞吐天地灵气，吸纳日月精华，活到一百年的狐狸会多长出一条尾巴，要活过九百年，才长得出九条尾巴，从此可以变成人形。我不由得冒出一个念头，墓主是苏妲己不成？因为在《封神演义》中有一段"纣王无道宠妲己"，祸乱成汤社稷的妲己，即是轩辕坟九尾妖狐所变。可又一想，这可是一座辽墓，怎么可能埋了苏妲己？不知埋在这座辽代古墓中的墓主人是什么来头，墓室中为什么会有九尾妖狐的壁画？

那只与17号农场为敌又被狼群咬伤的大狐狸，全身上下血迹斑斑，趴在古墓壁画前动也不动，直到我们进来，它才有气无力地睁了睁眼。火把忽明忽暗的光亮之下，狐狸吐出的气息，如同蜡烛灭掉之后的一缕轻烟，缓缓从我们面前飘了过去，竟似有形有质。

我正看得出神，忽听胖子说："你们看这是什么？"他举起火把往前一照，我隐约见到墓室边缘长了一片片圆形树舌，色泽苍白。我们几个人在大兴安岭原始森林中见过近似于此的树舌果实，通常长在雷雨过后，可以用刀子剜下来直接吃，价值十倍于松蘑，想不到洞穴中也会长出树舌果实，或许只是形似树舌，或许是"石衣、岩耳"一类，又或许是一种我们从来不曾见过的"地耳"。墓室四周有许多朽木，树舌都长在圆木朽坏之处。

胖子说："这玩意儿也许能吃！"

陆军说："树舌可不会长在古墓之中，这东西能吃吗？"

胖子吞了吞口水，说道："横竖是个死，我先尝尝！"他先将火把插在墓室中，上前用手一摸，肥肥厚厚，肉肉乎乎的，拿铲子抠下一块，放进口中嚼了几下，虽说没有什么滋味，但是汁水甚多，倒也吃得下去。

我和陆军、尖果三人，皆是饥肠辘辘，见这东西能吃，忙不迭地往口中塞。打从一早上起来，我们只吃过几个白水煮土豆，下半晌包的饺子没吃成，让狼群和暴风雪困在屯谷仓中多半宿，直至从17号农场躲进辽代古墓，时间过去了一天一夜，连口水也没喝过，已经饿急了、饿透了，入骨透背的饿可以迫使人抛开一切。我见长在朽木中的树舌可以吃，脑子里只有这一个"饿"字，别的什么都顾不上了，摘下一片树舌就往嘴里塞，确实没什么味道，不苦不酸，不甘不涩，说不上好吃，可也并不难吃。吃完之后不仅肚子不饿了，连身上的冻疮也不疼了，又找胖子要了一支烟，狠狠抽上两口，这才觉得还了阳！

尖果摘下一个树舌果实，小心翼翼走上前去，想给趴在古墓壁画下的狐狸吃，也看看狐狸伤得如何。怎知气息奄奄的狐狸一发觉尖果上前，目光立即变得凶恶起来，喉咙里发出低沉的吼声，好像只要尖果再走近一步，它就要咬人。我和胖子、陆军三个人见狐狸一反常态，忙将尖果拽住，一抬头才发现，九尾狐壁画上方长了一株黄金灵芝，有海碗般大小，让火把照得金光烁烁！原来黑山头一带的狐狸，自知命不长久活到头了，都会来到这座辽代古墓之中等死！我们完全无从想象，为何会有这么多狐狸将这座辽代古墓作为葬身之地，是习性使然？是因为辽墓中长了罕见的黄金灵芝？还是认为壁画中的九尾狐是它们的祖先？

我低声对其余三个人说："先别往前走了，狐狸不想让我们接近黄金灵芝。"

胖子说："瞧这小气劲儿的，咱也不稀罕要这东西。"狐狸认定我们不会再往前走了，这才吐出最后一口活气儿，死在了九尾狐壁画之下。

四个人见狐狸死了，均感黯然。胖子和陆军叹了口气，尖果心软，忍不住落下泪来。我心里边也不好过，若有所失一般。狐狸为什么临死都舍不得吃掉黄金灵芝？吃下去说不定还可以起死回生，光摆在那儿看顶什么用？又想到死在门洞外的土耗子，身边钱币上有"康德"年号，可见是伪满洲国成立之后才挖盗洞进来的，辽墓塌毁的年头则久远得多，狐狸将这里当成它们的葬身之地，至少好几百年了。或许这个土耗子从盗洞中钻进来，见了黄金灵芝打算摘下来，不承想让狐狸迷住了，以至于横尸在此。多亏带我们进入古墓的狐狸，对我们已经没有了敌意，否则……胡思乱想之际，手上抽了一半的烟掉在脚边我都没发觉。

扎根边疆的兵团物资匮乏，对于我们来说，香烟尤其宝贵，有钱也没地方买去。周围全是不见人迹的荒原，别说有包装的劣质纸烟，就连东北常见的亚布力烟叶子也见不到，偶尔得到一两包纸烟，掺上树叶至少要抽半个月。平时我可舍不得将抽了一半的烟扔掉。可在此时，我甚至没意识到手上的香烟掉了。墓室中黑沉沉的，刚才胖子顺手将火把插在地上，我们呆立在墓室尽头的九尾狐巨幅壁画前，壁画上影影绰绰，有我们四个人的身影。我猛然发觉壁画上的影子不止四个，边上还有一位！比常人矮了一半，好像佝偻着身子蹲在那里。当时我这头发根子全竖起来了，分明只有我们四个活人及一只狐狸逃至此处，墓室中怎么会多了一个人？古墓中仅有一根火把的光亮，看不出壁画上影子的轮廓，我不免想起祖父讲过的那些盗墓贼遇鬼的迷信传说。此时在我心中闪过一个念头，或许不是人，而是狐狸！但是我明明看到狐狸死在了壁画之下，竟又活了不成？

5

我一低头，死掉的狐狸还在面前，既不是人也不是狐狸，那又是什么东西在我们后边？而其余三个人仍未发觉，我心里边一发狠："该死屁朝上，怕也没有用！"当即握紧手中短刀，突然转过身子，往后这么一看，见到的情形让我大吃一惊，手中短刀都快握不住了，险些掉在地上。

因为之前有所准备，哪怕见到辽代古墓中的厉鬼，我也不会吓成这样。而在我们后边的东西，竟是我在屯谷仓见过的狼军师，也就是那只狼。先前狐狸带我们钻进土沟，有十几头恶狼紧随在后，其中有这只狼军师。后来土洞子塌了，我们以为追进来的狼全被活埋了，想不到它还没死，扒土掏洞追至此处，悄无声息地进了辽代古墓。草原上狼饿急了，会掏土洞中的兔子，还会装人扮狗，这我曾经见过。

不过据说西伯利亚苍狼不敢轻易钻洞，因为它会进不会出，一旦钻进土洞，它就只能一直往前，再也退不出去了。在以往的民间传说之中，狈是狼与狐狸交合而生，一半是狐狸一半是狼，个头比狼小，又比狐狸大，有狼的贪婪凶残，也有狐狸的狡猾诡变，只是先天跛腿，狼群行动之时，须有一头巨狼背上它。狈的可怕之处在于会给狼出主意，但这一传说，至今仍未证实，我们也无从认定狼群中这只瘸狼是不是狈。而无论它是狼是狈，落了单都不足为惧。它之所以将我吓得够呛，是因为它居然和人一样，正蹲在我们几个身后，捡起我掉在地上的半支烟，一口一口地狠吸！

其余三个人见我一脸骇异，也都转过头来，看到身后的情形，皆感难以置信，也才想起老排长说过的话，原来山里真有一头会抽烟的狼，并不是他看错了！可话又说回来了，狼爪子怎么抓得起烟卷？四个人怔在原地不知所措，一时之间，阴森的古墓中鸦雀无声，竖在地上的火把忽明忽暗，双方相距不过几步，可比之前我在屯谷仓中看得清楚多了，这个怪物长得更接近于狼，灰白色长毛一缕一缕的，背上长了许多秃斑。民间传说中一半是狼一半是狐狸的狈，是否真实存在还得两说，这怎么看怎么只是一头老狼。我能看到狈的爪子捏住半根烟，一口一口往里吸，在烟头一明一暗的光亮下，眼中射出贪婪的目光，至于它的爪子如何捏得住烟卷，却完全看不真切。简直不能琢磨，这个怪物居然会和人一样抽烟！我们四个人都当过横扫一切牛鬼蛇神的红卫兵，但那些牛鬼蛇神，说到底还是人，真撞见深山老林里的妖怪，不可能不怕，因为我们以往所相信的一切，都在这座辽代古墓中被颠覆了。

陆军吓得手一松，将长叉掉落在地。这个响动打破了古墓中的沉寂，对面的狈猛一抬头，见到墓顶上长了黄金灵芝。它似乎识得此物，看得眼都直了，哈喇子流到了地上，还没抽完的烟头也扔了，有心去抢那黄金灵芝，却让胖子挡住了路。它双目之中凶光直射，立刻扑上前来。我忙对胖子叫了一声："当心！"

胖子一向胆大，见对方扑了过来，他不闪不避，挥起手中铲子，往狈头上拍去。狈的后腿瘸了，前边两个爪子可好使，一只爪子拨开铲子，一只爪子抓向胖子面门。胖子没想到狈有这么一招儿，再躲可来不及了，手忙脚乱往后一闪，虽然没让狈这一爪子挠中，却让墓室中的狐狸骸骨绊了脚后跟，当场摔了个仰面朝天。我和陆军、尖果三个人，担心狈趁势扑在胖子身上，全都顾不上怕了，从斜刺里冲上去，两手抓住了狈身上的灰白长毛。对方正向前猛扑，三个人使劲往后一扯，但听"刺啦"一声，怎么也想不到，竟然连肩带背扯下一大片皮肉，更让我们想不到的是狈的前爪掉了皮肉，却是一只血淋淋的人手，五指戟张，如同剥了皮的鬼手！

四个人在明暗不定的火把光亮下见到这只手，心中无不骇异，怪不得狈可以捡起烟来抽，原来它这爪子长得和人一样！我们只这么一愣，让人拽下一大片皮肉的狈，突然发出凄厉的惨叫，那可不是狼嗥，也根本不是人声，它发狂似的窜进了墓室拱门。辽墓已经年久半塌，泥土碎石几乎将门洞埋住了，拱形门洞下仅有一道窄隙。它从中钻进去看不见路，低了头乱撞，正撞在一块崩裂的墓道石上，当场塌下几块墓砖，紧跟着整个门洞全塌了，将狈活埋在了下边。众人呆立在原地，借火把的光亮看了看手中那片皮毛，鲜血淋漓还冒着热气儿，半晌回不过神儿。

后来回想起来，在东北大兴安岭，曾有这样一个耸人听闻的传说：当年的土匪占山为王，勾党结盟，烧杀抢掠。但越是乌合之众越要规矩森严，而且干的都是刀尖儿上舔血的勾当，最恨有人扒灰倒灶出卖同伙，一旦捉住这样的，剥皮、点天灯都不解恨。什么叫"点天灯"？据说是由川湘一带的土匪发明的，在人的头顶上钻个小洞，往脑壳里倒入灯油并点燃，那滋味儿好受得了吗？还有一种点法叫"倒点人油蜡"，把人扒光衣服，用麻布包裹严实，再放进油缸里浸泡，泡得差不多了将人头朝下脚朝上绑在一根木杆上，从脚上点燃，一点一点地把人烧死。还不解恨怎么办？土匪们又发明了一种更为残酷的刑罚，将逆贼在聚义厅上扒个精光，以利刃在全身割上几十道口子，每道口子里都冒着热气，准备好刚剥下的兽皮，趁热裹在这个人全是刀口的身上，绑上三天三夜，那就再也揭不下来了，一扯就连皮带肉撕下一块。再让此人吞下哑药，并且打折双腿，使他求生不得求死不能，好让后来入伙的人看。或许我们在黑山头辽代古墓中遇到的狈，就是这样一个人，几十年前有土匪给他裹上了狼皮，他命大没死，躲进深山老林之中与豺狼为伍，久而久之没了人性，几乎忘了自己是人了，看见有个半支烟，出于本能捡起来抽了几口，可见以前烟瘾不小。当然这仅仅是我们的猜测，以前在关外剿匪的东北民主联军，确实有人见过这样的事情，不过我们也无从证实。

我们四个人被狐狸带进一座辽代古墓，吃朽木上长出的树舌过活，一连在墓中躲了几天，避过了暴风雪和狼群。感念于狐狸救命之恩，没人去动长在古墓壁画上方的黄金灵芝。我们当时想得比较简单，既然狐狸死在了这里，那么让黄金灵芝给它陪葬也好。后来我们从西耳室上方的盗洞爬出去，果然是在大兴安岭黑山头。这一带山高林深，人在莽莽林海之中行走，抬起头来看不到天，所以在鄂伦春猎人口中被称为"黑山头"。四个人从山上下来，遇到了前去支援牧区的边防军骑兵，这才得以脱险。我们约定不将辽代古墓的秘密说出去，以免惹来无妄之灾！

第七章 九尾妖狐

1

明知不对，少说为佳，因为说出去简单，却未必有人会信。在当时的情况下，并不是什么话都敢往外说的，万一让人扣上一顶大帽子，那可要吃不了兜着走，没必要自找麻烦。到了1968年年底，兵团撤销了屯垦三师下辖17号农场的编制，我们也离开了兵团，前往大兴安岭深处的上下黑水河屯落户插队。四个人被分在两个屯子，好在离得很近。我和胖子在上黑水河，陆军和尖果在下黑水河，下黑水河有二十来个插队的知青，而上黑水河只有我们俩。因为上黑水河屯子不大，这是个猎屯，总共住了十来户人，很少有种地的，自古以猎鹿为生，屯子里一多半是鄂伦春猎人。以前打猎的方式很多，有放鹰的鹰猎，有纵狗的犬猎，也有专门下套埋夹子的，那叫"夹皮子"，还有就是全屯猎户一齐出动进山打围的，那主要是打野猪、虎豹、熊罴之类的大兽。

1949年新中国成立后，黑水河才开始有人种地。山上没有整地，东边一块西边一块的，但是这一带的土质肥沃，只须撒上种子，尽可以任其自生自长，唯一要做的是半夜蹲在窝棚里看守庄稼，以防野兽来啃。别的还好说，貂、獾、刺猬之类，啃也啃不了多少，况且碰巧捉到一两只，以貂皮、獾油换来的钱，可比种地多得多。最要防备的就是野猪，它在地里从这头拱到那头，一趟下来一整块庄稼就全毁了。我和胖子来到上黑水河，落户在一个猎人家，当家的叫榛子爹，下边有两个女儿。榛子爹在屯子里有一块苞谷地，却仍保持着鄂伦春人的狩猎传统，经常带着姐儿俩和猎狗，去深山老林打山鸡套狐狸，我和胖子也能跟着吃点儿野味。一家子对我们两个知青照顾有加，可这屯子里根本没有要我们干的活儿，巴掌大的一块苞谷地，收成多少全看老天爷的脸色，并不会因为看守的人多了而多长出半根苞米。好在知青的口粮不从屯子里出，我们两个人仅有的任务，就是轮流蹲窝棚看守庄稼，除此之外，再也没有让我们做的事情，只要我们不在屯子里捣蛋捅娄子惹得鸡飞狗跳，榛子爹就谢天谢地了。

　　一晃到了转年开春，榛子爹带大姑娘进山打春围，打春围讲究打公不打母，还要赶在汛期之前，以免遇到山洪。屯子里的大多数猎户都去了，只留下二姑娘"榛子"给我们做饭。赶上地里青黄不接，你让野猪来拱它都不来，我和胖子两个人成天无所事事，闲得发慌，在这大山里面，真是想惹祸都没地方惹去，可又不能不干活儿，所谓的干活儿，也只是在窝棚里干瞪眼儿。

　　话说这一天，我们俩一人捧了一大把榛子送来的"毛嗑儿"，又坐在一处吹牛。捎带一提什么叫毛嗑儿？这也是东北的方言土语，就是我们常说的瓜子，学名葵花籽或转莲籽。因为过去有这么一种说法，瓜子是苏联老大哥传过来的，东北土话称俄国人为"老毛子"，老毛子磕这玩意儿，故此称之为"毛嗑儿"。

我们来到黑水窝棚插队，也入乡随俗跟着这么叫。哥儿俩一边磕着毛嗑儿，一边胡吹海聊，抱怨榛子爹不带我们去打春围，只怪我们枪法太好，如果让我们哥儿俩进了山，一人发上一杆枪，这山上就没活物儿了，你总得给当地猎户留下几只兔子吧，不能打绝户了。哥儿俩正在夸夸其谈，口沫横飞，不亦乐乎，榛子来给我们送饭了，还是一天两顿饭，一大瓦罐苞米稀饭，外带几个大饼子，这就是我们的晌午饭。榛子和她姐姐一样，都是屯子里出色的猎人，性格爽快，口无遮拦，不过她是山里长大的姑娘，没见过外面的世界，最喜欢听我们侃大山。

我和胖子成天侃来侃去，早已对彼此的套路一清二楚，还没张嘴就知道对方要说什么，榛子却听得津津有味。吹牛侃大山的关键在于要有听众，一个好的听众，可以让吹牛者超水平发挥，况且这个听众还拿我们信口开河的话当真，也愿意听我们侃。哥儿俩三口两口喝完了苞米稀饭，卷了几支当地的晒烟，一番喷云吐雾之余，又准备开侃。晒烟又叫黄烟，烟叶子全是一巴掌大小，质地厚实，色泽金黄，捏下一把烟末儿，拧成烟卷儿，点上抽一口，让烟气在口腔里闷上一小会儿，再缓缓从鼻子里返出来，烟味儿特别香醇，真叫一个地道。榛子一看我们卷烟叶子抽，她就问："你们咋又偷我爹的烟叶子？"

胖子说："二妹子，你这叫什么话，说得我们偷鸡摸狗似的，这烟叶子是头两天四舅爷给我们的。"

我在一旁打圆场："前两天我们学雷锋，帮四舅爷垒猪圈，四舅爷看我们干活儿辛苦，给了我们一大捆烟叶子。"

胖子又跟着说："对对对，四舅爷还表扬我们是毛主席的好孩子！"

榛子可不吃这一套："你们帮四舅爷垒猪圈？那我倒没听说，我只听说前两天四舅爷养的小猪让贼偷了！"

胖子故作吃惊："哟！那只小猪我见过，圆圆乎乎的，吱儿吱儿喝水，嘎唧嘎唧吃豆儿，怎么让人偷了？谁干的？"

我挠了挠头，说道："是啊！小猪招谁惹谁了，谁会偷它？许不是让狼叼去了？"

榛子说："不是你们两个坏小子偷去吃了吗？"我和胖子连叫冤枉，指天指地，向毛主席保证——我们绝对没吃小猪！

这话您可听明白了，我们只向毛主席保证没吃小猪，可没说没偷小猪。由于刚开春还没打围，屯子里没什么油水，成天吃苞米稀饭啃豆饼子谁也受不了。哥儿俩一时没忍住，顺手掏了四舅爷养的小猪，那也不能生吃，就跑去后山烧砖的砖窑，揭开窑口把小猪扔了进去。原以为可以吃上烧乳猪，没想到砖窑中太热，再揭开窑口小猪已经烧没了，所以才说没吃上。我怕榛子继续追问，连忙忿岔，问榛子："屯子里住的要么是窝棚，要么是干打垒的土坯屋子，四舅爷那猪圈盖得却讲究，一水儿的大青砖，砖上还带花纹，上下黑水河怎么会有这么好的砖？"

榛子说："盖猪圈的砖？那可不咋的，咱这砖窑里都烧不出那么好的砖，那全是古墓里的墓砖！"

让她这么一说，我才恍然大悟，前几年破四旧平老坟，山里也挖了不少古墓，墓中的陪葬品多被砸毁，只是墓砖舍不得砸，当地砖窑都烧不出如此巨大坚固的青砖。这大山里的古墓，有辽代的、金代的，还有更早的，有的墓砖一尺见方，埋下千百年还是锃亮，上边阴刻花纹；也有较小的墓砖，砖上绘有彩画，这叫壁画砖，出土之后色彩鲜艳如初，如今再也造不出这么好的砖了。不过古墓中的墓砖是给死人用的，总不可能给活人用，造了屋子怕也没人敢住，只能用于垒砌猪圈，所以说当地的猪圈比人住的屋子都讲究。黑水河窝棚一带的猎户，对此习以为常熟视无睹，没人问谁也想不起来说。话赶话说到这里，我就想起黑山头上那座辽代古墓了，我们没在墓室中见到尸首和陪葬的珍宝，可见那座辽墓在多年之前已被盗空，不过墓中九尾妖狐的巨幅壁画，却始终让我忘不掉。不知墓主人究竟是什么身份，仅看九尾狐壁画的规模，墓主人的来头也不会小。

我借这个话头向榛子打听，有没有见过绘有九尾狐的墓砖？榛子说她从没见过画有九尾狐的墓砖，可在大兴安岭这片深山老林之中，九尾狐的传说太多了，她打小没少听老辈儿人讲这个古经。山里人有这个习俗，黑天半夜吹灭了灯，老的小的钻进被窝里，什么吓人讲什么，故事一辈儿传一辈儿，越传越玄乎。

2

我们二人正闲得难受，巴不得有故事可听，就请榛子讲一讲。从她口中得知，老时年间有这么一个传说：清末民初的时候，大山之中有一条河叫作"黑水河"，在这黑水河边，住着一个套皮子的，上边有三个哥哥，全没长成，都夭折了。在过去那个年头，死个孩子不出奇，但也架不住接二连三地这么死，这第四个儿子生下来，家里人当心尖儿一样疼，东庙里边烧香、西庙里边还愿，别说还真留住了。按过去的习惯，虽然上面几个都没了，那也得按排行走啊，所以这孩子生下来就排行最小，按当地土话叫"老疙瘩"。老疙瘩三十来岁，是个在旗的人。什么叫在旗？您都知道清朝有满、蒙、汉八旗呀。这是满人的一种社会组织形式。这老疙瘩的祖先，当初是八旗兵，后金的甲士，之前跟清太祖努尔哈赤一路是南征北战，东挡西杀，又拽着老汗王的龙尾巴进关打天下，有从龙之功。因为李自成打破北京城，崇祯皇帝吊死煤山，吴三桂冲冠一怒为红颜，下盛京引清兵入关。大清朝从当初靠十三副铠甲起兵，七大恨誓师伐明，一直到北京坐了龙庭，江山易主，一统中原。这里边儿，可也有老疙瘩他们家先祖的一份儿功绩，这叫"从龙之功"。后来打完了仗，大清江山稳固了，老疙瘩这先祖不愿意待在京城做官，这才回到了关外，世代守护大清的龙兴之地。当然了，你给皇家立了大功了，那不能白立啊！不说封你个铁帽子王，起码能给你后人荫下这么一份禄米，真叫吃穿不愁。见天儿拿着皇家给的钱，想吃什么吃什么，想干什么干什么，所以他们家这后人，这日子过得太舒服了。整日里除了骑马射箭，什么活儿都不干，什么事儿也不操心。

简短截说吧，这一枝儿传了十几代，过了二百多年逍遥自在的好日子。赶等传到老疙瘩这辈儿，可倒了霉了。怎么呢？朝廷倒了，皇上也没了，那些吃皇家禄米的八旗子弟，等于没了靠山。吃了多少代的禄米，传到老疙瘩这辈儿什么也没有了，这下可要了亲命了！您琢磨琢磨：他打小养尊处优，吃着铁杆儿庄稼，吃喝嫖赌，就知道享福，哪懂生活的艰辛？也没有赚钱的手艺，而且连祖上骁勇善战的弓马骑射之术都没继承下来，连射兔子的手艺也没有。父母年岁大了双双故去，老疙瘩只能卖着吃、当着花，到后来当卖一空，孤身一人，上无片瓦遮身，下无立锥之地，亲戚朋友也都不上门了。俗话说："穷人在十字街头耍十把钢钩，钩不到亲人骨肉；富人在深山野岭舞刀枪棍棒，打不散无义的宾朋。"

穷也得吃饭过日子啊！怎么办呢？他只好靠着套皮子养家糊口。关外所说的这套皮子，就是指下套儿、设夹子，逮狐狸、黄鼠狼、貂之类的动物。在关外，这些动物都叫皮兽，因为肉都不好吃但皮毛最值钱。并且来说，打这个皮兽不能拿弓箭、鸟铳、猎狗什么的，因为皮毛一旦伤了，可就一文不值了，最讲究拿活的。这老疙瘩走投无路，只好以套皮子为生。干这个行当的，如果真是能耐大，加上运气好，也有可能发财。他看人家有的逮貂、逮狐狸发财了，他也学人家来这个。可这也是一门手艺，里边这学问可多了去了，讲究寻踪认径、观草识洞，在哪儿下夹子，往哪儿放套子，什么时候下，什么天气放，这都得靠常年积累下的经验，而且还得吃得了苦。因为这些野兽的皮毛越到天寒地冻之时越厚实，那样的皮毛才能多卖钱，三九天在山里蹲上个几天是常有的事儿。问题是他这个人好吃懒做惯了，但凡有口吃的，也不愿意进山钻老林，那多苦多累啊！到最后，这老疙瘩穷得裤子都快穿不上了。

有这么一天，老疙瘩又揭不开锅了，简直是缸无隔夜之米，家无鼠盗之粮。跟街坊邻居借吧，人家都知道他这人游手好闲，借了他也还不上。俗话说得好，叫"救急不救穷"，你老这样，谁家成天管着你吃喝，又不是你们家亲戚，所以大伙儿也不爱理他。最后是实在没辙了，只好上山套皮子去。可也倒了霉了，他这一进山，一连几天什么也没逮着。他又没带着干粮，不是不想带，家里头也没干粮可带，饿急了就逮蝲蝲蛄吃。蝲蝲蛄是一种土里的小虫子儿，学名蝼蛄，也有地方叫"上狗子"。老百姓讲话："听蝲蝲蛄叫，还不种地了？"这玩意儿能有多少肉？饿得他两只眼发蓝，脚底下直打晃儿，唉声叹气，直叫自己的命苦！

走着走着，正好经过一处山坳。山坳里边儿老疙瘩发现有一座小窝棚，什么叫窝棚呢？就是在东北地区，特有的一种穷人跟猎人常用的最简易的临时居所，什么样儿呢？几根破木头棒子，支起一三角形的架子，用柴草、破毡子之类的杂物，把上边跟两边遮起来。简简单单，能起到一点儿遮风避雨的作用。当然，大一点儿的风雨也避不了，反正好过没有。因为这形状像窝头，所以约定俗成地叫窝棚。跟这里边儿待着，头都抬不起来。东北的深山老林里有两个窝棚不奇怪，是谁搭的也不一定，因为经常有上山打皮子的，随手搭一窝棚落脚儿，很简易。他走了也不拆，因为这里边儿什么也没有，犯不上费劲儿拆走，别人谁来了都可以住。天黑之后在这里面落脚，且不说舒服不舒服，总比半夜在山上让狼掏了好。

老疙瘩一看山坳里有个窝棚，就寻思：我进去歇歇脚吧，喘口气儿，躺一会儿也好！想到这儿，刚要抬腿进去，打里边儿出来一人，正跟老疙瘩走一对脸儿，把老疙瘩吓了一跳 —— 他没想到这窝棚有人，再一看出来的这个人是个老太太，身上穿着一件儿赤红的袍子，颜色特别扎眼。小个儿不高，看这意思岁数可不小了，都长抽抽儿了。这张脸长得太吓人了，三分不像人，七分倒像鬼，脸上这皮都有点儿耷拉了，岁数太大了，满脸的斑跟癣，可这俩眼睛挺亮。一般这岁数大的人，眼神都比较浑浊，可这老太太两只眼却似会放光，看得人直发毛。头发说花不花，说白不白，也掉了不少了，把余下的拢在一块儿，梳了一个纂儿，上边还插着朵花儿，这花儿都干了，要多寒碜有多寒碜。老太太手里杵着一根儿乌木的拐杖，一步一挪，正从窝棚中往外走。老疙瘩心想：这老太太是谁呀？瞧这打扮，不像一般的老太太，她怎么会在这深山老林之中？

您要知道，那会儿清末民初，老太太都裹小脚儿，平地上走路那都费劲，颤颤巍巍走得可慢了，更甭说走山路了，而且这个老太太装束奇异，看这打扮像是一个师婆。在过去来说，社会上的妇女有三姑六婆之称。因为那个时候的妇女，讲究大门不出，二门不迈，没嫁人的姑娘，不能轻易抛头露面。嫁了人的，讲究相夫教子，三从四德，几乎不会出门工作。所以说这三姑六婆，都不是一般的妇人，是几类比较特殊的职业。

您比如说这三姑，可不是大姑、二姑和三姑，分别指"尼姑、道姑"，还有"卦姑"。尼姑、道姑好理解，僧道两门也有妇人出家。这卦姑是干什么的？说白了是算卦的妇人，这也是一个行当，行走江湖靠一张嘴，吃的是开口饭。六婆则是指"媒婆、药婆、稳婆、牙婆、虔婆、师婆"。其中的师婆是专门画符施咒、请神问命的巫婆，据说能通鬼神。

老疙瘩一看窝棚里出来的是个师婆，他可不敢怠慢。而且咱们说了，在旗的人讲究礼数，您甭看穷得都吃不上饭了，这礼儿可不能少！老疙瘩赶紧给这师婆请了个安，说道："我是进山套皮子的，走到这山坳里来，看这儿有个窝棚，本来以为里边没人，不知道您老人家住在这儿，多有叨扰，多有叨扰！"他想问这师婆寻口水喝，要能给口干粮，那是再好不过了。师婆对着老疙瘩是上一眼、下一眼、左一眼、右一眼，足足打量了七十二眼。没说话，冲他一招手，转身进了窝棚。老疙瘩心里说话：瞧老太太这意思是让我也进去，我多说好话，说不定能讨口吃的！他也没多想，跟在后边进了窝棚。

刚一进窝棚，这老疙瘩就一皱眉，窝棚之中又脏又破就不用说了，气味可也够呛人的，再看这个老太太，不知道从哪儿端出一碗稀粥让老疙瘩喝。老疙瘩多长时间没喝上粥了，一瞧这里头还有米粒儿，今儿可过了年了！当下狼吞虎咽，把这碗粥喝了一个精光，连碗底儿都舔了。师婆在旁边看着他，叹了口气，说道："看你这个后生，倒也是识了些个礼数，不似久贫之人，怎么饿成这样了？"

老疙瘩赶紧把碗给撂下了，用袖子抹了抹嘴，毕恭毕敬地说道："您老人家这碗粥啊，可救了我的命了！您问我什么话，我不敢不如实相告。"他喝了一碗稀粥，肚子里边儿有了底儿了，这一肚子苦水儿往上翻，把自己那点儿委屈全想起来了，权当是诉苦了，就跟老太太说他祖上世代都有的禄米到了他这辈儿没了，父母一死，亲戚朋友也都不管他了，他一个人怎么怎么苦，怎么怎么运气不好，靠钻老林子套皮子过活，吃了上顿没下顿。您说人家都是爹妈生父母养，一般的高矮长短，谁也没比谁少了什么，怎么就有的人生下来吃喝不愁，享乐不尽？有的人就得终日奔波劳苦，乃至于冻饿而死啊？他越说越委屈，还掉了两滴眼泪，可没提他如何好吃懒做、怎么好逸恶劳。

等他这一大套子话说完了，师婆阴阳怪气说出这么一句话："你呀，也甭抱怨，生死有命，富贵在天，一个人或贫或富，那都是胎里带。若是你命中注定受穷，即使机缘巧合让你发了财，也要折损阳寿，你说这值吗？"

别看老疙瘩穷成这样了，他可不傻，听出这师婆话里有话了，忙道："师婆有所不知，似我这么苦的人，吃了上顿没下顿，今儿个喝了您这一碗粥，是老天爷睁眼叫我没死。出了这窝棚，我都不知道下顿饭上哪儿吃去？说不定明天我就喂了野狗了，哪儿还想得了那么多？您别说发财折阳寿，跟您说句实在话，前半晌让我吃上一次炖肉，后半晌要了我的命我也愿意！"说完这话，他拿眼瞅着这师婆。就看这老太太嘴角微微一动，好像要说什么，又叹了口气儿，摆摆手："你这后生说话不知道深浅，举头三尺有神明，言生道死的话可不敢乱讲！"

老疙瘩觉得师婆话里有话，这么说不是拿话撩我吗？于是又说："师婆您还别信，我跟你说，别看我老疙瘩穷，说出来的话可还有个担当，我这话敢指天地！苍天在上，黄土在下，前后地主财神，左右护法龙王，如果有朝一日，哎，让我老疙瘩这兜里揣上钱，折掉多少阳寿，我也心甘情愿！"

师婆盯着老疙瘩的脸看了半晌，冒出一句话来："看来天意如此，让你今天在这儿遇上我，既然如此，老身我就周全你一场，你且来看！"说着话，一伸手，由她身后取出一兜子来，往面前一放。

她拿出来的时候，看着就是一个普通的布兜子，老疙瘩也没看出这玩意儿有什么稀奇的，往地上一放，就听这兜子里"哗啦"响了一下，好像里边儿有不少东西，感觉沉甸甸的。老疙瘩仔细一瞧，哎！不是空的，这里边儿鼓鼓囊囊，不知道塞了什么东西了。

师婆告诉老疙瘩："我这儿有个兜子，里头有的是钱。我看你也怪可怜的，就成全成全你。这一大兜子钱，你想掏多少掏多少。"

老疙瘩不敢相信自己的耳朵，这老太太敢情是财神爷啊！不对，这不是财神爷，这是财神奶奶！原来在山里搭一窝棚，等着给有缘人送钱，这是真的吗？却听这师婆说："不过，咱们可有言在先，钱可不是白掏的，你掏得越多，折的寿数也越多，你可想好了再掏！"这后半句，老疙瘩听见没有？听见了，这意思是拿了钱，不白拿，会减阳寿！能减多少？主要是能拿多少啊？他也没太在意，这会儿两只眼睛直勾勾地竟盯着那个大兜子了，心里琢磨那兜子里头儿鼓鼓囊囊沉甸甸的，是不是真有钱啊？是金子、是银子，还是铜子儿？真有天上掉馅饼的好事儿？

他瞅了瞅师婆，心想反正我已经穷成这样了，你让我掏我就掏！他把手伸到这大兜子里一摸，还真有钱！拿出来一看，是块银元，银元可好啊！货真价实，到什么地方都花得出去。这兜子里居然满满当当，敢情装的都是银元！他掏了这块银元在手里，拿牙咬了一咬，四个牙印儿，又使劲吹了一口气儿，放到耳边一听响儿，没错，绝对是真正的银元！他问师婆，还能多掏几个吗？师婆说："我刚才不是已经说了，拿多少你随便，这回拿完了，往后还可以来找我！"

老疙瘩一拍大腿："那得嘞！我也不跟您客气了，我先掏上一把。"于是掏了一大把的银元，往俩袖筒子里一塞，把这袖口儿攥住了，拿俩袖子当了褡裤。两手死死攥住这袖口儿，往下边儿一跪，咣咣咣咣，给师婆连磕了十几个响头。

师婆瞧着他说："不用给我磕头，还是那句话，咱们哪，还算是有缘，钱兜子就放这儿，你要用钱，尽管来取。"

老疙瘩应了一声，站起身来，忙不迭地出了窝棚，抬头一看天还没黑，这大白天的，也不像是做梦呀，可要不是做梦，当真是老天爷可怜穷人？

老疙瘩揣了这一大把钱，可就下了山了。就这一路，那真得说磕磕绊绊，摔了好几跤，腿都磕破了，他也不觉得疼。好容易到了山脚底下了，他坐在道边儿上，跟做贼似的，自己又在脸上狠狠拧了一把，这个疼啊！疼得直龇牙，一边儿龇牙是一边儿疼，还一边儿乐。真不是做梦！刚想到这儿，他肚子里叽哩咕噜一阵响，多少日子没吃过一顿饱饭了，一碗稀粥不够垫底儿的，寻思得先吃点儿好的去，否则老肠子老肚子可要造反了！当下捏住这俩袖筒子，大步流星来到集市之上。

关外的饭馆都有幌子，一个幌子是小饭馆儿，卖什么包子、饺子、面条子之类的，一般都是卖给底层的老百姓，一个是解饱，再一个讲究快，三口两口吃完了，还得卖力气去。两个幌子的馆子，那就有凉菜有热炒了，还有烧黄二酒。四个幌子的是大饭庄子，什么叫山中走兽云中雁，怎么叫陆地牛羊海中鲜，猴头燕窝鲨鱼翅，熊掌干贝鹿尾尖儿，山珍海味应有尽有。以往能到一个幌子的小饭馆儿里吃碗面条，对于他来说，已经等于过年了。门口儿挂两个幌子的饭馆儿，他连看都不敢看。如今有了钱了，俩幌子的瞧也不瞧了，真得说人是英雄钱是胆，抬腿进了一个大饭庄子。他也明白饭庄子跑堂伙计个顶个的势利眼，看人下菜碟儿，就他这模样的要进去，屁股没坐热就得让人一脚踹出来。所以他一坐下，先把钱拍了出来。跑堂伙计刚要过来往外轰，又瞅见这位把银元拍桌儿上了。这"孙子"这俩字儿都到嘴边儿了，突然间喜笑颜开："哎哟，祖宗，您来了！"

老疙瘩这才要酒要菜，他这肚子里没油水，专捡解馋的点。先来半斤老白干儿，一盘花生米压桌，又叫了四个热炒：扒肘子、熘鱼片、焖大虾、烩鸡丝。你别说，祖上这禄米没白吃，真会点哪！再瞧他这一通吃，撩起前后槽牙打开里外套间儿，一桌子酒肉跟倒箱子里似的，吃了一个碟干碗净、沟满壕平、泰山不下土、鸡犬伤心、猫狗落泪。在一旁伺候的伙计一看，好家伙，这位爷上辈子饿死鬼投胎，这是多少日子没吃过人饭了？

老疙瘩吃饱喝足了一抹擦嘴头子，大摇大摆往外走，又找了一个澡堂子，连搓带泡洗了个痛快；洗完澡剃头刮脸，再去到成衣铺，置办了一身行头，从头到脚换了个里外三新，真是人配衣裳马配鞍，本来就是在旗的出身，这一捯饬，那股子精气神儿又回来了。当年的狐朋狗友们见他出手阔绰，看来这是又混整了，都来找他叙旧套交情，见天儿下馆子胡吃海喝，甭管几个人吃饭，一点就是一桌子燕翅席，吃饱喝足了打牌耍钱，要么到堂子里嫖姑娘，几天下来，这钱也就花得差不多了。

老疙瘩后悔当时没多掏几个钱，嘴是过道儿，吃一顿顶不了一辈子，昨天吃了今天还得吃。只好再次进山，找到那个小窝棚，又给师婆磕头。一来想问问，掏了兜子里的钱能有怎么个后话？说是折损阳寿，却不知究竟如何折损？我拿了一次钱，花了这些个日子，你别看没注意，钱花秃噜了，可这些日子过得真比神仙还自在，要说拿钱换命是这么个换法儿，就少活个三天两早晨的，我这也不算亏！与其说吃了上顿没下顿，过这么些年穷日子，我还不如好好地逍遥快活几年。瞧我有钱之后，这日子过得，享不尽的荣华富贵，整天的珍馐美味不说，大伙儿看我的眼神儿都不一样了，对我这个尊重，包括那窑子里的窑姐儿，见了我那个献媚，乐得跟要咬人似的，真比亲媳妇儿伺候得还周到，那才是人过的日子！

3

老疙瘩想的是要问个明白，可他这一路上胡思乱想瞎琢磨，满脑子跑大船，净想有钱之后怎么花了，一进窝棚见了师婆的钱兜子，别的念头全扔到脑袋后边去了，光顾伸手掏钱了。掏完了钱赶紧下山挥霍，真得说是来时容易去时快，这钱花得如同流水一般，有多少钱也禁不住他这么花，不得已又去小窝棚掏钱。肉得天天吃，酒得顿顿喝，吃腻了饭庄子，别的好嚼头也有的是，包子、饺子、面条子，尽可以换着样儿吃，出门这一身行头，也得三天两头地换，泡堂子、嫖姑娘、打牌九、抽大烟，还想买房子置地，别看这位爷挣钱的本事没有，这花钱的手段那叫一个高明，即使有座金山，可也架不住他这通折腾！

老疙瘩一次又一次进山，从师婆的兜子里掏钱。好在那个大兜子里的钱总是那么多，怎么掏也掏不光。老疙瘩起初抹不开面子，还给师婆磕头作揖，后来掏了钱急于下山吃喝嫖赌，连头都不磕了，进门点个头，拿够了钱转身就走。师婆也不说什么，站在一边儿抱着肩膀看着他冷笑。

简短解说有那么一天，老疙瘩吃饱了喝足了到宝局子里耍钱，常言道"久赌无胜家"，宝局子那是什么地方，那开宝的宝官手底下都有机关，刚开始让你赢，等你赢上瘾了可就不让你赢了，正所谓"一宝二宝三四宝，十字螺丝转心宝"，任凭你有多厚的家底，小小的宝盒加上三个色子，足能让你倾家荡产。老疙瘩在宝局子里又输了个崩子儿皆无，打算再上窝棚里拿钱去，回来接着耍。急匆匆往山里走，就觉得今天这山路也格外难走，没走几步路却觉得脑袋发晕、眼前发蒙、嘴里发苦、心里发堵，气儿都喘不匀了，心想：哎哟，我这连嫖带赌成宿成宿不睡觉，还真有点儿顶不住。这才走了多远，怎么就喘上了？这次拿了钱，我得补补，我拿红糖腌人参吃，用虎鞭泡花雕喝。一边胡琢磨一边往前走，没看见路，竟撞在一个人身上，这下撞得还挺狠。他那火"腾"一下就上来了，有了钱了也就不那么讲礼数了："哎？我说你这人怎么走道儿的？没长眼啊？这么宽的路，你怎么往人身上走啊！你怎么个意思？"

没成想对面那位一把将他给拽住了，反问他道："你往哪里去？"

老疙瘩没好气儿地说："你撞了我了，不跟大爷赔个不是，还问大爷上哪儿去？你问得着吗？我上哪儿去与你有何相干？"说着话，一扒拉面前这位，又要往前走。

对面那位手里拎了个东西，忽然一抬手，"啪"一下正敲老疙瘩这头顶心上。敲这一下还没完，又大喝一声："别走了！我看你印堂发黑，死就在眼前了！"

老疙瘩本来五迷三道的，也没看清楚对面这人怎么个意思，脑袋上冷不丁挨了一下，又听了这么句话，不觉惊出一身冷汗，觉得头晕眼花这劲儿也过去了，俩眼也能看清楚了，胸口这闷劲儿也好多了。再抬头一看对面这人，吓了他一跳，来者五十岁上下，身上穿的衣裳花里胡哨，说紫不紫，说黑不黑，那么一件宽大的衣裳，绣了好些个走兽。老疙瘩揉了揉眼睛仔细一看，上边绣的都是刺猬、耗子、黄鼠狼子！再看下身穿的，裤子不是裤子，裙子不是裙子，手里边拎着一根苞米杆子，刚才给自己的一下，就拿这苞米杆子打的。虽然打在了头顶上，响动也挺大，倒不是很疼。他瞧得出来，撞上的这位是个搬杆子的。东北一带有这么一类人，或者会开坛作法，或者会顶仙儿，干的都是神棍活儿，因为干他们这个行当，大多要拿一根苞米杆子，故此也叫搬杆子的。这位劈头盖脸给了老疙瘩一苞米杆子，接着问他："你进山干什么去？我看你印堂发黑、目光无神、唇裂舌焦、元神涣散，一定招惹上不该招惹的东西了。只怕活不了几天了！"

老疙瘩一听对方这番话，这才觉出怕来，不敢隐瞒，把他怎么上山套皮子，怎么在窝棚中遇见一位师婆，怎么三天两头去师婆这兜子里掏钱，没藏着没掖着，从头到尾一五一十，全跟这个搬杆子的说了。

搬杆子的听完脸色一沉："不好，你这是让九尾狐狸给迷住了！"

老疙瘩一听"九尾狐狸"这四个字，吓得好悬没尿出来。他之前说要钱不要命，那全是穷光棍痛快痛快嘴儿，你真让他死，他可舍不得。俗话怎么说的，好死还不如赖活着。他"扑通"一下跪这儿了，求告道："这位大仙，我求求您了，这真不怨我呀，都怪我眼皮子窄，信了那师婆的鬼话了！我看出来了，您是有能耐的人，您可不能见死不救啊！"一伸手把这位腿给抱住了，哭天抹泪一通求。

搬杆子的看出来老疙瘩被狐狸给迷了，但他心里也知道，老疙瘩遇上的这个东西道行不小，能见得到人形，当是九尾狐狸！前文书我们讲过，狐狸每修炼一百年，方能多长出一条尾巴，修得九条尾巴，算是快到头儿了，而这九条尾巴是修九宫之灵所得。什么是九宫呢？就是九个方位，一宫坎，二宫坤，三宫震，四宫巽，五宫中，六宫乾，七宫兑，八宫艮，九宫离，汇聚天地间九个方位的灵气修炼，一个方位一百年，这可不容易。而且在有了道行之后，它也不能说变成人就能变，其中还有这么一个门道儿，如果说想变成妇人，那就找个死妇人的骷髅顶盖，等到满月之时，将骷髅顶到自己头上，对月下拜。若道行不够，还不该变化，顶盖骨就会掉下来，倘若拜足七七四十九拜，顶盖骨没掉，则立地变为人形，从此逢僧充佛、遇道称仙，哄人膜拜供奉。不过长出九条尾巴的狐狸，必定还要躲大劫，什么是大劫？天地万物都有定数，该生的时候生，该死的时候死，如果逃脱了定数，该死的时候没死，那就要成妖作怪了，乃天地所不容，因此说这鬼狐一类，往往都躲不过天打雷劈，免不了灰飞烟灭。这条九尾狐狸迷住老疙瘩，让他从兜子里边儿掏钱折寿，等于是拿人命给狐狸消灾。这九尾狐狸道行太大了，搬杆子的虽然能够看破，却不敢直接出头。他给这老疙瘩出了个主意，你呀，如此这般，这般如此，方可活命！

老疙瘩万般无奈，只好按搬杆子的这话去做，仍跟往常一样，进山找到那个小窝棚。师婆见他来了，拿手一指那大兜子："你要多少，尽管自取！"老疙瘩今儿一进这屋子，立时觉得"嗖"一下，从尾巴骨一直麻到头顶尖儿，怪不得窝棚中有股子怪味儿，这是狐狸的骚臭啊！他这次可不敢掏钱了，心里边一清二楚，再掏钱小命儿就没了，"扑通"一下跪倒在地，磕头如同捣蒜："师婆饶命，师婆饶命啊！"

师婆冷哼一声说道："你已经明白了？可是老身我早都跟你说过了，你掏多少钱，折多少寿。掏钱的时候你不曾手软，怎么到了这会儿，又不想死了？"

老疙瘩跪在这儿，一把鼻涕一把眼泪儿："师婆容禀，俗话说得好啊！蝼蚁尚且偷生，何况人乎？我知道我这条小命儿是您老的，还望您老高抬贵手。"

师婆嘿嘿冷笑："后生，我一没逼你，二没打你，你我是有言在先早就说好了，这会儿你酒也喝了、肉也吃了、窑子也逛了，钱花到这份儿上想要反悔，只怕势比登天还难！"

老疙瘩赶紧按照搬杆子的教给自己的话说道："您老放我一条生路，我可也不能白了您，前天我买了一房媳妇儿，今年才十八岁，只要您老饶我不死，我媳妇儿这条命就是您的。咱们一命换一命，您看怎么样啊？"

师婆一想，这老疙瘩这钱掏得还不够，至少今天还要不了他的命，这小子又明白过来了，再让他从这兜子里掏钱，他可就不掏了。他说的如果是真的，那也不是不可以，于是问道："你媳妇儿在哪里？"

老疙瘩说："在我家里，不信我带您去看看去！"

师婆信以为真，让老疙瘩在头前带路，一前一后，俩人出了山，来到山脚底下，有这么一个小木屋。老疙瘩抬手点指："师婆，这就是我住的地儿，我媳妇儿就在屋子里头。"

师婆说："那你把她叫出来我看看。"

老疙瘩说："这新媳妇儿刚过门，让她出来多有不便，您还是自己进去看吧。"说罢走到近前拿手一推这屋门，转身又说："师婆，我把她交给您了！"

师婆信了老疙瘩的话，迈步进了屋，这前脚刚进去，老疙瘩从外边一把就把这屋门给拽住了，"咔嚓嚓"一把大铜锁，锁了个严严实实。这时候，旁边儿树林子里边儿那搬杆子的也到了，把这苞米杆子拿出来，顶在屋门外边。接下来他跟老疙瘩把事先准备好的干草一捆一捆地搬过来，把这屋子团团围住，放起了一把大火。二人之前已经布置好了，在屋子里边涂满了黑狗血。师婆一进屋就知道上了当，奈何这一屋子的黑狗血，任凭她道行再大一时也施展不出来了，屋门上了锁又让这苞米杆子给顶住了，结果让这一把大火，活活烧死在了屋中，直烧得房倒屋塌，恶臭之气，传出去十里开外！老疙瘩捡了一条命，可从此之后又穷了，三十来岁染了一场重病一命呜呼，他这场黄金梦终究是没有做成！

在大兴安岭一带，类似的传说非常多，说上三天三夜也说不完，榛子讲的只是其中之一。我早听腻了《林海雪原》，而今听上这么一段神鬼妖狐的民间传说，真觉得没过够瘾，还想让榛子再讲一段。没想到榛子冷不丁冒出这么一句："你们在黑山头古墓中瞅见的九尾狐壁画，到底是个啥样啊？"她这话一出口，我和胖子二人全傻了，你看看我，我看看你，打从黑山头古墓中逃出来，从没对外人说过半个字，榛子怎会知道？不用问，我和胖子当中，一定出了叛徒！

4

我鼻子都快气歪了，多少革命先烈的牺牲都是由于叛徒出卖告密！在上黑水河插队的只有我们两个人，我当然没有将我们在辽代古墓中躲避暴风雪之事说出去，想来想去不会再有别人了，准是胖子说的！守住这个秘密的约定，一字一句言犹在耳，怎么扭头就忘了？组织性纪律性何在？如此简单的保密条例都无法遵守，将来一旦发生了第三次世界大战，我还怎么指望你在我的指挥下冲锋陷阵消灭苏修美帝？不说出去有两层顾虑，一是怕有人把简单的问题复杂化，在当时那个年代，这种能人可太多了，随便扣上一顶帽子也够我们喝一壶的；二是狐狸于我们有恩，至少从结果上来说，狐狸带我们进了古墓，我们才避开了狼群和暴风雪逃过一死。那一带的狐狸将黑山头辽代古墓当成埋骨之处，虽然辽墓早已塌毁，里边的东西也让人盗光了，可一旦声张出去，说不定会有人去找辽墓中的黄金灵芝，岂不是对不起狐狸？胖子这张嘴从来没个把门儿的，成天胡吹乱哨，该说不该说的都往外扔。

我正要批评他，他却先声夺人，认定是我说出去的，但是口说无凭，打折骨头你得对上茬儿，还真不好认定是谁说的。我心想与其纠缠不清，倒不如直接问问榛子，就问她："二妹子，你是听谁说我们在古墓中见过九尾狐壁画？"

榛子说："那还不是你们俩自己说的。"

我和胖子一脸茫然："奇了怪了，我们怎么不记得跟你说过？我们什么时候说的？"

榛子说："之前你俩不是打死一条偷鸡蛋的土皮子吗？四舅爷不是老高兴了吗？他不是把苞谷酒都搬出来给你俩喝了吗？你俩不是全喝大了吗？不就那会儿说的吗？"

我们两个人一听这话全傻了眼，那是大舌头吃炖肉——谁也别说谁了。再仔细一问榛子，原来我们被狐狸带进古墓，躲过了暴风雪和狼灾，还发现了黄金灵芝，在黑水河上下已经无人不知，不人不晓，我们自己却还蒙在鼓里，这个秘密再也不是秘密了！

不过黑水河一带的人，祖祖辈辈在深山老林中猎鹿，灵芝、云芝见过不少，可没听说世上还有黄金灵芝这么个玩意儿，当地人又非常迷信，觉得那是墓穴中长的东西，活人吃了好不了，因此没人去打这个主意。但是墙里头说话墙外边儿有人听，大路上说话草坑儿里有人听，说者无心，听者有意，消息已经传出去了。

过了几天，屯子里突然来了两个打猎的。这俩打猎的是一对兄弟，说是亲哥儿俩，老大叫大虎，老二叫二虎，不是黑水河这边的人，听说是打长白山过来的，大老远专程来找我和胖子。我一头雾水，完全不知道这两个打猎的为何而来，先带他们到窝棚中坐下，让榛子烧了水给他们喝。

我一打量这二位，全是猎户装扮，各背了一杆鸟铳。大虎三十岁上下，体魄魁梧，长了一脸的络腮胡子，两只眼睛特别亮，虎踞狼顾。虎踞是指此人的身形态势，往下一坐如同虎蹲；狼顾可不多见，那是形容左右张望的样子和狼一样。这个人左顾右盼之时，光是脖子扭，肩膀一动不动。我听我祖父说过虎踞狼顾之相，此前却没见过。

再看大虎的兄弟二虎，如同得过麻风的人，头上严严实实裹了一块大头巾，两边脸上各有一贴狗皮膏药，几乎看不见长什么样，"吱吱呜呜"地很少吭声，旁人跟他说上十句，他也答不上一两句。大虎却能说会道，他带了一个袍子皮口袋，一边说瞧瞧我给你们小哥儿俩带了啥好嚼头，一边让二虎从口袋里掏出一大包奶糖块。我们哥儿俩连同榛子看直了眼，在这大山里边糖块可太难得了，什么意思这是？无功不受禄，白给我们的？打猎的二虎掏了一包糖还没完，又从口袋里掏出一捆血肠、整整四条特级战斗牌香烟，摆到我们面前，往前这么一推。与这四条战斗烟相比，那包糖块和一大捆血肠也不叫什么了。大虎倒也直来直去，他说："你们甭纳闷儿，我哥儿俩来这趟，也是无事不登三宝殿，正所谓求求而来。有求于人不好空手上门，可是刚开春，打不上成色好的皮子，这不头几天打了只豹子，眼下这时候豹鞭足崩，换了这些个东西，全给你们带来了，千万别嫌寒碜。"

随即他又说明了来意，原来大虎和二虎祖上是长白山打官围的猎户，什么叫打官围呢？说白了就是给皇上打猎，这哥儿俩如今还吃这碗饭，不过改成给首长打了，不仅打猎，深山老林里稀罕的好东西有啥整啥。前几年他们上山打貂，风大雪大的时候貂皮才好，二虎没留神掉进一个山洞，惊动了蹲仓的黑瞎子，好在命大躲过一死，可还是被黑瞎子一爪子下去挠掉了半张脸，裹了头巾贴上膏药才敢出门，否则非把人吓出个好歹不可。他们听说兵团上有几个知青，在边境上让狼群围了，居然被一只狐狸带进一座古墓，躲过了百年不遇的奇寒和狼灾，而那座古墓中还长了黄金灵芝！他们先祖给朝廷打官围，见多识广，按他们先祖传下来的话说，黄金灵芝仅长在龙脉上，稀世罕有，珍贵之至，乃是"仙芝"，而且能解百毒，有起死回生之效。当年的皇帝老儿坐拥四海，好东西见得多了，但一辈子也未必见得到黄金灵芝。大虎和二虎大老远从长白山来到黑水河，正是想让我们带领他兄弟二人，前往黑山头辽代古墓去摘那黄金灵芝。但那边全是覆盖着茂密原始森林的崇山峻岭，如果没有熟悉地形的人带路，无论如何也找不到古墓入口。

大虎许诺只要我们带他们找到辽墓，特级战斗牌香烟要多少有多少，还有可能立功受赏，因为这是个"任务"。话说到这个份儿上，他自以为水到渠成，我们一定会应允。没想到我和胖子"狠斗私字一闪念"，又把他带来的东西推了回去，东西全是好东西，我也真想收下，尤其是四条白签绿标的战斗牌香烟。那可是特级烟，上边比普通战斗牌香烟多出一行字"紧跟伟大领袖在大风大浪中前进"，不仅烟味儿正，还是少见的硬纸烟盒。在那个年代来说，身上揣一包这样的香烟，会使人有一种与众不同的优越感，掏出来就长脾气。但这俩打猎的来路不明，说什么给首长打官围，我可从来没听说过有这么一出儿，怎么看这二位怎么像打威虎山上下来的！

第八章　黄金灵芝

1

我和胖子看出来了，这两个打猎的嘴上说得天花乱坠，却连封介绍信都没有，还冒充什么"打官围"的，无非想要辽代古墓中的黄金灵芝！相书上说"虎踞狼顾乃恶相"，虽说那是迷信，但我怎么看这俩打猎的怎么不是好人。即使他们说的是真话，许给我们这些个好处，比如立功受赏之类的，以为我们会应允下来，那也太小瞧我和胖子了，纵然我二人非常想要那四条特级战斗牌香烟，可就是不想让人小瞧了。你越是觉得我们会收下，我们越是不屑一顾，就这么傻傲！

我干脆给这二位来了个一推六二五："不知您二位从哪里听来的消息，要么是你们听错了，要么是你们找错人了，当初我们在兵团 17 号农场遇上狼灾和暴风雪那是不假，确有此事，之后我们躲进了一个狐狸洞，这才捡了条命，哪儿有什么辽代古墓啊！退一万步说，我们真进了辽墓，并在墓室中见到了黄金灵芝，我们又不是傻子，不知道那玩意儿好吗？当时为什么不带出来？这不是说不通吗？"他们信也好，不信也罢，翻过来掉过去我只有这一番话。

好不容易把这二位打发走了，我和胖子小声嘀咕，从今往后统一口径，再有人问起来，就说是我们那天喝多了胡吹，当不得真。原以为对付过去了，怎知才过了两天，在下黑水河插队的陆军突然跑来了，他带来一个让人意外的消息！这还要从屯垦兵团撤销 17 号农场编制，陆军和尖果被分到下黑水河插队落户说起：在大兴安岭插队当知青，比在兵团开荒舒服多了，因为没有多少体力活儿，在通常情况下，屯子里仅给知青安排两个任务，当时有句话"一等汉子看青，二等汉子捕鼠"，比方说我和胖子在上黑水河看庄稼，这叫"看青"，看庄稼地的活儿最轻松，往窝棚中一待，膀不动身不摇，坐着就干了。要在别的地方，不是屯子里的"皇亲国戚"别想干这个活儿。其次是逮耗子的活儿，由于 1910 年满洲里首发鼠疫，疫情如江河决堤一般横扫整个东北，甚至波及到河北、山东等地，死人不计其数，后来伪满洲国时期也闹过两次鼠疫，也是闹得横尸遍野、人心惶惶，所以直到 1969 年我们插队落户的时候，灭鼠仍是一个相当重要的任务。重要并不等于困难，不外乎下药放夹子罢了。

下黑水河一带耗子比较多，陆军他们这一批知青大多被派去捕鼠。这一来当地的耗子可倒了大霉了，知青们全是十七八岁，精力一个比一个旺盛，成天换着花样对付耗子，誓要把这种"偷社会主义粮食"的反动分子扫荡一空。而黑水河屯子里的猎户，对于逮耗子并不十分上心，因为在东北的迷信习俗中，耗子也是一位大仙爷，在地八仙中排行老八，又叫灰老八，半夜听耗子在屋梁上嗑木头磨牙，谓之"大仙爷点钱"，惊动了大仙爷要破财。还有人在水边看见耗子骑蛤蟆，就说蛤蟆是大仙爷的坐骑，见了之后往往要下跪叩头，祈求大仙爷保佑，因为骑上蛤蟆的大仙爷道行太深了，至少两丈多深！这倒不完全是迷信，陆军他们一开始以为仅仅是民间传说，可在后来都亲眼见过，而且不止一次！

陆军平时经常看闲书，没事儿愿意动脑子，他发现下黑水河水泡子多，蛤蟆也多，这一带的耗子经常吃蛤蟆。水泡子里的苍蝇、蚊子，各种昆虫不计其数，蛤蟆的个头儿都不小。耗子往往趁蛤蟆不备，扑到蛤蟆背上，从后面咬住蛤蟆，蛤蟆让耗子咬得痛不可当，这才驮着背上的耗子一下子一下子往前乱蹦，不知所以的人见到，真能让它唬住了，其实根本不是大仙爷的道行深。陆军带头打破了这一迷信传说，下黑水河的猎狗也不少，在不打围的时候，他还教会了屯子中的猎狗掏耗子洞。在他的带领下，全屯的知青和猎狗一同发动了对耗子的总攻，一时之间屯子里再也见不到耗子了。

知青们没折腾够，浑身的劲儿没地方使，又大举发兵去扫荡山上的耗子，见了耗子洞就往里边灌水、呛烟，可他们忘了山上不光有耗子洞！当天晌午，知青们在山上找到一个洞口，正要来个水淹七军，怎知突然从洞中钻出一条大蛇！蛇头上长了一个肉冠，蛇身足有一米多长，五彩斑斓，张口吐信，喷出一股浓烟，前边的三个知青全让这股烟呛倒了，多亏有屯子中的猎户经过，拿鸟铳打死了怪蛇。而让毒烟呛到的三个知青，却性命垂危，口鼻中流出的全是黑血。这三个人两女一男，其中就有尖果。

下黑水河屯子里的一个老猎户告诉众人，那是一条五步蛇，毒性猛烈，如果是直接咬到，走不出五步必死！尖果等人虽然只是让怪蛇吐出的浓烟呛到，却也凶多吉少，并且不能往山外送，那会让血流得更快。我和胖子一听这话都急了，尖果是我们的革命战友，在屯垦兵团 17 号农场同生共死，至亲的兄弟姐妹也不过如此，要不是陆军吃饱了撑的唯恐天下不乱，去山上围剿耗子，尖果怎么可能出事？当时我们恨不得马上赶去下黑水河，看看尖果的情况，但是转念一想，我们赶过去也不顶用。事到如今，我和胖子、陆军三个人都想到了长在古墓中的黄金灵芝，听大虎、二虎说那是起死回生的至宝，或许可以保住尖果的命。

哥儿仨一寻思，带我们进入辽墓的狐狸已经死了，人死如灯灭，狐狸何尝不是如此？还是先救活人要紧，大不了多用纸糊几只鸡烧给狐狸。三个人打定了主意，收拾一应之物准备进山。榛子不仅胆大心热，还格外好奇，她也要去黑山头辽墓，瞅瞅九尾狐壁画和黄金灵芝。她是熟悉这片大山的猎户，从黑水河出发前往辽墓，要翻三架山过四道沟，途中全是不见天日的原始森林，没有榛子带路还真不容易过去。而且榛子从小就跟着他爹钻老林子打猎，身手十分敏捷，万一遇到什么危险，求个自保不成问题，我便答应让她一同前往。由于屯子里的人正在山上打围，猎狗和鸟铳几乎全带去了，深山老林中多有毒虫猛兽出没，万一遇上黑瞎子可不好对付，所以多少要带几件家伙防身！

抗战时期，这片大山深处有一座屯兵所和一处机场。苏联红军击溃关东军之际，当地老乡趁乱搬了一批日军物资，全当宝贝一样藏在地窖里。榛子她可真舍得，从她爹埋在地窖的躺箱中给我们找了几身行头，一人一顶关东军战车部队皮制防撞帽、一双昭五式大头军鞋，四个人扎上武装带，再打好皮裹腿，挎上背囊和行军水壶，虽说东拼西凑，倒也威风凛凛。榛子带了弓箭防身，我和陆军各扛一柄猎叉。屯子里的鸟铳是一杆也没有了，还是担心会撞上黑瞎子，在没有枪支的情况下进入深山，总觉得胆气不足。在我和胖子的唆使下，榛子又去四舅爷家借了一支压箱底的老式猎枪，单筒单发，真可以说是老掉牙了，使用日俄战争时期的村田22式步枪改造而成，已经好多年没用过了，弹药仅有十来发，当地方言称之为"铜炮"，终究比没有要好。猎枪由胖子带上，另有一柄关东军战刀，给我背在身上。我让胖子将他在古墓中捡来的玉玦也带上，且不说迷信与否，带了古代盗墓者传下的护身之物，下墓取宝才是那个意思。

那座辽墓毕竟是个空膛，连个棺材都没有，胖子觉得没必要带阴阳伞、棺材钉、朱砂碗，有村田22式猎枪和步兵锹已足够防身，仅将玉玦揣在怀中。四个人以背囊分携"干粮、火种、绳子、马灯、九八式步兵锹"，又一人卷了一张狍子皮，仅有的一个手电筒也揣上了，从黑水河出发走进大兴安岭原始森林，去找古墓中的黄金灵芝。

2

深山老林中一没有人烟，二没有道路，成片成片的落叶松、白桦、灌草根据海拔高低依次分布，漫山遍野的野花，有的是飞禽走兽。广袤的原始森林中，腐朽木和风倒木随处可见，还有层层叠叠积累了千百年的枯枝败叶，深处已经腐烂，踩上去就会陷入其中，必须绕过去，走不了直线，别说没有地图，有地图也没用上，全凭榛子带路。一路上除了要提防能伤人的猛兽以外，还要当心各种毒虫和蛇，这玩意儿不是越大的越危险。传说原始森林里有一种不到一寸长的小蛇，毒性很弱也没有牙，但是会趁人睡觉之时用信子伸进人的鼻孔吸食脑浆，它的唾液能麻痹神经，脑袋被吸成空壳都不会醒转，因此我们必须轮流睡觉休息。一行人翻山越岭，穿过莽莽林海，饿了吃野果，渴了饮山泉，两天之后，终于来到了黑山头。

我们几个人上了一座高峰，四下里一望，一边是一望无际的荒原湿地，一边是群山巍峨，万顷林海犹如碧波起伏。胖子和陆军傻眼了，只记得辽墓在一处山坳中，从墓穴中出来的时候，林海被冰雪覆盖，可与此时完全不同，入口仅是一个土耗子掏的盗洞。黑山头方圆百十里，有多少山坳沟壑，看起来几乎没什么分别，这种情况下想找古墓的入口，无异于大海捞针。榛子虽是大兴安岭上的猎户，可以带我们来到黑山头，但对于古墓的位置却无能为力，胖子和陆军也束手无策。

我不止一次回想起我们在辽墓中的经历，一是由于这座古墓有许多离奇之处，二是我祖父当年也做过土耗子，他让我记下的《量金尺》中有寻龙之术，概括起来不外乎八个字"外观形势，内分阴阳"。古代权贵之葬，讲究形势阴阳，说白了就是要找风水宝地下葬，风水宝地大多在龙脉上。《量金尺》秘本有云："千里为势，百里为形，势来形止，自成阴阳。"所谓阴阳之气，乃地中之生气，也称龙气，升而为云，降而为雨，所以才有"葬者乘生气"之说。我想起量金定穴秘术是"从大看小，由高到低，先观天地，再望龙脉"，不能光看这一座山，当即抬眼眺望，但见天地苍茫，一道道龙气从东而来，那是九条绵延起伏的山脉，簇拥着这座黑山头，似欲往西归去。黑山头的形势阔厚方正，四下里翠幔屏护，有如一座架辇。这个形势可大了去了，在阴阳风水中称为"九龙抬玉辇"，乃至尊之葬！

我虽然早将《量金尺》秘本记在心中，但也没觉得有什么用，顶多在做梦的时候想一想，而今看出"九龙抬玉辇"的阴阳形势，才明白量金之术非同小可，简直可以将这一座座大山看透了！既然识破了形势，找出深埋在山中的古墓不在话下。我指出一处坐北朝南的马蹄形山坳，告诉其余三个人："辽墓入口在这边！"他们以为我记性好，记起了盗洞的位置，我也并未言明，免得让他们当成迷信糟粕来批判，还是先进古墓找到黄金灵芝才是。

一行四个人钻老林子从山上下来，拨开山坳中的一层层枯枝蔓叶，果然见到了盗洞。回想几个月前在辽墓中的遭遇，横尸在地的盗墓贼、神秘的九尾妖狐巨幅壁画、墓砖上精致的宝相花纹饰、长在辽墓中的黄金灵芝、捡起烟来抽的狈，尚且历历在目，却又恍如隔世。

按我们的原定计划，只要别出意外，找到黑山头辽墓，以长绳放下去一两个人，摘下黄金灵芝，立即返回黑水河。行至盗洞近前，天色已经快黑了。我决定让胖子守在洞口，我带陆军、榛子下去。榛子问我们之前是怎么上来的？趁陆军和胖子往盗洞中放绳子的当口，我给她简单描述了一遍辽墓结构，当时天色已黑，我就打开手电筒，借着光亮在本子上画出方位。

这座辽代古墓坐北朝南，分成前中后三进，相当于前室、中室、后室，最南边是前室，最北边为后室，各个墓室之间均有门洞相连，东西两侧分布六间耳室，整体是"一挂二、三挂六"的格局，墓顶距地面大约三十米。当时我们从17号农场穿过一道地裂子，通过狐狸洞由西南方进入辽墓中室，见到一个几十年前死掉的土耗子，再往四周一看，前后左右各有一个拱形门洞，分别通往两边的耳室，以及前后两座墓室。

当时我们在黑灯瞎火的墓室之中，分不出个东南西北，只好跟随狐狸的血迹进了后室。后室为主墓室，北侧尽头是九尾狐壁画，两边也有东西两座耳室，黄金灵芝长在壁画高处。我们刚见到九尾狐壁画上长了黄金灵芝，狼群中的狈就跟了进来，双方当场拼个你死我活。狈让我们扯下一大片皮毛，掉头钻进了通往中室的拱形门洞，不想门洞垮塌，将它活埋在了下边，同时也将通往"前墓室、中墓室、狐狸洞、土耗子尸首"的方向堵死了。后来我们在主墓室的西耳室上方，见到了土耗子下来的盗洞，从这里逃出了古墓。死在中墓室的土耗子，打盗洞打得十分高明，铲法也很厉害，过去了几十年，盗洞仍旧坚固齐整，位置正打在主墓室西侧，斜刺里切进来，走势不急不缓，刚可容人爬进爬出。盗洞

115

没打在主墓室正上方，应该不是看得不准，而是瞧出辽墓因沉陷而崩裂，盗洞打在西耳室上才比较稳妥。此人脖子上挂了钩形玉，又有量金秘术，才敢一个人盗这么大的辽墓，如今可没人有这等本领了。

我把前后经过给榛子说了一遍，让她进了古墓不要乱走，当心墓室塌窑。况且辽墓之中古怪颇多，也不知墓主是什么来头。当年那位打盗洞进来的土耗子，分明是从主墓室西边下来的，却死在了中墓室，死得也很蹊跷。我以为是这个土耗子进了墓室，见到壁画上的黄金灵芝，当时起了贪心，要将黄金灵芝带走，没想到让古墓中的狐狸迷了，这才死于非命。我们无法确定这一带还有没有别的狐狸，首先我们并不想与狐狸为敌，其次狐狸确实不好对付，好比带我们躲进墓中的那只狐狸，虽然没像传说中的成了精怪，但是能想到偷走木柴来冻死我们，也可见其狡猾程度早已超乎我们的认知范畴。说到狐狸，榛子从袋子中掏出一枚青灰色圆石交给我。我握在手中一看，圆石上边布满了密纹，略有光泽，问她这是个什么东西。她说从屯子里出来之前，找四舅爷要了一个"狗宝"。狗宝乃是狗肚子里长出的石头，一般直径在一至五厘米，而且成不规则形状，可榛子的这枚却如鸭蛋般大小、浑圆光滑，极为罕见。狗宝与牛黄、马宝并成为"三宝"，能够降风、开郁、解毒，而民间迷信则传说此物可降狐妖，即使是千年狐狸，见了这狗宝也要退避三舍！

3

说话这会儿，那两个人已将绳子的一端捆在一个树桩子上，另一端扔进了盗洞。胖子手持火把身背猎枪，雄赳赳气昂昂地走过来说："哪次不都是我打头阵吗？怎么又让我断后了？"

我对胖子说："我担心墓中有黄金灵芝的消息传了出去，会有歹人打这个主意。咱们一路往山里走，我总觉得有人在后头跟着，但愿是我想多了，不过不怕一万只怕万一，万里不是还有一个一吗？万一有人断了我们的后路，那该如何是好？咱这几个人当中，只有你可以独当一面，有你给我们守住洞口，我们才能把心放在肚子里。"

胖子被我这么一说，立刻来劲儿了："放你一百二十个心，当八面我都当得了！你们仨倒要小心，别让古墓中的狐狸迷住了！"说完话，我点上火把在前边开路，榛子和陆军紧随其后，一个接一个进了盗洞，顺长绳下到墓室之中。

盗洞入口打在西耳室顶部，从洞中落下的泥土枯叶，已经堆成了一座小山。我们之前在辽墓中躲了几天，对这里的地形了如指掌，只是过了惊蛰，必须当心墓中有蛇。我接应另外两个人下来，辽墓中仍是那么阴森，大山里的猎人敢与巨熊搏斗，没有胆子小的，不过这要看怎么说了，辽墓是埋死人的地方，山里人很少有不迷信的。榛子好奇心虽重，真让她进了古墓她也害怕，紧紧跟在我身后，大气也不敢出上一口。辽墓西耳室中仅有砖石泥土、枯枝败叶，一股股枯树叶子受潮腐烂的气息，钻进人的鼻子直撞头顶。三个人小心翼翼往前摸索，穿过拱形门洞进入主墓室。我们手持火把四下里张望，主墓室与我们离开之时并无两样，但是灰土落下来已将狐狸的骸骨遮住了，我心中不免一阵难过。再一抬头，墓室尽头的九尾狐壁画上，一片海碗大小的灵芝，正在火把照射下发出金光，似乎比之前还要夺目！榛子看得呆了："真有黄金灵芝！你说咱们屯的猎人在大山里住了多少代，这深山老林里边长啥不长啥，哪有没听说哪有没见过的呀！我可真没想到壁画上能长金子，金子还能长成灵芝，它这是咋长的啊？"

我摇了摇头："别说你不知道，我也不明白，黄金灵芝该长在什么地方？它又是如何长出来的？"榛子对山上长的灵芝一清二楚，灵芝分为六色，分别是赤、黑、青、白、黄、紫。紫灵芝长在朽树倒木之上；黑灵芝长在绝壁岩隙；白灵芝又叫玉灵芝，在灵芝中最为常见；黄灵芝俗称金芝，那也只是一种称呼，看上去并非金色，其实是土黄色；青灵芝在民间叫龙芝，长在雷雨之后；赤灵芝也叫血芝，大多长在山洞之中。辽墓壁画上长出的灵芝，居然金光闪闪，简直让人难以置信！

我同样觉得纳闷儿，听长白山那两个打猎的说，他们祖上世代给皇帝打官围，见过的好东西不少，根据官谱所载，黄金灵芝乃天地间的至宝，仅长在龙脉之上，有起死回生之异，是千年一遇的仙芝。我想如果这是真的，可也不该长在辽墓壁画之上，壁画不外乎一层白膏泥，那上边怎么长得出黄金灵芝？不过眼见为实，不信也得信了，既然千年一遇，狐狸到死都舍不得吃掉它，当地的鄂伦春猎人们没见过，那也并不奇怪。

陆军挂念尖果的生死，一直催促我尽快动手。我往左右一看，墓室中并无异状，当即走到九尾狐壁画之下，抬头往上一看，黄金灵芝长在壁画高处，跳起来也摸不到。墓室两边有灭掉的长明灯烛，我将火把交给榛子，让她点上长明灯为我们照亮，又让陆军过来，我踩在他肩头上去够黄金灵芝。陆军忙说不成，他体格太瘦，根本禁不住我踩，何况我脚上还有一双有"日军铁蹄"之称的昭五式军鞋。既然如此，我只好让他踩在我肩膀上。不用多说，陆军见我往下一蹲，马上明白我的意思了，他伸手扶住壁画，双脚踩在我的肩头。我缓缓直起身形，将他顶到高处。挖灵芝必须连根挖，黄金灵芝倒长在壁画高处，一般灵芝伞盖朝上，它却往下长，又粗又长的根部，则伸进了墓室拱顶的穴隙之间。陆军让榛子给他一柄猎叉，他仰起头来，举起猎叉往上捅。怎知墓室砖顶已经崩裂，他越戳裂痕越大，石壁深处"咯咯"作响，泥土碎砖不住落下。我怕辽墓会塌，正想叫陆军住手，黄金灵芝却已掉了下来。俗传"灵芝不可接土，接土有损灵瑞之气"。陆军连忙抛下猎叉，双手往上一接，稳稳接住了黄金灵芝。我叫了一声："接得好！"随即往后一跃，将陆军放了下来。我和榛子都想在近处看一看黄金灵芝，当下抹掉脸上和头顶的灰土，定睛看了过去，却哪有什么黄金灵芝！

陆军分明将黄金灵芝接在手中，可他从我肩上下来，往自己手上这么一看，也是一脸骇然，黄金灵芝落在他手上竟然瞬间化成了尘土，同时发出一股腥臭。在灯烛明暗不定的光亮下，陆军的脸色如同白纸，转眼间从白转青，又从青转黑，双手也是如此，连指甲都变得乌青。他全身发抖，面目扭曲，看不出是在哭还是在笑，耳目口鼻中淌出黑血。我吃了一个大惊，抢步上前要去看他的情况。榛子却一把将我拽住，叫道："当心有毒！"

我恍然大悟，壁画上长出的东西，根本不是黄金灵芝，几十年前挖开盗洞的土耗子，从西耳室下来，正是摸到了这个东西，才死在南边的中室，并不是让狐狸迷死的。带我们躲进辽墓的狐狸，死前也不吃这黄金灵芝，见到我们上前还要咬人，皆因它知道这个东西吃不得！我这一个念头还没转完，陆军已全身乌青，脸上全是血，他使出身上所有力气，狠狠地一头撞在壁画上。他一向胆小怕死，但在这种情况下一头撞死，也好过忍受万蚁噬身一般的苦楚。可这一头撞上去，用力虽猛，却一时不得即死，他又使劲撞了几下，直撞得头上脸上血肉模糊，张开的大嘴中叫不出一个字。辽墓中鸦雀无声，只听到他的头一下接一下撞在壁画上，发出沉闷而又诡异的声响。

4

我和榛子听到陆军的头一下一下撞在石壁上，分明传来了头骨碎裂的响动，二人皆是心惊肉跳。没等做出反应，陆军已在壁画上撞了七八下，一头扑倒在地，随即一动不动了，墓室中恢复了一片死寂。我心口"怦怦怦怦"狂跳，转头看了看一旁的榛子，她望向我的目光中也全是惊恐。这一切发生得太快，至此我才意识到——陆军死了！陆军虽然胆小怕事，身体素质也不怎么样，但在屯垦兵团 17 号农场遇上那么可怕的暴风雪和狼群，他都坚持了下来，竟然不明不白地死在了古墓之中。他既是我的战友，也是我的兄弟，我眼睁睁看他惨死在面前，却完全无能为力，再做什么都不赶趟了。如果刚才上去摘黄金灵芝的是我，那又如何？原本就该我上去，是陆军替我送了命！而黄金灵芝并不存在，不仅陆军的命没了，尖果怕也活不成了！我一时间无法接受，并且抱了一个侥幸的念头，觉得陆军不该如此轻易死掉，刚才还是好端端一个大活人，能说能动，怎么说死就死了！我下意识地往前走两步，看见壁画上全是鲜血和脑浆，陆军横尸在地，头都撞瘪了。

榛子在我身后颤声问道："他咋……咋……咋的了？"我正想摇头，横尸在地的陆军突然动了一下！我吓了一跳，虽然巴不得他活转过来，可他的头撞瘪了，壁画上全是他的脑浆子，死成了这个样子还能活，世上岂不再也没有死人？我当是我看错了，再仔细一看，见从陆军身上掉出了一包香烟。在他垂死挣扎之时掉出一包香烟并不奇怪，可那是一包"硬盒战斗牌香烟"，上边除了烟标之外，还印有"紧跟伟大领袖在大风大浪中前进"一行小字。我感到一阵错愕，要知道在当时来说，一条狼皮才换得了一条战斗牌香烟，我们这些在大兴安岭屯子里插队的知青，根本抽不起战斗牌香烟。战斗牌香烟有三种，一种绿签白标的，烟标为"战斗"二字，属于普通香烟，我们连这个都抽不起。再有一种是白签绿标的，仅供屯垦兵团使用，兵团连排干部一个月配发一条，兵团以外见不到。另有一种是陆军在壁画上撞头时掉出来的白签绿标硬盒"战斗香烟"，并配有"紧跟伟大领袖在大风大浪中前进"的字样，级别为特级香烟，很多人习惯说这是特供烟，实际上不是，但也只有通过关系和路子才搞得到，陆军身上怎么会有半包特级战斗牌香烟？

我和胖子、陆军三个人在兵团的时候，从来都是同甘共苦，哪怕仅有一根烟，不分好坏，必定一根捻成三根来抽。众人一路进山，陆军这小子身上揣了一包特级战斗牌香烟，为什么一直没掏出来？是舍不得分给我和胖子，还是另有别的原因？我不免想起大虎、二虎那两个打猎的兄弟，他们为了让我和胖子带路来找黄金灵芝，曾摆出了整整四条特级战斗牌香烟，我和胖子没答应。然而进过辽墓的并不只有我们二人，莫非两个打猎的又去找陆军了？陆军这小子拿了他们的好处？我冒出这么一个念头，捡起那包战斗烟来看了看，心里说不上是什么滋味儿，神不守舍之际，忽觉阴风飒然，墓室中的灯烛一下子变暗了。陆军那个撞出脑浆的尸首，在九尾狐壁画前坐了起来！

5

陆军在九尾狐壁画下诈了尸，与此同时，壁画上方传来一阵细碎密集的声响，听得人头皮子跟着一紧。我和榛子发觉情况不对，立即抬头往上看去，只见墓顶崩裂的穴隙中爬下一条六尺多长的大蜈蚣，金头青身，不知已经蛰伏多久了，背上长出了大大小小的蘑菇，五彩斑斓，口中滴下金光闪闪的垂涎，竟将陆军的死尸吸了起来。我在壁画之下看得真切，身上鸡皮疙瘩都起来了。原来辽墓在龙脉宝穴上，不仅黑山头的狐狸将这地方当成葬身之处，这条六尺多长的金头大蜈蚣蛰伏在墓顶，也欲将墓室据为巢穴，只不过裂开的石壁太窄，它无法进来。九尾狐壁画上长出的黄金灵芝，乃金头蜈蚣垂涎结成。民间有五毒之说，分别是"蜈蚣、蝎子、长虫、蟾蜍、壁虎"，蜈蚣又居五毒之首，其毒之猛可想而知。上次我们进古墓躲避暴风雪，正是滴水成冰的严寒之时，蜈蚣伏在墓顶石壁中不动，所以我们没有发觉。而陆军拿猎叉往上戳了几下，刚好使得顶壁裂开，蛰伏许久的金头蜈蚣饿急了，张口来吸死尸的脑浆子。它的涎液落下来，死尸冒出阵阵白烟转眼间化为一摊血水，都让金头蜈蚣吸进了口中。我又惊又怒，捡起猎叉使劲往这大蜈蚣头上戳去。六尺多长的金头蜈蚣张口咬住猎叉，双方只僵持了一个瞬间，一股怪力将我甩了起来，整个身子横飞出去，后背重重撞在了墓室石壁上，撞得我眼前直冒金星，胸口气血翻涌。

金头蜈蚣可能饿了挺长时间了，这会儿见了活人，掉头摆尾冲我而来。刚才这一下撞得我几乎吐了血，一时挣扎不起，顺势来了个就地十八滚。但是金头大蜈蚣在石壁上爬行，来势太快，眼看是躲不过去了，我暗说一声："罢了，想不到我是死在这里！"正当千钧一发之际，榛子摘下背在身后的弓箭，她出手如风，一箭射在了蜈蚣头上。这大山里的猎人虽然迷信鬼狐，却不怕毒虫猛兽。大兴安岭一带虫蛇蜈蚣并不多见，因为山上的无霜期不过百余天，可也不是绝对没有，山沟山洞等阴湿之处还是可以见到。相传蜈蚣有三怕，一怕鸡母，如果有人让蜈蚣咬了，拿鸡屁股捂上一个时辰即可痊愈；二怕艾草，其实不仅蜈蚣，五毒都怕艾草；三怕鞋底子，那就不用说了，抡鞋底子拍呗！榛子熟悉深山老林中的蛇虫猛兽，在以前来说，并不全叫蜈蚣，蜈蚣分大小，小者称"蜈蚣"，大者称"金头"或"百足"，可以长到几十对肢爪，非常不好对付。她见墓中的金头大蜈蚣不下六尺多长，口中垂涎为金色，便知一旦沾上这金头蜈蚣滴落的涎液，或是让蜈蚣一口咬到，都会命丧当场，当即一箭射来，正射在蜈蚣头上。她身手敏捷，使的是连珠快箭，紧跟着又是两箭，可是金头蜈蚣中了一箭，在石壁上疾速爬行，其余两箭全射在了蜈蚣背上。金头蜈蚣身上穿了三支箭，狂性大发，到处乱爬，一转眼绕到她身后，牙爪攒动咬了过来！

　　我刚从地上爬起来，见榛子来不及转身，立即舍命冲上前去，但是猎叉已经掉了，而今赤手空拳，如何对付金头蜈蚣？这时候我才想起来，我背后还有一柄军刀，那是榛子跟四舅爷借来的，四舅爷当成压箱底的宝刀，平时都舍不得给人看，还真得说是高看我们一眼，也担心我们进山遇上危险，才肯借给我防身。其实根本不是什么宝刀，关东军的军刀大致上有两种，一种为手造刀，另一种为配发下级士官的机造刀，四舅爷这柄军刀乃是后者，不过相对而言，刃口也还锋利。我拔了这柄军刀出鞘，双手握住刀柄，一刀捅向金头蜈蚣，不承想刀头却被蜈蚣的两对腭牙死死咬住，往前送不进去，往后拔不出来。但是仅仅缓得这一缓，榛子已从箭袋中取了三支箭在手，这一把三支雕翎箭全扣在了弦上，眨眼间三支箭射在了大蜈蚣头腹之上。金头蜈蚣又挨了三箭，不由得往后一缩。我这才把军刀拔出来，趁机在蜈蚣身上砍了几刀。这柄军刀适于斩削，双手握刀也使得上劲儿，金头蜈蚣来不及爬开，竟被砍成了上下两截，下边小半截四处乱爬，撞灭了墓室中的长明灯，但是越爬越慢，很快不再动了。而上半截中了好几支箭，仍是不死，张开两对腭牙，对我们二人放出一道金光！

一直蛰伏在辽墓顶壁上的这条大蜈蚣，六尺多长的身子上长了很多色彩斑斓的蘑菇，它吐出的金色涎液，落地立即凝为蜡状。陆军和之前打盗洞进来的土耗子，全是摸了这金色毒液而死。传说此乃深山老林中的僵尸蜈蚣，身子被毒蘑菇占据，已有一半植物化了，不将它的头打掉怎么也死不了。我见蜈蚣张开腭牙放出一道金光，怕挡不住它的毒性，可又不敢躲，榛子还在我身后，我一躲就把她闪出来了，危急关头刚好摸到榛子给我的青色圆石，有什么是什么了，抬手朝金头蜈蚣投了出去，不偏不斜扔到僵尸蜈蚣口中。狗宝乃阳气郁结，僵尸蜈蚣则是至阴之物，它一张口正好吞下狗宝，立即将那道金光打了下去。僵尸蜈蚣翻了几个滚，再次绕壁而来。它垂死挣扎来势汹汹，我只好拽上榛子往外跑，可两个人总共才四条腿，如何快得过一百条腿的大蜈蚣？

第九章　狮子献宝

1

正当我们走投无路之时，忽听"砰"的一声枪响，墓室中四壁皆颤。原来胖子在盗洞上边等得心焦，好半天不见有人上来，又看周围没什么状况，干脆下来看个究竟，正瞧见半条僵尸蜈蚣在壁上爬行。他手上那支老掉牙的猎枪不是烧火棍子，当年的村田步枪可以装五发，落在东北民间改装成了猎枪，只能打一发装一发，但是枪弹威力有所加强，一枪轰过来，枪弹将蜈蚣头腹击穿了一个大窟窿。僵尸蜈蚣挨了一枪还没死透，直退到九尾狐壁画之下。墓顶的崩塌也使壁画开裂，僵尸蜈蚣从九尾狐壁画爬上墓顶，在它牙爪挠动之下，整片整片的白膏泥从壁画上剥落下来，耳听壁画中声如裂帛，冒出一个大火球，将这条蜈蚣裹在当中，我们仨见壁画中出来一团鬼火，急忙趴下身子不敢抬头。幽蓝色的火焰亮得人睁不开眼，不仅感觉不到炙热，反而有种阴森的寒意，僵尸蜈蚣在一瞬之间被烧成了灰烬。辽墓壁画中的鬼火，来得快去得也快，转眼又不见了。我们胆战心惊之余从地上爬起来，多亏刚才躲得快，才没让墓中伏火烧死。僵尸蜈蚣连同它身上那些五彩斑斓的蘑菇，全让伏火烧成了黑灰，墓室中腥臭之气弥漫。我们三个人嗅到这股子恶臭，都呛得一阵咳嗽，眼都睁不开了，不约而同地张口呕吐，只好坐到壁画之下，缓了好一阵子才说得出话。

胖子问我和榛子："墓中怎么爬进来这么一条大蜈蚣？你们俩要不要紧？黄金灵芝到手了吗？陆军那小子呢？他上哪儿去了？"他这一连串问题，问得我无言以对，真不知如何开口才好。榛子心直口快，给胖子简单说了一遍经过。胖子也蒙了，事情发生得太突然，他无法相信陆军已经死了，而且连个尸首都没留下。

我掏出陆军掉下的半包战斗烟，放在手上给胖子看。胖子一怔："特级战斗烟？哪儿来的？"我告诉他是从陆军身上掉出来的，这半包战斗牌香烟的问题……只怕不小！

胖子当然明白这意味着什么，特级战斗牌香烟不是一个插队知青抽得起的，一定是那两个打猎的给陆军的。陆军是我们的同学、战友和铁杆兄弟，以我和胖子对他的了解，别看这小子胆子不大，净出馊主意，可是很讲义气，不会吃里扒外，多半是一时贪便宜上了套儿，让那两个打猎的当枪使了。仅凭陆军一个人，无论如何也找不到辽墓入口，所以在两个打猎的唆使之下，他又来上黑水河叫上我和胖子。那么说来，尖果是不是在山上中了蛇毒，不去一趟下黑水河也是不得而知，但多少还有个指望。如果陆军真给人当枪使了，两个打猎的必定跟在后边。胖子发狠道："那两个打猎的折腾这么一通，搭上了陆军一条命，他们不来找我，我也得去找他们！你怕他们我可不怕，老子一泡尿淹死五个他们这样的！"

我让他少安毋躁："我觉得那两个打猎的根本不是冲着黄金灵芝来的，否则一见到辽墓入口，他们就该下手了！"

胖子上下左右看了一看，奇道："辽墓中也没别的了，他们还想要什么东西？"

我冷不丁冒出一个念头，问他们二人："你们说为什么黑山头的狐狸死前都会到这里来？墓顶的大蜈蚣为什么也要进来？"

胖子和榛子一头雾水，反问道："你不是说这座辽墓在龙脉上，是什么风水宝穴吗？"

我说："阴阳风水十成之中有九成半故弄玄虚，何况龙脉之说乃是对人而言，狐狸会看阴阳风水吗？我估计辽墓中有这么一件至宝，引来了深山老林里的这些东西。"

榛子好奇地问："那会是个啥东西？"

我沉吟道："不好说，我只不过是胡乱猜想……"

胖子说："刚才不是从壁画中冒出一团鬼火吗？那里边是不是有什么玩意儿？"

2

胖子说话间走了过去，扒住壁画裂开的口子往里看，原来辽墓中的壁画绘在一道砖墙上，砖墙后又有一堵巨砖垒起的尖顶石壁，与壁画墙之间相隔三尺，当中充斥着刺鼻的气味。胖子见里边没有鬼火了，他拎上马灯照亮，背上猎枪钻进去看个究竟。我和榛子在蜈蚣灰烬里捡回狗宝，也从后头跟了进去。

三个人想得挺好，说不定壁画后边有好东西，绝不能落在那两个打猎的手上。我们先看看是个什么玩意儿，再说甭管是什么，那也是封建统治阶级剥削来的民脂民膏，不妨掘出去，给屯子里的乡亲分一分。我和胖子在黑水河插队落户，没少受屯子里的乡亲们照顾，正愁无以为报，难得有这么个机会。可是我们三个人瞪大双眼在九尾狐壁画后找了半天，却没见到任何东西，只是脚下有许多沙子。我用手摸了摸对面尖顶塔形墙上的巨砖，那是一尺见方的墓砖，齐整严密，坚固无比，步兵锹凿上去顶多留下一道印痕，而且墓砖与墓砖之间浇了铜汁，水都渗不进去，分明是一座"分水金刚塔"！古代大墓为了防潮防盗，在墓道入口以巨砖砌成塔墙加固，并以铜汁铁水浇在砖缝之中，上窄下宽，上方形如分水尖，故称"分水金刚塔"，有如一尊不动金刚，可以将盗墓贼挡在外边。辽墓壁画中埋了磷火，如果有土耗子凿穿壁画，也会死无葬身之地。

一想到这里，我的脑子已经转不过来了，平时有陆军充当狗头军师给我出主意，不用我多想。不过古墓中的勾当，陆军也一窍不通，而今我只能指望我自己了。我让胖子和榛子先别出声，容我仔细想一想，"分水金刚塔"应当造在墓道入口，为什么辽墓中的金刚塔隐在壁画之后？也许黑山头辽墓的规模比我想得大多了，埋在山坳下的三进墓室，或许只是一处疑冢，所以里面才没有棺椁。难道辽代大墓仿袭唐制凿山为陵，金刚塔后才是真正的墓道？玄宫则深处于山腹之中，那两个打猎的要找的东西，是不是也在金刚塔后头？

我把这个想法对胖子和榛子一说，这二人深以为然，同时好奇更甚，辽墓的主人是什么来头？真是一只九尾妖狐不成？地宫之中又有什么陪葬的奇珍异宝？三个人想破了头可也想不出，虽有心进去一探究竟，但金刚塔如同不动尊金刚，仅是这外边一层巨砖，使上炸药也炸不开，如若真是皇帝陵寝级别的大墓，规模一定大得惊人，金刚塔的砖绝不止一层，至少是七层墓砖，多的甚至可达九层。我们三个人总共只有一杆老掉牙的猎枪、一柄军刀、三柄九八式步兵锹，如何打开这道金刚塔？

辽墓金刚塔乃千百块尺许见方的巨砖堆叠而成，砖与砖之间灌注铜汁铁水，说这是一座坚固无比的大山也不为过，将墓道入口挡了个严丝合缝，仅凭我们仨想凿穿金刚塔，无异于蚍蜉撼树。明知放置墓主人尸首的棺椁、堆积如山的陪葬的奇珍异宝，全在金刚塔挡住的地宫之中，却没有任何方法可以进去一探究竟。

三个人面对坚固厚重的金刚塔束手无策，胖子和榛子仍一门儿心思想看地宫里埋了什么好东西，挑起马灯到处照，金刚塔上总不会一道裂隙也没有。可在金刚塔上上下下找了个遍，当真没有可乘之隙。我的目光跟随胖子手中的马灯在金刚塔上掠过，心下寻思：金刚塔通常位于墓门之后，用于封住墓道入口，以古代葬制而言，墓主棺椁要通过墓道安置于地宫，下葬之前金刚塔和墓门不可能完全封闭，而是在棺椁放进地宫之后立即闭合，以防墓中龙气外泄。因此金刚塔会留下一个洞口，等到棺椁进入地宫，再当场填上墓砖灌注铜汁铁水，从而彻底封闭墓道入口，这在痕迹上应该可以看得出来。而辽墓壁画后的金刚塔浑然一体，坚厚无比的金刚塔绝无可能在朝夕之间完成……

胖子见我发呆，劝道："你趁早别打这个主意，你的头再硬也撞不穿这座塔，我们可不想目睹你以卵击石的惨状。"

我说："我是在想或许有一条棺椁进入地宫下葬的密道！"

胖子说："你想起一出是一出，刚才还说金刚塔封住了墓道入口，棺椁不都从墓道往里抬吗？怎么又有一条密道？"

我对胖子说："古代人迷信，下葬也好，封闭墓道也好，地宫顶多打开几个时辰，可来不及等棺椁进了地宫再造金刚塔，必定会在金刚塔上留下一个可以让棺椁进去的洞口。如果是从这里进地宫下葬，挡住墓道的金刚塔上不会没有封填的痕迹，所以说至少还有一条密道。"

榛子不信："在大山里凿这么一条墓道，那也得费老鼻子劲了，咋还会整好几条？"

我说："那是怕盗墓贼将地宫扒开掏宝，陪葬的珍宝越多，越怕有人盗墓。"

胖子垂头丧气地说："那可没地方找了，也许棺椁根本不是从这壁画墓中抬进去的。"

我否认了胖子所说的这个可能，墓主人的棺椁一定是从九尾狐壁画前进的地宫。倒不是我想当然，因为在壁画墓室中有许多朽木，上边长出了树舌，1968 年边境上闹狼灾，我们躲进辽墓之后，就是吃这长在朽木上的树舌才得以活命。九尾狐壁画墓室中为什么会有很多朽木？换成旁人或许想不明白，而我祖父是旧社会的阴阳先生，专给人看风水看阴阳宅，也曾干过盗墓扒坟的勾当，他可没少给我讲这里边的门道。黑山头辽墓如此规模，墓主装殓必厚，棺椁小不了。那么大的棺椁，不可能直接抬入墓道，如果放在地上直接往里推，既容易损坏棺椁，又会在墓砖上拖拽出痕迹，所以在通常情况下，都会在墓中放一层圆木，以便于将棺椁移入地宫。九尾狐壁画前的朽木，正是棺椁下葬之时所留，真正的墓道入口，一定也在这周围！胖子说："怪不得墓室中有那么多朽木，之前我还纳闷儿，谁会摆几十根木头桩子当陪葬，却原来有这个用途。我看埋在辽墓中的这位，即使真是一只成了精得了道的九尾狐狸，它也没有你小子狡猾！"

可想而知，墓主棺椁十分巨大，墓道的入口也不会小，想来想去，各处都不合适，只有金刚塔这个方向进得去，岂不是怪了，棺椁如何能够穿过金刚塔？三个人无可奈何，在金刚塔前走过来走过去。我听到昭五式军鞋踩在沙子上发出的声响，不由得心中一动，当即猫下腰，抓起一把沙子，在手中捻了一捻，又往下掏了几把，脚下的沙子深不见底。胖子和榛子也觉得奇怪，黑山头不该有如此之多的沙子。三个人轮番用铲子往金刚墙下挖，很快掏出一个沙洞。可见墓道中原本有一座沙障，金刚塔在沙障上方，下葬时先从沙障中掏一个洞，在墓主棺椁进入地宫之后，才打开两边的积沙洞，使流沙涌入两边的积沙洞中，金刚塔随即降下，挡住了墓道入口。墓道中的金刚塔和沙障，可谓一刚一柔，固然无隙可乘，但百密一疏，忽略了金刚塔降下之际，流沙难以完全进入积沙洞，下边还有一尺多深的沙子，又让金刚塔镇住了，不再是随挖随动的流沙。胖子一向胆大妄为，他见挖开的洞口大小合适，就用猎枪挑上马灯，当先从金刚墙下的沙洞中钻了进去。我和榛子在他后边进去，但见这金刚塔有七层砖厚，另一边是条隧道，以宝相花墓砖铺地，石壁之上凿痕宛然，看来辽墓地宫是凿山为陵，从山腹中开凿的石窟即为地宫。马灯的光亮有限，地宫中漆黑一片，充斥着死亡的气息，阴森而又压抑，不免使人毛骨悚然。

胖子吐了吐舌头："这么大一座墓，一定埋了个皇帝老儿。"

我可不认为墓主是位皇帝，"九龙抬玉辇"的阴阳形势，非至尊不葬，墓砖上又有宝相花纹饰，按说埋的是个女子才对。

榛子问道："皇帝也有女的吗？"

胖子嚷嚷道："当然有，比如慈禧那个老娘们儿！"

我对胖子说："慈禧没当过皇帝，虽然不是皇帝，却不比皇帝级别低。"

胖子又说："可以跟皇上平起平坐的女人，该是皇帝老儿的老婆才对，也叫娘娘！"

我告诉他："你别胡猜了，我估计辽墓中埋的是个太后。"这话一出口，榛子一个劲儿点头，大山里是有许多太后墓的传说，比如说辽代有一位皇后受奸人陷害，被皇帝挖去了双眼，侥幸逃出深宫，机缘巧合被一只"神狐"所救，后来除掉奸臣重夺大权，让自己的儿子继承了皇位。更有人说真太后早就死在深宫之中了，出来的这位是九尾狐狸变化而成，难道我们一头钻进大辽太后墓了？

3

榛子听多了太后墓中有鬼的迷信传说，问我和胖子是否先回屯子，多叫些人手再来？胖子说："咱仨这一去一回，再把人攒齐了，要耽搁多久？到时候墓中的东西还不全让土耗子掏光了？一万年太久，只争朝夕！"

我也是这个意思，陆军不明不白地死在辽墓之中，我和胖子绝不会善罢甘休，何况我们前脚一出去，后脚准有土耗子进来。何不一鼓作气进入辽墓地宫，探明白其中的情况？胖子受穷等不了天亮，见我也有此意，拔腿就往前走。我立即叫住他，辽墓中有流沙、伏火、僵尸蜈蚣，鬼知道地宫里还有什么。我仅仅通过《量金尺》从阴阳风水上看出辽墓中埋了个太后，别的见识我可没有，如果不想送命，则须加倍谨慎。我让胖子殿后，我在前边开道，榛子走在当中。

胖子担心墓道深处还有金头蜈蚣，对我和榛子说："狗肚子里的那块石头咱可揣好了，这玩意儿好使，要是再遇上蜈蚣，直接喂给它吃！"我也对之前的遭遇心有余悸，之前无意之中用狗宝降住了金头蜈蚣，虽然知道天底下的东西有一生必有一克，却没想到金头蜈蚣会怕这玩意儿！

三个人将马灯调到最亮，小心翼翼走进辽墓地宫前的隧道。我一边往前走，也一边回想祖父所讲的掘坟盗墓的旧时传闻。据说在大兴安岭及以西的草原上，分布着多座辽代帝王陵寝，大多已被盗毁。根据史书记载，当年金军打破东京汴梁，宋钦宗和宋徽宗被金兵俘虏，宋钦宗在此后的流亡中，曾见到金兵盗发辽代皇陵。他伫立在远处观望，遥见发丘掘墓之辈皆穿紫衣，从陵中抬出棺椁，尽取棺中之物。由于宋钦宗离得太远，看不清究竟棺椁中有什么陪葬珍宝，所能分辨者，唯一宝镜，光射天地。传说这面宝镜使风云变色，晴空万里之时，以镜面对天，以手拭之，顷刻间便能乌云密布，继而大雨倾盆。这座辽墓的陪葬品之中，会不会也有这么个光射天地的宝镜？

另外，在黑水河一带也有不少关于辽墓的传说，我们曾听屯子里的老猎人提及，深山老林之中有一座古墓，围十余里，高与山等。当年有土匪胡子找到了墓门位置，准备进去掏宝，却遭群蜂飞击，当场被蛰死了十好几个，遂不敢入。相传此墓为大辽太后葬所，机关密布、危机重重。这都还是较为可信的传闻，至于托神附鬼的迷信之说，那就更多了。比如有一个上山采药的穷苦之人，在家与老娘相依为命。此人是个孝子，宁愿自己挨饿，把翻山越岭费劲千辛万苦采药换来的钱，全都孝敬了老娘。有一次无意中掉进一个山洞，见山腹中殿宇巍峨，来来往往的行人，均是低头不语、形色匆匆，看穿着打扮都像是旧朝之人，原来他们全是当年埋在墓中给大辽太后殉葬的活人。后来掉进山洞的这位东一头西一头转来转去，在一座大殿前见到一个尖嘴猴腮的老太太坐在凤辇之上，凤冠霞帔、珠光宝气，几十个宫女前呼后拥，好不威风。他以为自己见到了神灵，急忙跪下给这个老太太叩头，老太太见他虔诚，便问他有什么心愿，他说只愿能够快点找到出山之路，好回家侍奉老母。老太太一听原来是个孝子，赏了他几个金元宝和一个宫女，指点他出了山洞。他出去之后娶这宫女当了媳妇儿，又以金元宝做买卖发了大财。

这种穷光棍经历一番奇遇又娶媳妇儿又发财的迷信传说，在当地简直太多了。但是无风不起浪，或许正是由于山里真有这么一座大辽太后墓，才有了这些怪力乱神因果报应的传说。实际上万变不离其宗，辽墓仿袭唐代陵寝制度，玄宫凿于山腹，布局无外乎三种，《量金尺》中将这三种墓室布局比作三个字，一是"甲"字，二是"中"字，三是"十"字。简而言之，"甲"字为单墓道结构，"中"字为南北双墓道结构，"十"字为东西南北四墓道结构，主墓道均为南北走向。

我们从金刚墙下钻进来的墓道称为"圹道"，方向应当正对玄宫大门。墓道倾斜向下，三个人摸索而行，大约走出百余步，先后经过两处"过洞"，每一段过洞都凿有一对壁龛，一左一右，相对而峙，占据了东南、西南、东北、西北四个方位。壁龛足有一丈多高，顶部仿宫殿之庑殿顶，外边做出脊瓦、滴水和瓦当，内部以砖石砌成穹庐顶，里边是四天王的浮雕，并且置有长明灯烛。墓道呈南北走势，壁龛中的四天王均身披龙鳞铠甲，东壁南侧为操蛇的西方广目天王、东壁北侧为持伞的北方多闻天王，西壁南侧为仗剑的南方增长天王、西壁北侧为挥琵琶的东方持国天王。胖子和榛子瞪大了眼东张西望，不时问我这是什么那是什么。我仅知墓中的东西全是有讲究的，比如四大天王手中的"宝剑、琵琶、宝伞、水蛇"，分别象征"风、调、雨、顺"，比如宝剑有锋，取这个谐音，别的我也说不上来。

三个人走过两段过洞，见墓道当中辟有一座阙门，两扇石门上各有"海兽"图案，海兽口衔石环。海兽其实就是传说中的龙之九子中的老五，名为"狻猊"，以虎豹为食，乃是文殊菩萨的坐骑。阙门周边浮雕"宝镜、琵琶、涂香、瓜果、天衣"，象征人世"色、声、香、味、触"五欲，意谓"破除五欲，得成正果"。浮雕外侧又有一圈圆环，为三大佛花的二十四朵花瓣，纹饰华丽无比。仅这地宫石门上的浮雕，已足够让我们惊叹不已，三个人均按捺不住好奇之心，使足了力气上前推动石门，沉闷的声响中，海兽石门缓缓开启。

这道石门厚约一掌，合三人之力才勉强推开。我以为里边就是放置墓主棺椁的地宫正殿了，壮起胆子从石门当中挤身进去，却仍是凿于山腹之中的洞道，南北长东西窄，两边也有壁龛，供奉四大菩萨，分别为除盖障菩萨、虚空藏菩萨、自在天菩萨、摩罗迦菩萨。而在两个壁龛之间各有一座拱形门洞，凡是古墓中的拱形门洞，一概称为"券洞"。我对照《量金尺》秘本想了想，看来辽墓玄宫由前殿、中殿、后殿、左配殿、右配殿五座殿宇组成，金刚墙后的四天王洞道为前殿，海兽石门后的四菩萨洞道为中殿，前殿与中殿均呈狭长的南北走势，中殿东西两边设左右配殿。配殿仅有券洞，并无石门阻隔，中殿尽头又劈出一道阙门，上边浮雕两个驮宝异兽，显然通往后殿，也就是辽墓地宫的正殿，按葬制叫"长生殿"。

胖子嘟囔道："辽墓中怎么一个洞接一个洞？这么走下去，几时才到得了头？"

我让他少安毋躁："一个洞窟等于一座殿堂，此处已是中殿，后殿才是主殿，墓主棺椁一定在后殿。"

胖子指向地宫石门，说道："你们瞧这两只给墓主把门的卷毛狗，身上驮了个什么玩意儿？"

榛子是猎户出身，不论是山上的猎狗，还是草原上的牧狗，她一向见得多了，可没见过这样的卷毛狗，这是狗吗？我说："驮宝的卷毛兽是狮子，我也是头一次见到，辽墓地宫长生殿前有狮子驮宝，可能说明墓主身边有价值连城的陪葬品。"

胖子说："地宫大门上的是狮子还是卷毛狗，全都无所谓，我让你们俩看的是它身上驮的东西，那东西价值连城？我瞅着怎么跟个大眼珠子似的？"

4

让胖子这么一说，我和榛子也觉得狮子驮了一个大眼珠子。地宫大门上的两只狮子一左一右，背上各驮一件宝物，形如宝珠，是个漩涡状圆圈，这东西周围还有眼睫毛，不是眼珠子是什么？还有一种可能，圆圈周围的是一道道光。我又想起传说中给大辽皇族陪葬的宝镜，可是怎么看也不是宝镜，难道给墓主陪葬的奇珍异宝中真有一个眼珠子？那又是谁的眼珠子？

我和胖子挽起袖子，上前去推地宫石门。榛子在一旁说："两边还有两个洞口，不先进去瞧瞧？"

胖子说："明摆着的事儿还用想？我给你打个比方，咱这儿摆上三个菜，当中一盘四喜丸子，旁边两盘醋熘白菜，你先奔哪个下筷子？"

我说："你这个比喻倒也恰当，咱们先去正殿瞧瞧。"

榛子不是不知道应该先奔四喜丸子下筷子，她是怕墓中那位大辽太后，万一真是成了精的九尾狐狸，那可咋整？胖子不明白那有什么可怕的，他说："即使那个什么大辽太后成了精得了道诈了尸，见了我它也得没脾气！不看如今是什么年头，敢出么蛾子只有自取灭亡……"

胖子正在大放厥词，却听墓道后方传来一阵脚步声。在当年下葬移棺之时，辽墓地宫中留下一层朽木，往上一踩，便会发出"咯吱、咯吱"的声响，在阴森沉寂的墓道中听来格外刺耳。双方相距几十步，可是地宫之中太黑了，彼此看不到对方手中的光亮，但是辽墓长殿地形狭长，声响可以一直传到长殿尽头。我听到这个响动，明白这是有土耗子从后头跟进来了。之前我已经想到了，只是没料到来得这么快，看来对方沉不住气了，生怕我们打开辽墓地宫，抢先找到陪葬的珍宝！我不知对方来了多少人，是只有那两个打猎的，还是有更多土耗子？又不知他们手上是什么家伙，让人堵在辽墓中难免吃亏！

我急忙灭掉马灯，但听脚步声由远而近，已经到了二十步开外，可以看到两支火把的光亮。我见对方来的人不多，当即掏出手电筒，打开往前一照，只见那两个打猎的，身背鸟铳和鸭嘴铲，手持火把，一前一后正往里边摸索。两个打猎的一见这边儿手电筒照过去了，忙往一旁躲避，与此同时，胖子手中的猎枪也搂上火了。长殿中漆黑一片，相距十几步远很难看清楚目标，他一枪打在虚空藏菩萨壁龛上，打得碎石横飞。

两个打猎的让这一枪打慌了，闪身钻进了一旁的券洞。胖子见了仇人分外眼红，而且在狭窄的长殿中，不能给对方还手的机会，当即追上前去。我和楱子唯恐他有个闪失，打开手电筒紧随其后。两个打猎的躲进了一个门洞，门洞中是条狭长的甬道，与西侧配殿相连。甬道中黑灯瞎火的，到处是积尘，呛得人透不过气，手电筒的光束几乎等于没有，我们也怕对方用鸟铳打过来，不敢追得太快。甬道以砖起券，上方纵拱，地面至券顶有两丈多高，纵深约三十余步，尽头与左配殿相接处也是一个券洞，并无石门，仅以墓砖封堵。我们听到前边两个人推开了砖墙，来到近前用手电筒一照，封堵殿门的墓砖散落了一地，有一个人背对我们，坐在漆黑阴森的西配殿中一动不动，似乎看到了什么可怕的东西，将他吓得呆住了。凭借手电筒的光束一望可知，这个人是打猎的大虎。

打猎的哥儿俩身形相似，都背了一杆鸟铳，头上各有一顶三块瓦的帽子，不同之处在于兄弟二虎多裹了一条大围巾，还有一个大口袋，

137

走到哪儿背到哪儿。我们仨不知这个打猎的在搞什么鬼，为何突然停了下来？他那个兄弟躲去了什么地方？三个人不约而同地放缓脚步，从扒开的砖墙处进去，往两边一看，黑乎乎的，不见有人，正觉得奇怪，忽听背后甬道中脚步声响起，我这才意识到上当了！这两个冒充打猎的土耗子，其中一个扒开墓砖将我们引到此处，另一个还躲在甬道中。胖子的反应也够快，他举枪转身要打，却从甬道上方落下大量流沙，顷刻间将甬道堵了个严严实实。

原来造这座辽墓的时候，凿出多少土石，便从大漠上运来多少沙子，在墓顶布置了多处沙瓮。二虎这个土耗子也是老手，看出了辽墓地宫的布局，在甬道中引出流沙，将西配殿堵死了。流沙不比砖石泥土，挖都没法挖，挖多少流下来多少。在古代，这种防盗的方法并不少见，别说是皇宫大内，就连大户人家的院墙都是两层夹心的，中间放上碎石砖块用来防贼，真正高来高去的飞贼能有多少？大多数要想进深宅大院偷东西的贼，往往都是在院墙上掏洞，以前有句老话"做贼剜窟窿"，说黑话这叫"开桃园"。他们有一种特制的短刀，仅在刀头有一点儿钢，刀身均为软铁打造，掏洞的时候才不至于锛折了。有本事的贼用刀把院墙的砖抠下来进去偷东西，偷完了出来还把砖给你码好了，连砖缝儿都给你填上。有钱的人家为了防贼掏窟窿，往往用碎石夹心造墙。以沙子填充墙壁的多在牢城营中，号称虎墙，没想到地宫之中也埋设了流沙。三个人均感一阵心寒："土耗子真够狠的，为了将我们活埋在此，把他大哥都搭上了！据说扒坟盗墓的土耗子见财忘义，为了分赃灭口反目成仇互相下刀子的多了去了！"

我们见打猎的大虎仍坐在那里一声不吭，他对面仅有石壁，倒不是让什么东西吓住了，暗骂这厮当真沉得住气！这是想给我们来个以静制动？胖子可不吃这一套，早对这两个土耗子恨得咬牙切齿，要当场一枪崩了这个大虎。我让他先别动手，握了握手中的军刀，上前一按大虎的肩膀，想让他转过身来问个究竟，怎知我的手一伸过去，他就仰面倒了下来。三个人吃了一惊，再用手电筒往他脸上一照，只见他脸上白花花的一片，我还纳闷儿他怎么蹭了一脸白膏泥，可再定睛一看，这才看出他脸上全是活蛆！

第十章　僵尸猎人

1

打猎的大虎跑进辽墓配殿，动也不动坐在地上。我上前一拽他，他的身子仰面倒下，才看见这个人脸上有很多蛆，皮肉已经烂了，尸臭随即弥漫开来。三人吓了一跳，往后退了两步，伸手捂住口鼻，低下头来仔细再看，但见打猎的尸首已经腐坏，爬了一脸的蛆，面目无从分辨。不过我们和这个打猎的一前一后进入西配殿，他不可能这么快给辽墓地宫中的死尸换上行头，给我们来一出金蝉脱壳。可以认定长了蛆的腐尸正是打猎的大虎，并非旁人，因为我们记得很清楚，大虎长了两个虎牙，虽然死尸皮肉腐坏，但这两个虎牙还能看得出来。

好端端一个大活人，在一瞬之间死了并不奇怪，但尸首为什么腐坏成这个样子了？死人通常两三个时辰开始僵硬，等到长出蛆虫，则是在几天之后。难道说我们在上黑水河见到大虎之时，他已经是个死人了？

一个僵尸扮成打猎的，光天化日之下来屯子里找我们，还有问有答地说了半天话，这么一想当真让人毛骨悚然，它是从哪座老坟中爬出来的？又或许是辽墓中有什么尸虫，打猎的大虎是让尸虫咬了，才一下子变成这样？不过我们仨也进了西配殿，同样是一座南北走向的长殿，进来的甬道已被流沙堵死，除了这个打猎的横尸在地，并未见到任何异状，此人扒开墓砖钻进来之后，发生了什么变故？

我们三个人当时全蒙了，胡乱猜测了一通。榛子的迷信思想根深蒂固，她以为打猎的大虎是老坟中的行尸。我和胖子不以为然，山里人太迷信了，问题是迷信你也得讲个逻辑，迷信传说中的僵尸我听过不少，据说人死之后入土为安，而有些枉死之人入土不安，即成僵尸。僵尸在五行中属土，土能克水，所以在民间传说中僵尸会带来干旱，因此又称旱魃。长毛者为凶煞，昼伏夜出，攫人而食，百年为凶，千年成煞，有了道行的凶煞甚至可以飞天遁地，吸尽一方水脉。又因木能克土，对付老坟中的僵尸，必须在坟土上钉桃木桩。即使在迷信的民间传说中，僵尸白天也要躲在棺材里，如果说那个打猎的大虎是僵尸，他又怎么可能大白天走来走去，我们也没发觉他身上有尸臭，难道一个身上长了蛆的死人在我们面前，我们会看不出来？我看还是这辽墓地宫之中有东西作怪，究竟什么东西可以让一个大活人在转眼之间变成一个全身长蛆的死尸？越是想不出所以然，越是觉得心里没底，如若无法尽快找出真相，只怕下一个会是我们其中之一！胖子说："打猎的没准是让什么东西咬了，这鬼地方黑灯瞎火的，咱们也要当心！"

说话他将马灯挑在猎枪上，往四下里照视，长殿中漆黑空寂，连只耗子也没有，他自言自语道："在山中凿这么一座大殿，却什么东西也不放，是为了摆这个谱儿，还是他娘的吃饱了撑的？"

他这话是说到点子上了，古代葬制讲究事死如事生，墓中地宫以前叫玄宫，到清代为了避讳圣祖康熙名讳，改称为地宫，到后来叫什么都行，总之要和墓主生前的宫殿一样。如果不能完全一致，起码在格局上要相似，凿出的墓室也得分成前中后三大殿，两边有配殿，并不一定有用。可是我一抬头，手电筒照到高处，发现高处有十来个殉葬的童男童女，全钉在了壁上，一个个手捧长明灯，身上盔头袍靴都烂了，面目扭曲，脸色乌黑，在墓中冷不丁看见这么十来位，真能把人吓出一身冷汗！

2

辽代葬制大致上与中原王朝相似，不过也有不同，通常将殉葬的童男童女剥下皮，钉在木桩子上，扮成人形，称为人桩，可没想到西殿中有这么多小孩殉葬。打猎的大虎一转眼变成了爬满蛆虫的死人，是不是这些殉葬的童男童女作怪？榛子躲在我们身后不敢再看了，我和胖子硬着头皮，上前用手电筒照了一遍。活殉的童男童女，全是生前在头顶开洞剥皮，罩在木俑上，描眉画眼涂抹腮红。木俑乃樟木所制，在古墓中经久不朽、虫蚁不近。一般剥人皮都是从脊背正中间划一个口子，然后用小刀慢慢分离皮肤和肌肉，整张皮剥下来，有个名目唤作"蝴蝶展翅"。即便阴魂不散成了厉鬼，可以将这个打猎的活活吓死，那也不该让他长蛆腐烂。

三个人心惊胆战之余，也憎恨墓主残忍，居然用这么多小孩殉葬。我们真不该一时大意，轻视了那两个打猎的土耗子，贸然进入西配殿，结果上了二虎的恶当，让流沙埋住甬道，跑进来容易，再想出去可难了！

一想到逃走的二虎，又觉得大虎横尸在此，该是二虎所使的一招金蝉脱壳，同时也是为了干掉我们三个人灭口。那么说大虎突然变成一脸蛆虫的死人，倒不是让辽墓中的东西咬了？他兄弟二虎也是个能走能说的行尸不成？

这一切发生得过于突然，我和胖子找不到半点头绪，而榛子说了一句话，引起了我的注意，她说打猎的二虎不是行尸。我听她这话里话外的意思，似乎颇有根由，就问她为什么说我们在黑水河见到的大虎是行尸，二虎却不是？榛子说她也只是听屯子里上岁数的人提过，以前有这么一路左道中人，专做掘坟盗墓的勾当，此等人会使妖法，据说都被镇压枪毙了，可兴许还有传人。我和胖子听得目瞪口呆，土耗子会使什么妖法？

据屯子里的老猎人说，很早以前，草原上也出过盗墓的土耗子，当中有人会使邪术妖法，有人说是白莲教传下来的，也有人说不是。其中一招在盗墓开棺的时候使，别的土耗子盗取棺材中的陪葬品，都要凿开棺材板子钻进去掏。他却会念飞杵咒，让棺材里的死人自己爬出来，任其摘取明器，然后再念咒让死人爬进棺材。虽然传得很邪乎，但是几乎没人见过，不排除这里头有危言耸听的成分。

另有一说，凡是会使这妖法的土耗子，出去盗墓从来都是俩人，外人不知道的，还以为他们是兄弟两个，其实是一个死人一个活人。因为这个土耗子在干活儿之前，往往会找一个跟他身形相仿的人，先害了他的性命，再一针刺进对方舌头正中间，封住这个人的魂魄，再贴上符咒，从此变成傀儡般的行尸，一举一动全听他的，吃饭说话喝水都不耽误。可他们两个人之间不能相距十步开外，否则他带的这个人会立即显出腐坏之形。这么做不是没有意义，可以让行尸将同伙引进盗洞，他在上边填土灭口，独吞从墓中掏出的明器。榛子听说过的只有这么多了，以此想来，两个打猎的并不是哥儿俩，二虎才是盗墓的土耗子，大虎则是他带在身边的行尸。

我当然相信盗墓的土耗子为了灭口吞赃不择手段，至于一个活人带一个死人到处走，旁门左道中也不是没有这么邪乎的事情，不见得全是迷信，或许有些手段，只是我们不知底细罢了。我将整件事情想了一遍，由于我们走了口风，使盗墓的土耗子找上门来，让我们来挖辽墓中的黄金灵芝，土耗子从一开始就知道没有这玩意儿，只是诓我们带路，好让他找到辽墓入口的位置。后来我们从金刚塔下钻进墓道，这个盗墓的土耗子担心我们抢在他前边取宝，又引我们进入西配殿，利用辽墓中的流沙将我们活埋在此。三个人无不咒骂这土耗子阴损，可惜让他逃了，如今骂遍这厮祖宗十八代也不顶用，他既然干得出来，想必已经不要祖宗十八代了。我们还是从地宫西殿中脱身要紧，困在这座狭窄逼仄的长殿之中，憋也把人憋死了。

胖子在死尸身上搜了一遍，什么东西都没有，连那杆鸟铳都是坏的，他不甘心坐以待毙，用铲子去挖埋住甬道的流沙。我一想到长殿中有那么多陪葬的童男童女，身上直起鸡皮疙瘩，也想赶紧出去，不过流沙越挖越多，甬道已经成了死路，只好叫上胖子，一同到西殿尽头寻找出口。这时手电筒也没电了，仅有马灯可以照亮，还不知什么时候才能从墓中钻出去，没舍得用松油火把。三个人摸索至长殿尽头，殉葬的童男童女全钉在高壁上，西殿当中却空空如也。我见走投无路，无可奈何地说："这些小鬼儿有做伴的了！"

榛子吓得脸都白了，问我："你说啥呢？"

我说："咱仨困在墓中出不去，不是正好跟这些小孩儿做伴？"

榛子低声说："你可别乱许愿，当心让它们缠上！"

我说："你不用怕，它们在天有灵，应当保佑咱们出去，砸了妖后的棺材！何况这世上根本没有鬼，我这话也不怕让鬼听了去。"

榛子忽然瞪大了眼望向我身后："世上没鬼……那你……身后是什么？"

3

榛子这一句话，让我的头发根子全竖起来了，不带这么吓唬人的，我身后有什么？过来的时候我看了，什么也没有，她怎么突然冒出这么一句话？胖子正在使劲推长殿尽头的石壁，仅有的马灯提在我手上，照不了多远，既然榛子说我身后有鬼，那一定离我很近了，听她这么一说，我背后一阵发冷，真觉得有个东西！不过我可不想在榛子面前丢脸，整天号称横扫一切牛鬼蛇神，标名挂号胆大妄为，真见了鬼却被吓住了，我这脸还往哪儿放？宁让鬼掐死，不让鬼吓死，我将心一横，转过身子往后看，马灯光亮隐约照到一个殉葬童女，干尸脸上全是黑的，隐约还能看出星星点点的水银斑，绣袍已经朽了，直挺挺站在我的身后。

西殿中有十几个童男女，生前惨遭剥皮，又被钉在了壁上，手捧长明灯，垂首侍立，给墓主摆成仪仗。因为墓主亡魂将要升天，所以殉葬的童男女全钉在高处，相距地面一丈有余。不过我身后这个童女，却从石壁上下来了，几乎和我脸对着脸！榛子刚才在我对面，马灯又在我手上，她只是隐隐约约见到这个童女的轮廓在我身后，看得并不真切。我这一转身，马灯也转了过来，殉葬女童的脸都看得一清二楚，我虽然天不怕地不怕，可完全出乎意料，倒吸一口凉气，险些坐到了地上，给墓主人捧灯的殉葬女童怎么下来了？

榛子吓得真魂冒出，话都说不出来了。胖子转过身子，看到我面

145

前有个殉葬的童女，同样大吃了一惊，他问我："你怎么把这个小孩儿摘下来了？"

我张口结舌地说："我没动过它，它自己下来的……"

胖子说："谁让你信口开河胡说八道，说什么要给小鬼儿做伴儿，不下来找你才怪！"

我将马灯照在殉葬女童的脸上，它皮干肉枯，五官扭曲，头顶发髻间有个黑窟窿，那是剥皮时割开的口子，似乎可以听到它撕心裂肺的惨叫。但是一个七八岁的孩子，怎么会跟我一样高？我低下头看了看，这一看更让我心惊肉跳，殉葬女童双脚悬空，并非站在我面前。

我心中一发狠："你以为吓唬得了我？我偏不信你这份儿邪！"同时伸出手，要去拧殉葬女童的脸，身子刚往前一凑，忽听它发出一声怪叫，直往我身上扑来，我急忙往后一躲，干尸扑倒在地，头却滚到了西殿角落中，无头的腔子里淌出黑水。

我让它吓得不轻，心口"扑通扑通"狂跳不止，额头上冷汗都出来了，马灯掉在地上摔灭了。胖子赶紧从皮口袋中取出一根松油火把点上，榛子忍住怕扶我起来。三个人提心吊胆地用火把照过去，这才看明白，原来这个殉葬女童在壁上钉了千百年，干尸穿过长钉坠了下来，可绣袍还钩在上边，因此悬在我面前，刚才那一声怪响，则是绣袍撕裂之声。由于绣袍裂开，女童干尸才扑倒在地。胖子大惊小怪："哎哟，你的脸怎么这么白？"

我没好气地说："我容光焕发！"

胖子说："我看你是吓的！我早说过，世上本来没有鬼，心里有鬼的人多了，这才有了鬼！"

我并没有反驳胖子的话，正如他所言，当真是我自己吓唬自己，没看见殉葬女童身上的绣袍挂在长钉上，可是她在壁上钉了千年之久，早

146

不掉下来晚不掉下来，非等我们走到这儿它才下来，能说是偶然吗？胖子又问我："你又发什么呆？"

我说："且不提有没有鬼了，这个女童被活剥了皮钉在辽墓中殉葬，可怜她真命苦，不过人死如灯灭，咱仨也帮不了她什么，只是别再让她身首分离才好，我去把她的头捡回来，给她安到身子上。"

胖子和燕子也都同意，于是我手持火把，走到长殿尽头的角落，俯身去捡人头，火光照到脚下，发现这块墓砖上宝相花纹是反的。我暗暗吃惊，先将人头摆在殉葬女童尸身上，再次回到长殿角落，用铲子撬了几下，还真撬开了这块巨砖，赫然见到一个洞口。我们困在辽墓西殿中，到处找了个遍，也没找到出口，原来是藏在墓砖下面。这个洞口位于长殿尽头的西北方角落，上边的墓砖放反了，阴刻的宝相花纹与四周墓砖对不上，如果不是殉葬女童的头滚到这里，我根本不可能发觉，这只是一个偶然？还是我说的"如若在天有灵，应当保佑我们砸了墓主的棺材"那句话让它听到了？正所谓"天日昭昭、鬼神冥冥"，这其中的前因后果我见不到，也想不出来，只当我瞎猫撞上死耗子，连蒙带唬找到了一条暗道。墓砖下的洞口直上直下，火把照不到底，我们放绳钩下去，足有三四丈深，当中很窄。三人立住脚，用火把往四周一照，但见枯骨遍地，骨骸中有水银，似乎全是吞水银而死。

我见洞底到处是枯骨，觉得这可能是个哑巴洞。胖子不明所以："哑巴还有这待遇？"我看不见得真是哑巴，造墓抬棺之人必须同哑巴一样保守秘密，甚至要埋在墓中殉葬。这些殉葬的人又不能埋在地宫，因此才有哑巴洞，说白了是个灭口的所在。

据说在辽金两朝，为了不让墓中的秘密传出去，大多会在墓道下设置哑巴洞，通常很深，可以直接将人扔下去摔死。此处有几十个人吞下水银自尽，是心甘情愿为墓主殉葬？还是受到胁迫不敢不从？我们一时想不明白，又找不到别的道路，只得仗起胆子前行。摸到尽头才发现，西配殿下的哑巴洞一直通到东配殿，两边布局对称，东配殿里也有殉葬的童男童女。我放下绳子把榛子和胖子拽上来，三个人从西殿进去，又从东殿出来，好在流沙只埋住了西殿入口，东殿仍与中殿相通。

三人再次来到狮子驮宝的地宫大门前，见到石门已经被推开了一半。胖子往里边张望了半天，黑咕隆咚什么也看不到，土耗子已经掏了墓主陪葬的珍宝远走高飞了？我暗骂盗墓的土耗子下手太快，我们困在西殿时间不长，多说一个时辰，地宫石门上狮子驮宝的浮雕，有一个眼珠子似的东西，只怕这件宝物都让土耗子掏去了。陪葬的东西倒也罢了，那个打猎的二虎可没少让我们吃亏，要不是地宫下边有个哑巴洞，我们早已被他活埋在西殿了，可见是一心想要我们三个人的命，而他一旦逃出辽墓，躲进了深山老林可没法找了。

我和胖子并不死心，也许这个土耗子还在墓中，只是听到脚步声躲了起来，我们可别又上了他的当！纵观整座辽墓布局，如同一个"币"字，前殿并无配殿，当中才有东西配殿。如果前中后均有配殿，称为九室玄宫，在大辽葬制中属于皇帝规格。从墓室中的摆设及纹饰多少上可以看出，辽墓中埋的不是皇帝。皇帝以下的诸侯王用五室或六室玄宫，太后也用九室玄宫，但是其中四座配殿分布在后殿两边，以示与天子不同，至于这座辽墓中埋的是不是太后，则须进入主墓室才见分晓。

4

三个人报仇心切，又对墓主身份无比好奇，从打开的石门中挤进去，见狮子驮宝石门下是九道台阶，均以整块青白石雕成，券顶浮雕五方佛祖，中央释迦牟尼佛、东方药师佛、西方阿弥陀佛、南方宝生佛、北方不空成就佛，又称五智佛，可以转化和净化人的无明烦恼、瞋心、我慢、贪欲、嫉妒五种烦恼，看来正殿就在下边。胖子的猎枪顶上了膛，我和榛子一人一支松油火把，一步步走下台阶。我们仨边走边看，见了墓室中的情形无不吃惊。殿中摆放了一大两小三个棺椁，下边都有棺座。正当中的棺椁最为巨大，朱漆彩绘的巨椁是铜木结构，形同一个庞然大物，当真罕见。在上下各四横两纵的鎏金铜架上，嵌入又大又厚的椁板，各个椁板上均饰以凤鸟纹，之间又有铜榫、铜纽加固，整体约有两米多高、两米多宽、三米多长，底部用十二个鎏金铜兽足支撑，摆放在须弥山棺座上。再瞧这棺座也了不得，四周彩绘四位神女，手中各执法器，鸿衣羽裳、鸾姿凤态。

胖子和榛子看不出门道，我却了然，此乃"四母像"，哪四母呢？一是气母，手执布袋，袋中藏先天一气，又称先天真一之气，形于天地生成之前，乃天地万物的本根母体，大千世界、宇宙洪荒，皆轮转其中；二是风母，手执风囊，内有八方之风，东方滔风、南方熏风、西方飙风、北方寒风、东南方长风、东北方融风、西南方巨风、西北方厉风；三是云母，肩头有五色祥云，团团如华盖相仿，云乃混沌初分时山川之气所结，五色云与五行相对应，黄云主丰、青云主兵、白云主丧、黑云主水、赤云主旱；四是雾母，手执雾幕，雾幕初启雾气蒸腾，若尽展时，弥漫百里，能昏罩住乾坤，雾幕收卷，则雾气渐藏。棺座上的四母像，再加上椁板上的凤鸟纹，足以见得墓主人是个女子。棺座前分列长明灯，鱼膏犹存，灯烛已灭，脚下全是阴刻宝相花纹饰的墓砖。

我们三人惊叹不已，以往见过的棺材可没这么大这么讲究，到近处用火把一照，才见到棺椁底部被人撬掉了一块椁板。我和胖子探头往里看，火把的光亮照进去，可以看到两只抓地虎的鞋底子，是土耗子的脚，再往里边就看不见了。胖子用猎枪戳了几下，那双脚一动不动，似乎已经死了，往外拽也拽不出来。三个人均是一愣，原以为这个土耗子凿开棺椁，已经盗了陪葬的珍宝逃走了，想不到死在了里边。看来他爬进去掏东西，结果死在了里边，不知是让鬼掐死的，还是让鬼吓死的？

我们仨觉得不解恨，却又无可奈何，墓主诈尸掐死了土耗子不成？当时不敢轻举妄动，先用火把点上墓中的长明灯，这下子墓室中亮多了，可以看出辽墓正殿东西长南北窄，四壁以宝相花纹饰墓砖砌成，穹窿顶上彩绘星斗。棺椁后边的墓墙上则是巨幅壁画，应该称为"圣踪图"。大殿四个角落各有一座券门相通的墓室，符合《量金尺》秘本中记载的九室玄宫布局，墓主人果然是大辽太后。两旁的棺椁相对较小，纹饰没有主椁华丽，可能是从葬的女官。棺座前有供箱，拱形盖顶绘以二十八宿图，意指天是圆形的，如同一个锅盖倒扣，或是一顶斗笠，大地形同棋盘，盖顶象征天极北斗，二十八宿都注有名称，左右两边呈龙虎之形，乃四象中的青龙、白虎。再看土耗子带进来的鸟铳和铲子扔在一旁，还有一个大皮兜子及一盏灭掉的马灯。胖子将鸟铳交给榛子，又打开皮兜子一看，这里边的东西还真不少，有凿子、蜡烛、探照灯电池等一应之物。他一边捡有用的往背囊中放，一边告诉榛子："你甭听他总吹牛，他只是对土耗子的勾当一清二楚，因为他爷爷吃过这碗饭，别的方面他也是棒槌，不信你问他这是个什么玩意儿，他一准儿说不上来……"说着话他抖了抖从皮兜子里掏出的一张发黄的破纸，让我和榛子上前来看，纸上画了一个眼珠子似的图案，他说："你们瞧见没有，墓中真有这么个眼珠子，土耗子就是冲这东西来的！"

我心想当真奇怪，墓主身边为什么会有一个眼珠子陪葬？土耗子为了掏这个东西，搭上了一条命，应了"人为财死，鸟为食亡"那句话了！可是死人眼珠子有什么用？二分钱一个鸡屁眼子——贵贱不说，压根儿不是个物件！棺椁已经打开了，大辽太后以及陪葬的奇珍异宝全在里边，谁有胆子进去取宝？

三人在须弥山棺座下方，抬头可以看见棺椁后边的壁画，吃盗墓这碗饭的人有行话，将墓室尽头的壁画称为圣踪图，因为这个位置上的壁画，描绘的一定是墓主人生前之事。辽墓圣踪图与我们之前见过的九尾狐壁画相同，但是更为完整，也更为精美，当中也是个九尾狐狸。我当时并不清楚，辽这个草原上的庞大帝国，以契丹人为主，部族众多，又以鹰狼为图腾，尊狐为灵神，却也想象得到，这九尾狐是墓主人的象征。壁画中的九尾狐周围祥云缭绕，底部还有一幅壁画，内容十分离奇。三个人越看越是吃惊，这壁画上描绘得十分真切，一个长得近似鬼怪的女子，目生顶上，已经被挖了出来，眼珠子悬在半空。我们无论如何也想不出，怎么会有一个眼睛长在头顶上的女子？纵然是千里眼，剜下来还有什么用？

榛子说："瞅着怪吓人的，壁画上画的这是啥？"

胖子说："这有什么看不明白的，封建社会通篇历史只有两个字——吃人。皇太后是地主阶级的大首领，不仅吃光刮尽了民脂民膏，还用剜眼这么残忍的手段迫害宫女。"

榛子听出他在胡扯："宫女的眼长在头顶上？"

胖子还真能自圆其说："宫女的眼不长在头顶上，怎么显得太后高高在上？"

我让他别胡猜了，墓室中的壁画叫圣踪图，内容一定与墓主生前经历有关，那个眼珠子我想不出是个什么，但死在棺椁中的土耗子，正是为了这个眼珠子而死，要当心这其中有鬼！胖子不在乎："你又迷信了，我看土耗子是多行不义必自毙，自己把自己吓死了。咱也别光说不练，棺椁已经让土耗子打开了，我倒看看有什么东西能把我吓死！"

榛子急得直跺脚："你俩可别胡整，万一墓主诈了尸，还不一手一个掐死你俩？"

胖子说："你当我们俩是小鸡崽子？它一手一个掐得动吗？"

我对胖子说："你也别咋呼，巨椁中不仅有老棺材瓤子，还死了个土耗子，你这肚子挤得进去？你和榛子在后头接应，我先进去瞧瞧！"

胖子认为我在逞能，执意一同进去，可他比画了半天，横竖爬不进去，只好同意守在外边。我稍作收拾，摘下军刀和军挎包，紧了紧皮制防撞帽，一手提了土耗子扔在墓室中的马灯，一手握了短刀，心下寻思：爬进棺材的土耗子死了，可能是让鬼吓死的，也可能是让墓主掐死的，不进去看个明白还真不好说，切不可掉以轻心！当即上了棺座，深吸一口气，低头下腰爬了进去。

朱漆彩绘巨椁大得吓人，里边却是套棺，巨椁与套棺间隙中有四个殉葬的童女，棺盖顶部一个，两边各有一个，脚下还有一个，皆为宫人装束。两边的一个捧青铜镜，一个捧青铜剑，棺盖上的捧谥牌。套棺中又有好几层锦被裹尸，织锦被面上边穿满了方孔金钱，下边才是墓主的尸首，气绝身亡的土耗子又趴在墓主身上。我不得不以胳膊肘支撑，从侧面匍匐前行，在死人身上爬过去，也不由得我不怵头，但是牛皮已经吹出去了，开弓没有回头箭，到了这会儿再往后退，岂不成了缩头王八？马灯举在面前，却只看得到眼前，因为抬不起头来往前看。而且越往前爬，马灯的光亮越暗，晦气也越重，我只得屏住呼吸，好不容易爬到里边，才见到打猎的二虎脸朝下，趴在墓主旁边，一只手还握着个探照灯，是那种手提式防爆探照电灯，五六十年代国内生产了一大批老式防爆电灯，用于在易燃易爆的洞穴中作业，光束强弱还能够调节，可比马灯好使多了。

我伸手将二虎的头托起来，揭去他脸上的狗皮膏药，但见白纸般的一张窄脸，塌眉毛耷拉嘴角，看岁数得有三十多了，张口瞪目而亡，身子都凉透了。这个土耗子与打猎的大虎长相不同，根本不是哥儿俩，看来"二虎"这个名号也是随口一说，不知他究竟是什么来头。此人身上没有血迹，也没让墓主掐住，只是同裹尸锦被上的金钱挂在一起了，所以才拽不出去，这么看还真是吓死的。要说这个来头不明的土耗子，行踪诡秘，手段阴损，不是吃盗墓这碗饭的老手，绝不会有这两下子。凡是干这个行当的，要么不信鬼神，要么有对付鬼怪的手段，辽墓中的太后长了怎样一张脸，居然将土耗子吓死了？我好奇心起，顶住椁盖往前看了过去，只见墓主头顶金冠，枕在一个人面鱼身的玉枕上，脖颈中绕了三匝金丝玉箍，脸上则是一个黄金打造的狐狸面具，以几千枚大小不等的黄金炸珠嵌成纹饰，当中有一颗祖母绿宝石，晃人双目。

黄金面具被土耗子摘下来过，金钩玉带已然脱落。我放下手中的马灯，捡起土耗子掉下的手提探照灯，拧亮了照在墓主的狐狸金面上，又照了照趴在一旁的土耗子，猜想这个土耗子如何送命。从棺椁中的情形上不难看出，土耗子爬进棺椁，要摘墓主脸上的狐狸金面，也许是觉得黄金面具值钱，也许是想掏墓主口中的珠玉，可在摘掉狐狸金面之时，不知这个土耗子见到了什么可怕的东西，吓得他一缩手，摘下的狐狸金面又落在了墓主脸上。土耗子急忙往后倒退，怎知让裹尸锦被上的金钱挂住了，一时挣脱不开，惊慌之中以为让鬼缠上了，这才被活活吓死？但这也说不通，土耗子在揭开黄金面具的一瞬间，是让什么东西吓到了？墓主身份再显赫，死了也都一样，顶多保存得好，看上去与活人没有两样。土耗子成天在老坟古墓中爬进爬出，什么样的死人没见过，别说长得和活人一样的死人了，遇上长毛的僵尸也未必吓成这样，大辽太后的黄金面具之下，莫非长了一张毛茸茸的怪脸？

第十一章　鬼门天师

1

　　我以心问心，万一墓主是只得道的狐狸，我看见它的脸会不会被吓死？果真如此，这里岂不成了我的葬身之处？我可不想和这土耗子一个下场，趴在棺椁中陪葬！还有我在 17 号农场遇上的大狐狸，它的一举一动已不是我的见识所及，那也才长了一条尾巴，九条尾巴的狐狸得有多大道行？这一个念头接一个念头，不由得要打退堂鼓。可又想起胖子说的那句话了——世上本来没有鬼，心里有鬼的人多了，这才有了鬼！我不该有太多念头，趴在这儿自己吓唬自己，想得越多越怕，再说九尾狐里有什么可怕，我会被它吓死？大山上的猎户一年到头打那么多狐狸皮，也没见谁遭了报应，何况根本不会有什么九尾狐狸，我不该让迷信传说吓破了胆，亏我平时还跟别人吹牛皮——砍头只当风吹帽，脑袋掉了碗大个疤，死都不怕却怕一只狐狸？当下将心一横，一伸手揭掉了墓主脸上的狐狸金面!

我瞪大了眼往前看,在探照灯的光束之下,是皮干肉枯的一张脸,脸上长了绿毛,口部大张,牙都快掉光了,面目已经不可辨认,果真十分恐怖,但也不至于把人吓死,至少没把我吓死。我心里一掉个儿,土耗子是见了墓主这张脸吓死的?只有这么大的胆子还敢来盗墓?怎么想怎么觉得不对!

我再用探照灯到处一照,墓主身边陪葬的东西当真不少,裹尸锦被和玉枕两旁塞满了金玉明器。土耗子不动别的东西,直奔墓主脸上的狐狸金面下手,此人带了一张纸,上边画有一个眼珠子,摆明了要掏这件明器,是不是认为这个眼珠子在墓主口中?换了我也会这么认为,不过土耗子手上没有,墓主口中也没有,可见是扑了个空,真有这么个眼珠子吗?我一直没敢喘气,担心让棺椁中的尸臭呛了,此时也快憋不住了,只好先退了出去,顺手割开土耗子缠在裹尸被上的带子。另外两个人见我出来了,忙问:"土耗子怎么死的?老棺材瓢子没诈尸吗?"我使劲喘了几口气,才将见到的情形说了一遍,墓主尸骨已朽,土耗子张口瞪目而亡,不知道是怎么死的,也没见墓主身边有那个"眼珠子"。

三人一商量,土耗子来路不明,死了倒还好说,陆军却是插队的知青,不明不白死在辽墓之中,我们口说无凭可交代不过去。墓室上边全是流沙,说不定什么时候会被埋住,再带人进来并不容易。至少在土耗子身上搜一搜,争取找个证据,或将尸首抬出去,也好有个背黑锅的,兴许还能立功。打定这个主意,我们再次拽住土耗子两只脚,合力将尸首拖了出来。

墓室中长明灯一片通明,胖子低头打量土耗子:"真长了个欠揍的样子,死了还瞪眼!"

榛子对胖子摆了摆手,低声道:"可别乱说,死了闭不上眼,那是还有怨气！"

胖子说："我这还一肚子怨气呢，死了是便宜他了。"说话他要给土耗子搜身，正在这时候，棺座上的长明灯忽然暗了下来，而在同时，横尸在地的土耗子张了张嘴。三个人急忙退开两步，墓室中的灯烛几乎灭了，暗得睁不开眼。

我心说：这不是见了鬼吗？死人放屁是见缓，死人开口是什么意思？还有话要说？幽暗的烛光将人脸都照绿了。三个人不明所以，相顾失色。

胖子低声问我："你俩刚才听没听见土耗子说什么？"我看了他一眼，土耗子张嘴我是瞧见了，可没听见死人说话，许不是没死透？我往前凑了两步，正要看个究竟，却从土耗子口中出来一个东西，太快了看不清是什么，只见绿光一闪，直奔我来了。我的眼还没跟上，但觉有个凉飕飕滑腻腻的东西从我口中钻了进去，我暗道一声"不好"！待要吐出来，那东西却已从喉咙进去了，再想吐可吐不出来了！

2

我大吃一惊，这玩意儿分明是活的！另外两个人根本没看明白发生了什么，二人一边低头四处找，一边还问我看没看见？从土耗子口中出来一个什么东西，这也太快了，一眨眼不见了！我整个人都呆住了，怔在原地不知所措。胖子见我不吭声了，转过头来说："你怎么吓成这样了？不至于吧，脸绿了又不是帽子绿了！"

榛子也问："你又咋了？"

我一怔之下，土耗子又张了张嘴，我用手电筒照过去，这一下看见了，从死尸口中爬出了几条绿色壁虎，二寸来长，从头到尾全是绿的，仅有双目猩红，迅速往我们身上爬来。榛子急忙抢起九八式步兵锹去拍，胖子也抬脚去踩，可那几条绿壁虎爬得飞快，人的眼都跟不上它们。胖子一脚踩下去，绿壁虎却已"嗖"地一下，钻进了他的口中，另一条从他鼻子里进去了。这东西全身滑腻，除非将七窍全挡住，否则它怎么都钻得进去。榛子也吓坏了，挥动九八式步兵锹，手忙脚乱一阵乱打。墓室中灯烛俱灭，仅有探照灯还亮着，不知是爬到她身上，还是爬进了墓砖缝隙。手忙脚乱之际，从棺椁中传来一阵窸窸窣窣的声音，转眼之间爬出了数以百计的绿壁虎，竟像蛇一样，口中吐出红信子，和身体的长度相仿。三人大惊失色，又是一顿乱拍乱打。成片的绿壁虎如同过洪水一般，在我们的脚下飞快地爬过，不时有几只爬到三个人身上，径往耳朵和鼻孔里钻。我们仨只好一边跺脚踩，一边用手打落已经爬到身上的壁虎，狼狈不堪地从摆有棺椁的主墓室中逃出去，但觉得腹中翻滚，忙又用手指往喉咙中勾，之前在九尾狐壁画前吐过一次，到这会儿胆汁都吐出来了，可也没将绿壁虎吐出来。

我这才明白土耗子是怎么死的了，也明白了抬棺进入地宫的人，为什么心甘情愿吞下水银殉葬！这个想法只是在我闪念之间，但是我得交代明白了。据说以前有一种"坛仙"之咒，是从西域传过来的，为了不让土耗子盗墓，下葬时将坛仙一并埋入墓中，谁敢盗墓开棺，坛仙就会盯上谁，不仅要了盗墓者的命，连同一家老小也不放过，全得让它祸害死。所谓坛仙，指养在坛子里的壁虎卵，近似巫蛊，可比巫蛊狠多了，巫蛊害一个，这个却可以灭门，只有吞下水银才能除掉腹中的绿壁虎。

以前有这么个民间传说，相传有人挖坟盗墓，见到一条绿色的小壁虎，一转眼不见了，此后这家开始一个接一个地死人，因为惹上壁虎精了。这东西来无影去无踪，趁人不注意就钻到人腹中，在里头慢慢吞噬心肺，然后产下卵，等这人吐血而亡的时候，腹中全是血疙瘩。祸害死了一个，绿壁虎又从死人身上爬出来，再找这家的下一个人，反正认准了这一家子人祸害。等这一家子死绝了，又去找这家的亲戚。这家亲戚中有一个老头儿，明白这里边儿的事儿，发觉身上不对劲儿，便与儿子讲清了前因后果，让他有多远躲多远，隐姓埋名，千万别再回来。打发走了儿子，他留下等死。这个儿子听了爹的话，携家带口躲到千里之外，过了这么两三年，有一天躺在床上要睡觉，突然看到一只通体皆绿的小壁虎，两只后脚倒挂在房梁上，眨着腥红的眼睛正对着自己，吓得一跃而起，知道爹已经让这壁虎祸害死了，自己躲到这么偏远的地方，还是被它找上门来了。赶紧用糯米封住了自己的耳朵和鼻孔，除了吃饭喝水以外，也不再张口说话。提心吊胆地几天下来，总是能在自己身边发现绿壁虎的踪影。有一天吃饭，面前摆了一碗汤，正要低头喝汤，忽见汤中倒影，绿壁虎在屋梁上两眼盯着桌上的饭菜，知道它是想趁机落入饭菜之中，好钻进自己的身体。他也是灵机一动，让媳妇给盛了一碗饭，放在一旁，故作要吃，偷眼一瞄，看出碗里的饭动过了，知道壁虎精已经躲了进去，他忙用另一个碗扣上，又以牛皮纸一层一层糊住，正好炉灶上有笼屉，将这个碗放上蒸笼，不住填柴鼓风，直到家里的柴全烧没了，这才从笼屉中取下碗，打开来一看，是半碗绿色的脓血，当中是一个暗红色的血饼，上面赫然三道绿色的花纹！

可见抬棺进来的那些人，已经提前被逼吞下了壁虎卵，即使不吞水银殉葬，也会死得很惨，还要搭上全家老小。而墓主身上也有绿壁虎的卵，这东西在墓中蛰伏起来见了阳气即活，土耗子揭开黄金面具，绿壁虎从墓主口中出来，因此要了土耗子的命。我之前爬进棺椁，屏住呼吸没喘气，才没惊动土耗子身上的绿壁虎，等我们拽出土耗子的尸首，这些东西也爬了出来。土耗子都没来得及逃出棺椁便已毙命，可见我们这三个人的小命，也只在顷刻之间了！要想活命，那就得赶紧想个法子。在肚子上划一刀，伸手进去掏？再不然吞下水银？

3

正当我胡思乱想之际，鼻子里淌出了黑血，胖子也是如此，我看了看他，他也看了看我，两个人万念俱灰，实在不该让榛子带我们进山，是我们连累了她！业已至此，如之奈何？想到这里，我下意识地看了看榛子，却见她脸色如常，我一问她刚才的情形才知道，原来在一片混乱之中，并没有绿壁虎钻进她口中。

我大为奇怪，为什么绿壁虎只往我和胖子身上钻？榛子与我们二人有何不同？蓦地灵机一动，问榛子那个狗宝还在不在？榛子急忙取出那枚布满密纹的狗宝交给我，屯子里的四舅爷在山上打了一辈子猎，几十年来一共带过的九条猎狗，其中一条狗死后从腹中掏出了这个狗宝，据说那条狗一跃而起，可以咬下飞在半空的野鸟，性情十分凶悍，正是因为肚子有东西闹的。狗宝乃狗腹中的结石，为至阳之物，可并非都称得上宝，上边的细纹越密，色泽越青，越有价值。四舅爷这个狗宝，非常罕见，按屯子里迷信的说法，九尾狐道行虽大，却也怕这玩意儿。大兴安岭以西的荒原上，有许多小咬，又叫草蠓子，暴雨之后成群结队出来，可以在一瞬间将人吸成干尸，但是带上这个狗宝，小咬也不敢近前。正应了那句话——世上万事万物，有一生必有一克。榛子担心我们遇上九尾狐，出来之前找四舅爷借了来。

我来不及多说，找榛子要过狗宝放在地上，抡起九八式步兵锹拍碎了。榛子大惊："哎呀，你咋给砸了？让四舅爷知道了，那还不得削我？"

我告诉她："活命要紧，大不了我再进去掏几个陪葬的金镏子，让你赔给四舅爷。"当即不由分说，将拍碎的狗宝粉末，分给胖子和榛子，拧开行军水壶的盖子，一人一口吞了下去，是死是活，在此一举！榛子虽然没事，可狗宝已经砸碎了，再有别的绿壁虎爬出来，她也活不成，所以得让她一同吞下。

三个人吞下碎石，但觉一股燥热，从内而外往上返，我和胖子分别吐出一大堆黑绿色的血疙瘩，腥臭无比，身上却舒服多了。我心说好险，如果不是榛子上山之前带了狗宝，我们仨一个也活不了，也得跟陆军一样，不明不白地死在古墓之中！正在此时，长殿另一边又传来了脚步之声，远远望见火把光亮晃动，居然来了好多人。我心中一沉，如若是土耗子的手下来了，我们仨一个也活不成！

没想到等对方走近一看，进入辽墓的十几个人，个个手持火把，有的还背了鸟铳和猎叉，全是下黑水河插队的知青，还有两个民兵，尖果也在其中！我和胖子立即迎上去，三个人在此相见，均是又惊又喜，听尖果说明情况我才知道，原来她是让蛇咬了，却不是五步蛇，也没多严重，当时有屯子里的猎户给她上了蛇药，并无大碍。可见陆军被两个打猎的收买，为了到下黑水河找我和胖子带路，故意捏造了这么一个借口，不过陆军只是贪小便宜，不知道两个打猎的是土耗子，辽墓中也不存在黄金灵芝。在下黑水河插队的知青们误以为陆军失踪了，分头到周围找他，有人找到上黑水河，从四舅爷口中得知陆军和我们一同进了山，说是要去挖出黑山头辽墓中的黄金灵芝，原因则是有几个知青中了五步蛇的毒。

1969年全国处于战备状态，黑山头又接近边境线，有多事儿的人认为情况不对，借了屯子里的猎狗，请民兵当向导带路，一行十几人开赴黑山头。猎狗凭着气味一路找到了盗洞口，他们从盗洞下来，见九尾狐壁画裂开了，又从金刚塔下的沙洞中爬进来，这才撞见我们三个人。猎狗习惯在山林中追逐野兽，却没进过古墓，进来之后狂吠不止，知青和民兵怎么拽都拽不住。为首的知青是个大高个儿，一米九还出头，大名郑国柱，绰号柱子，在他们那一批知青中是个十分活跃的积极分子，他让榛子先把猎狗带出去，打发走了榛子，他又对其余的知青说："墓中埋的全是地主头子，必须砸个落花流水！"

我拦住他说："千万别乱动，古墓中有流沙！况且洋为中用，古为今用，这也是最高指示！"

可俗话说"好良言难劝该死的鬼"，柱子可不听我这套，他振臂一呼："一切反动派都是纸老虎！"说罢用猎叉去捣壁龛中的菩萨像，一下将菩萨头捣掉了，另有几个胆大的知青也跟着动手。我见这势头不对，带尖果往后退了几步，正当此时，大量流沙从辽墓顶壁上飞泻而下。我和胖子之前中过流沙的埋伏，一听到流沙涌动之声，急忙拽上尖果躲进狮子献宝的地宫大门，转眼之间石门外已被流沙埋了个严严实实，其余的十几个人都被活埋在了长殿之中。

4

正所谓"摁倒葫芦起来瓢，一波未平又起一波"，原以为等来了大部队可以得救了，没想到又冒出柱子这个不知死的鬼！我的手电筒也摔灭了，周围黑得伸手不见五指，流沙下落之声不绝于耳。三个人劫后余生，心惊胆战之余，均是全身乏力。等到缓过劲儿来，我拧了几下手提式探照灯，好在没摔坏，光束又亮了起来，我看了看身边的两个同伴，全是灰头土脸、狼狈不堪。在下黑水河插队的十几个知青，以及他们屯子里的两个民兵，都让辽墓中的流沙活埋了，仅有尖果一人幸免。当然还有将猎狗带出古墓的榛子，只要她走得够快，应该可以躲过流沙。我估计榛子逃了出去，必定会去黑水河报信，但是屯子里一共十几二十户人，老的小的全出来，也挖不开流沙埋住的墓道。

尖果吓呆了，过了半晌才明白过来，抱住双膝呜呜直哭。我和胖子也蒙了，哥儿俩面面相觑，作声不得。好在这时后殿中的绿壁虎已不知所踪，我恨自己没拦下柱子他们，这一来可好，不仅在下黑水河插队的知青全死了，我们仨也出不去了，这叫全军覆没！胖子劝我说："不能怪你，柱子这人你还不知道，他那股子劲儿一上来，不撞上南墙不回头，可得容你开口啊！何况阶级斗争原本就是你死我活，不可能没有牺牲，好在榛子逃出去了，咱仨即便出不去，也不至于死得不明不白。"

我叹了口气，死人是活不成了，我还得咬紧牙关，想办法把活下来的两个人带出去。此处不比西殿，正中的长生殿是辽墓的主墓道，让流沙堵死了如何还出得去？不过发愁也不顶用，对于我们来说，辽墓中还有很多谜团，不见得没有活路可走了，另外土耗子的尸首还在棺椁前，我们之所以进入辽墓，完全是上了这个土耗子的当，应当在死尸身上搜一搜，查明此人的身份！等到尖果不再哭泣，我对她说明了目前的处境。尖果在兵团接受过军事训练，有面对危险的勇气，也有克服苦难的决心，我从不担心她会拖我们的后腿。我和胖子以为从古墓中找到黄金灵芝，可以救尖果一命，在得知上了土耗子的当又困在墓中出不去的情况下，我和胖子只盼尖果中了蛇毒的消息有误，也不想让她知道——我们是为了救她而死。我自己都想不明白，当时为什么会有这样的念头？怎知后来的变故出乎意料，尖果是没中蛇毒，可她也为了找我们进入辽墓。如今墓道已被流沙埋住，只怕我们三个人一个也出不去了，想来命该如此，不过终于见到尖果，还是让我和胖子十分振奋。

三个人重新分了装备，手电筒没了，只有我捡来的防爆探照灯能用，此外还有一盏马灯，也是土耗子扔下的。我将手提式探照灯交给尖果，马灯挂在我自己身上。防身的家伙有九八式步兵锹、一支村田 22 式步枪改制的单发猎枪。村田 22 式步枪改制的老式猎枪仍由胖子使用，先前我爬进棺椁，为了便于行动，将关东军战刀放在了地上，此刻应该仍在墓室之中。由于没想过会困在墓中，水壶里的水已经喝没了，干粮倒还有一些，我和胖子一整天没吃东西，饿得不轻，却什么也吃不下去。我们整了整防撞帽和皮制护腿，倒出昭五式军鞋中的沙子，再次走下台阶，可是下来一看，众人不由得目瞪口呆，土耗子的死尸不见了！

我让尖果用探照灯往四周照了一圈，墓室中一切如故，却不见了土耗子的尸首，我放在地上的军刀也没了。胖子说："土耗子诈尸了？怎么一转眼不见了？"

此时我的脑中也在飞快地旋转，闪念之间一想不对，不是土耗子诈尸，而是我们太嫩了，也许土耗子根本没死，他摘下墓主脸上的金覆面，发觉绿壁虎钻进他口中，不得已使上了"僵尸功"，据说以前有老盗墓贼会这个本领，可以变得和死人一样，四肢也不能弯曲，实乃闭气龟息之法，绿壁虎只咬活人不咬死人，他用这招儿躲过一死，过不了多久还得喘气，如果不是我们将土耗子从棺椁中拽出来，他仍是活不成。估计土耗子还躲在墓室中，除非他化成灰了！我让胖子和尖果不可粗心大意，土耗子是个盗墓的老手，不仅狡诈无比，手段也十分高明，墓室中黑灯瞎火的，要提防他躲在暗中给咱们来上一刀。

胖子发狠说："撞到我手上，先一枪轰掉脑袋，看这老耗子还怎么装死！"

我对他说："一枪崩了可什么也问不出了，尽量留下活口。"

胖子说:"好歹一铲子拍他个满地找牙,否则出不了这口气!"

三个人在墓室中展开搜寻,通往中室的大门已被流沙堵死,但辽墓这座九室玄宫,一共有五室在后边,放置棺椁的墓室规模很大,两边还有四座耳室。我们仅有一支手提探照灯可以照到十步开外,又不敢分散,我很快意识到在这样的情况下,几乎不可能找出躲起来的土耗子,只好先摸清地形,再从棺椁中掏几个陪葬的金镏子。因为四舅爷压箱底儿的狗宝和关东军战刀,全让我搞没了,空手回去不好见他,当然这取决于我们还能出去。此地深处山腹,如果仅有狮子献宝石门前一条通道,三个人困于墓室之中,过不了多久就会憋死。

可是来到圣踪图前,发现这幅九尾狐壁画下方让人凿了一个洞口,原来壁画墙后边是空的,土耗子趁我们出去的时候,已经从凿洞钻出去了,而且贼不走空,我敢说墓中最有价值的陪葬品也让他掏走了!

九室玄宫的布局,并不见得只有九间墓室,但是多出来的一定在暗门之中。三个人急于追上土耗子,当即低头钻了进去。后边是座石窟,金银玉器堆积如山,两壁上凿了很多凹洞,一个洞中摆放一个陶土造的缶,并绘以人脸,形态十分诡异,相隔十步有长明灯,头顶是彩绘壁画。石窟长约十余丈,辽墓中一道门接一道门,一条墓道接一条墓道,似乎没有尽头。

众人一边点上两旁的灯烛,一边往前摸索,只见石窟壁画描绘的内容,是正殿巨椁中的墓主——大辽太后,生前以灵神自居,贵族们献出足够的金子,死后便可以由灵神带往净土。古人相信魂魄在脏腑之中,陶缶中封的全是妄想升天的达官贵人们的内脏。辽墓尽头的石窟,无异于一个草原帝国的宝藏。三个人看得出神,忽听前方有响动传来,好像有人正在推动石门。众人快步上前,手提探照灯的光束照过去,但见石窟尽头有两扇一人多高的墓门,上边一左一右彩绘披甲仗剑满面虬髯的镇门将军，当中仍是那个眼珠子的标记。刚才还在墓室中挺尸装死的土耗子，背了那柄军刀和一个大口袋，正要推开其中一边的墓门。他也发觉有人追了上来，转过头来看了我们一眼，一双眼让探照灯晃得直放贼光。一般人的双眼可不是这样，他这叫夜猫子眼，目力异于常人，而且越暗的地方眼珠子越发亮。

5

石窟是一条直道，两边无路可走，土耗子逃到此处，已经到了走投无路的地步。我让尖果不要上前，尽快点上两旁的灯烛，我和胖子则一步一步地向对方逼近。胖子一指土耗子："臭贼，你还不束手就擒？"

土耗子咒骂道："你们几个崽子倒也命大，居然还没死！"他说话这个声音，如同捏了鸡脖子一般，要多难听有多难听，说罢他从石壁上抓起一个陶缶，抬手扔了过来。胖子用猎枪一挡，将陶缶打得粉碎，那其中全是从死人身上掏出来得心肝脏腑，封在里边千百年，已经成了黑灰，半空中烟尘陡起，胖子满头满脸都是，口鼻中也呛进去不少。土耗子趁胖子睁不开眼，一刀劈了过来。我抢步上前，挥起步兵锹挡住了对方的军刀。这一下双方都用尽了全力，土耗子虎口当时就裂开了，不得不撒手扔下军刀，我也被震得两手发麻。

我本来想活捉土耗子，可在长明灯忽明忽暗的光亮下，一眼瞥见对方手中有个朱砂八卦印，不由得吃了一惊。我祖父大少爷当年在老鼠岭打下一头玄狐，并且结识了一个画阴阳八卦的火居道，此人手中也有八卦印，火居道勾结大少爷去鬼门河盗墓，他险些把命搭上。阴阳风水中除了正东、正西、正南、正北以外，将四个方角分成天、地、人、鬼四门，邪煞多在鬼门。凡鬼门中人，手心必有朱砂八卦印记，自称"鬼门天师"，在解放后已经绝迹了，没想到我在古墓中遇上的土耗子，竟是鬼门天师传人，也是个火居道！

我一怔之下，土耗子转身而走，接连打碎几个陶缸，一时间尘土弥漫，我们被迫退了几步。土耗子趁机再次去推墓门，墓门缓缓开启，石窟顶上立即有几道流沙涌了下来，顷刻间压灭了烛火。

胖子恨极了此人，吐出口中的黑灰，举起猎枪要打，可这村田22式步枪改制的老式猎枪，不该打的时候经常走火，该打的时候又搂不响。土耗子见胖子的猎枪搂不响，闪身钻进了石门。胖子岂容对方轻易脱身，发一声喊冲了上去。与此同时，石窟中的流沙已经没过了膝盖，我和尖果捡起火居道扔下的军刀，紧跟在胖子身后追了出去。进入墓门又是一个大石窟，一座石台三面悬空，四周石壁森然，上不见顶，下不见底。比我们早一步逃出来的土耗子，还没来得及将墓门推上，胖子倒转了打不响的猎枪，抡起枪托往土耗子头上砸去。土耗子见胖子来势汹汹，不敢直接招架，只好往旁边躲闪，他身法奇快，如同一条泥鳅。胖子这一下抡了个空，当临万丈深渊，他身子前倾脚底下收不住，屁股急忙往下坐，使了个千斤坠，拼命将重心后移，想不到孤悬半空的石台年头太久，边缘已经崩裂。胖子用力过猛踩塌了一块碎石，好在他应变迅速，顺势往后一滚。我和尖果拽住他肩上的背囊带子，他才没有跟随坍塌的碎石一同落下去。而土耗子往旁一躲，刚好落足在崩裂的石台边缘，当场摔了下去，惨叫声在深处回响不绝。

说话这时候，后方的流沙不住涌出，我们不得不将墓门推拢，这才挡住了流沙。我将我见到土耗子手中有朱砂八卦印的情况，对胖子和尖果简单说了，火居道得过鬼门天师的传授，不过从这么高掉下去，什么人也活不成。胖子口中的黑灰还没吐干净，一边吐了几口，一边对土耗子骂不绝口，又抱怨我们不往前冲，以至于没抓到活口。我说土耗子打破了好几个陶缸，里边的黑灰到处都是，冲上去呛不死也得吃上一嘴灰。

胖子说："其实味道很好，你们也该尝尝，简直跟炒肝有一比！"

我一边同胖子扯皮，一边打量周围的情况，看尖果怔怔地望向墓门，这一侧也有眼珠子形的标记，问她是否认得这个标记。尖果摇了摇头，问我那是个什么标记。我说："墓门上的标记是个眼珠子。"

尖果不明其意："眼珠子的标记？"

我说："从圣踪图壁画中描绘的内容中来看，一个女子目生头顶，眼珠子被人剜了出来，土耗子身上带的样纸上有相同图案，想必也是来掏这件明器的，以为是件价值连城的珍宝，可是墓主的棺椁中并没有此物陪葬。"

尖果问道："怎么会有人用眼珠子当陪葬，是不是你想错了？"胖子指了指火居道掉下的大口袋说："土耗子掏出来的陪葬品全在这儿，该不会有那个眼珠子？"说话他要过尖果的手提探照灯，打开麻袋往里边看了一眼，当时吃了一惊，急忙又合上了。

我纳了一个闷儿，土耗子掏了什么陪葬品？怎么会将胖子吓了一跳？盗墓无非是为了取宝发财，当然什么值钱掏什么，大辽皇太后身边的陪葬品，犀牛头上角、大象口中牙都不足为奇，骊龙颔下珠也不是没有，那有什么好怕的？我上前打开麻袋，用探照灯往里边一照，也不免吃惊不已。火居道从棺椁中掏出来的东西，个头可不小，却不是墓主身边的陪葬品，而是墓主脚底下那位！四个殉葬的童女之一，一脸水银斑，宫装已经腐朽发黑，光束照上去十分恐怖。我只看这么一眼，赶紧将袋子合上了，没敢再让尖果看。

不知土耗子搞什么鬼，棺椁中有那么多奇珍异宝不掏，却将一个殉葬的童女带了出来。别的不说，单是墓主黄金覆面上的祖母绿，已是价值不凡，能值多少钱呢？搁到旧社会，五块银元可以买一亩好地，怎么叫好地？首先来说必须在水边上，其次土地肥沃；两百银元可以在北京城买一套四合院；这样的祖母绿宝石至少要一万银元！随便一件陪葬品，也比殉死的童女值钱不是？殉葬童女有什么用？

第十二章　奇怪的头

1

　　三个人见墓道已经让流沙埋住了，既然不想坐以待毙，寻思石窟规模不小，应该不至于无路可走，当即从凹凸不平的石壁上攀岩而下。装了殉葬童女的麻袋，仍摆在石台上没动。洞窟形如深井，大约十余丈才到底部，底下尘土淤积，呛得人睁不开眼。三个人一个接一个下来，胖子在前边开道，我和尖果一个手握探照灯，一个提了马灯，一边照亮，一边往前摸索，只见土耗子横尸在地。胖子过去踢了一脚，已经摔散了架，浑身骨头都碎了，脑袋撞进了腔子，死得不能再死了。他又在土耗子身上搜了一遍，没找到有用的东西。我们原想带上土耗子的尸首出去，死了那么多人，不找个背黑锅的可不成，但是泥菩萨过江自身难保，自己都走不动了，谁还背得了死人？

　　我们急于出去，见土耗子身上找不出什么了，只好先去寻找出路。

169

三人举起探照灯，将光束照向石壁。胖子问我："古墓下边怎么会有个大洞？"

我见壁上凹凸不平，纹刻苍古，以葬制而言，应当是个殉葬洞，而从阴阳风水上说，能够"贯通龙脉，以乘生气"。龙脉以水为贵，没有水不是真龙，暗河处在龙脉上，说不定可以穿山而出，这叫置之死地而后生！虽然说"宁走十步远，不走一步险"，但有时候不豁出命去铤而走险也不成，我们手上有探照灯和猎枪，三个人在一起彼此照应，又有什么可怕的？

我正要将这番话说出来，尖果脸色突然变了，她低声对我和胖子说："你们听……"我和胖子一怔，还想问她让我们听什么？没等开口，只听到西侧石壁传来一阵声响，听得出是人声，不过声音很低，根本听不清在说什么。三人鸡皮疙瘩都起来了，虽然听不到对方在说什么，但是这个捏了鸡脖子一般的声音我们可都听过，分明是刚摔死不久的土耗子！

我们仔细看过尸首，已经摔成了肉饼，这会儿怎么还能说话？我立即将探照灯的光束转过去，可是西侧石壁上什么也没有，再转身将光束照向土耗子的尸首，死尸仍趴在原地一动不动，血迹还没有干。正当此时，手提探照灯闪了几闪，一下子灭掉了！我使劲拍了几下探照灯，仍是亮不起来。而马灯光亮太暗，照不到前边的尸首。胖子想走过去瞧瞧，我让他不要轻举妄动，等我换了电池再说。胖子问我："土耗子还没死透？"

我对他说："大头朝下掉下来，脑袋撞进了腔子，不可能没死透，换成你还能出声？"

话是这么说，可我也觉得奇怪，刚才分明听到土耗子开口出声，如果只有一个人听到，那或许是听错了，但是我们仨都听到了，死人如何开得了口？说话这会儿，胖子已经掏出了电池，我接过来装好了，再次打开探照灯，一道光束照向土耗子的尸首。土耗子屁股朝上，鞋底子正对我们，腿骨都摔出来了，这还没死？尖果告诉我和胖子，声响是从西侧石壁上发出来的，并不是土耗子横尸之处。我往四周看了看，石窟布局方正，当中仅有一个大土丘，可能是回填的五色土。辽墓呈南北走向，土耗子坠落的石台，位于石窟正南，我们正位于北侧石壁下，而刚才传出声响的方位，应当是在西侧。土耗子说话的位置与死尸不在一处，那不是有鬼了吗？

2

胖子说："你们别这么紧张成不成，或许只是回声，洞窟这么深，不会没有回声。"我可不这么认为，回声这么半天才传来？土耗子是鬼门天师的传人，据我所知，鬼门天师乃旁门左道，常以降妖捉怪、画符念咒为幌子盗墓，行迹鬼祟，手段非常人所知。当年我祖父遇上过一位，没想到如今还有，虽然说庙小妖风大，但也没那么厉害，也吃五谷杂粮，也是俩肩膀顶个脑袋，也长不出三头六臂，从高处摔下来不可能不死，真有起死回生的道法，也用不上盗墓了。可话又说回来了，既然土耗子摔死了，又是谁在说话？

按说已死之人不该开口，或许真是我们听错了，有别的东西发出声响，误当成土耗子说话。退一万步说，有鬼又如何，人怕鬼三分，鬼怕人七分，活的土耗子我们尚且不怕，还怕死的不成？胖子手忙脚乱地鼓捣了几下，村田22式改制的猎枪又能使了。我正想让他给土耗子尸首补上一枪，却听身后传来一阵响动，声响不大，不过周围一片死寂，可以听得出来是那个土耗子在说话。这情形太诡异了，土耗子尸首趴在前

171

边，说话声却在后边，而且是在石壁上方，听得我们三个人头发根子直往上竖，却听不清对方在说什么。我迅速转过身子，手中探照灯往上一照，隐约照到一张白纸般的人脸，两道塌天扫帚眉，嘴角往下耷拉，头上血肉模糊，不住龇牙咧嘴，口中哼哼唧唧，正是那个土耗子！

胖子手持猎枪正要搂火，可是石壁上落下几缕灰尘，他用手一挡，再端起猎枪想打，却不见了那张脸。我将探照灯的光束左右一晃，壁上空空如也。三人均是心惊肉跳，手心中捏了一把冷汗。胖子问我："你听没听见土耗子在说什么？"

我反问他："你听见了？"

胖子点了点头，却又摇了摇头："可能听错了……"

我心中一沉，又问他："你究竟听到什么了？"

胖子低声对我说："土耗子似乎提到了尖果……"

我问胖子："你听清楚了？"胖子也不敢确定，死人开口说话，还叫尖果的名字，实在匪夷所思，是不是土耗子有口怨气没吐出来，变成鬼还想拽上一个垫背的？我让胖子别胡说，土耗子凭什么有怨气，干盗墓这个行当，该知道"人为财死，鸟为食亡"，何况包括陆军在内的十几个知青，全是因为土耗子而死，枪毙他十次都不多，他倒死得冤了？不过我刚才也听到土耗子好像在叫尖果，只是声音太低了，我听得并不真切。

我不想让尖果担惊受怕，所以没说出来，又一想土耗子尸首在我们身后，为什么会突然出现在石壁上？怎么上去的？想到这里，我又转过身子，举起探照灯往前一照，见土耗子的尸首仍趴在原地。

胖子挠头说："简直奇怪了，土耗子会使分身术？"我脑中一转念，意识到情况不对，在我们所处的位置，仅仅可以见到土耗子的两条腿和身子，而探照灯在石壁上照到的只是一张脸，这其中有什么古怪？

我打个手势，三个人往前走了几步，来到土耗子尸首近前，这才看见土耗子的头没了。我们刚从石台上下来时看过，摔死的土耗子趴在地上，脑袋撞进了腔子，此时脑袋却不见了。三个人都看傻了，死尸还在这儿没动，头怎么飞了？而且那个头居然还会说话？我心想该不是没死透？鸡掉了脑袋不还得扑腾半天吗？可是人和鸡不同，人没了头不仅走不了，身首异处的人头也开不了口，这可邪了门儿了！

三个人刚一打愣，又听身后有人说话，如同捏了鸡脖子，要多难听有多难听，而且相距极近，断断续续传进我耳中："上当了……上当了……"我惊骇无比，土耗子尸身趴在前边，头却到了我们背后，还开口说什么上当了！上了什么人的当？刚才我听到他在叫尖果，是上了尖果的当？尖果招谁惹谁了？土耗子盗墓丧命，完全是咎由自取，可怪不到尖果头上，为何说上了尖果的当？

<h1 style="text-align:center">3</h1>

三个人急忙转过身来，可是石壁上什么都没有。我问尖果之前见没见过这个土耗子？胖子一听急了："你连革命战友都不相信？"

我忙说："当然是无条件地信任，我只是觉得奇怪，土耗子为什么会叫她的名字。"尖果竭力回想，却记不得见过此人。

胖子乱猜："不用大惊小怪，说不定有蝙蝠，土耗子的头是让蝙蝠给叼去了，东一头西一头地到处乱撞，刚才听到的响动，只是蝙蝠发出来的。"

我问他："你瞧见蝙蝠了？"

胖子说："没瞧见并不等于没有，周围黑咕隆咚的，谁看得见有什么？"

尖果说："可以叼起人头的蝙蝠，那该有多大？"

我同样感到难以置信，探照灯虽然照不到远处，可这石窟中不会有蝙蝠。胖子说："你还别不信，屯子里打猎的谁不知道深山里有树蝠，倒悬在树上，长得跟吊死鬼一样，个头比我还大，你敢保证石窟里没有？"

我对他说："有蝙蝠必定有夜明砂，你看这周围有夜明砂吗？"

胖子说："我说前门楼子你偏说热炕头子，不是说蝙蝠吗？怎么扯上夜明砂了？夜明砂是干吗的？"

我告诉胖子："夜明砂是蝙蝠粪，石窟中没有夜明砂，所以不会有蝙蝠。"

胖子也纳上闷儿了："如果什么都没有，土耗子的头还会飞了不成？他大爷的，闹鬼也没有这么闹的！"

我以前听我祖父说过有一路耍把式卖艺的，可以自己割下头来，往天上一扔，霎时间飞去千里之外，然后再恢复原位。不过那只是江湖上近似于障眼法的伎俩，我不相信一个人头可以开口说话，又不知是什么东西作怪。石窟中太黑了，探照灯照明范围不够，处境非常凶险，必须尽快脱身才行。我拔出军刀握在手中，让胖子和尖果跟紧了，举起探照灯在石窟中寻找出口。按《量金尺》秘本中的记载，墓穴虽是埋死人的地方，却最忌讳一个"死"字，不可能全部用巨石铜汁封死，一定留有生门，辽墓地宫下的石窟，走势近乎垂直，四壁凹凸不平，似乎是个天然洞穴，多半乃生门所在，但是被土填上了。我们凭借探照灯的光束，可以看到石窟当中有个土丘，也是凹凸不平。胖子用步兵锹在石壁下挖了几下，刨出一个东西，我们凑近一看都是一惊，土耗子的人头！

胖子骂声晦气，抬脚要将人头踢开。我让他等一等，土耗子的头怎么跑这儿来了？在探照灯下仔细一看，的确是皮干肉枯的一个死人头，上边覆了很厚的一层尘土淤泥，但并不是土耗子的头。再用步兵锹往下刨，整座土堆层层叠叠的人头，四壁上凹凸不平的也都是头骨，只是岁久年深，不抹去尘土，根本看不出来。三个人正在吃惊，又听到身后发出窸窸窣窣一阵响动。我们猛一转身，见土耗子白纸一样的脸近在咫尺，脸色十分古怪，二目圆睁，龇牙咧嘴吐出几个字："上当了……没有果……果实……没有果实……"我们这才听出来，人头口中说的是"果实"！

土耗子说这话的意思，我可以猜出几分，此人来盗墓是为了找什么"果实"，可墓中并没有这个东西，不仅扑了个空，还掉进石窟摔死了。土耗子的头如同阴魂不散，含冤负屈喃喃自语。我们仨寒毛倒竖，身首异处的人头为何会飞还会说话？应了胖子那句话了——闹鬼也没这有么闹的！探照灯光束投在土耗子脸上，可以见到他脸如白纸，五官扭曲，目光中全是怨愤。

虽然我父母都是军人，可我毕竟是跟祖父长大，尽管不愿意承认，骨子里却或多或少有些个迷信意识，以为土耗子从祖师爷处得了什么妖法，仅有一个脑袋还可以说话，我又不会掐诀念咒，如何对付这个妖道？胖子却是个混不吝，一向豁得出去，见了玉皇大帝也敢耍王八蛋，怎会将一个土耗子放在眼中？他二话不说，抬起猎枪往土耗子脸上打了一发。他从黑水河屯子中带来的猎枪，是以村田22式步枪改造而成，在东北民间称为"铜炮"。山里的猎人和土匪不懂枪支型号，习惯使用绰号一般的土名，比如将毛瑟手枪称为"盒子炮"，鸟铳一类燧发枪叫"土炮"。步枪改成的猎枪属于后膛枪，使用铜壳子弹，因此上称之为"铜炮"。别看村田22式步枪也是老掉牙了，属于日俄战争时期流入东北的枪支，到了猎人手中，可比从前膛装填火药铁砂的土炮厉害多了。那还是四舅爷当年用了三张熊皮，从马胡子手上换来的，平时根本舍不得使。深山老林中的大猪皮糙肉厚，鸟铳土炮几乎打不死，一对獠牙所向无敌，简直比熊还厉害。而有一杆铜炮的猎人，可以单枪匹马对付野猪，实际上威力仅相当于一般的步枪。胖子这一枪打出去，"砰"的一声硝烟弥漫，枪声在石窟中反复回响。原以为打中了，怎知土耗子那张脸转到了一旁，刚好躲过了这一枪，他咬牙切齿，对胖子怒目而视。

4

胖子头一枪没打中，他见土耗子的人头绕了过来，还没顾得上拉开枪栓上弹，只好往旁躲闪，躲了一半意识到尖果还在身后，当时来不及多想，扔下村田 22 式猎枪，张开双臂将土耗子的人头抱住了！老北京有句话——十八十九力不全，那也分说谁，胖子是一次可以吃掉三十个窝头的主儿，他这两膀子力气，虽然说不上"横推八马倒，倒拽九牛回"，可也比一般人厉害多了，当下使了个挟山跨海，抱住了土耗子的人头，双方较上劲了。那个人头满脸怒容，口中不住叨叨，越说越是含混不清。我在晃动的探照灯光束中，只见人头下有个黑乎乎的东西，一条手臂粗细，要说是脖子可太长了，见头见不到尾，有如一个人首蛇身的怪物！

尖果一看胖子拽不住那个人头了，她也上前相助，怎知人头有股子怪力，两个人合力，仍不由自主被拽得往前一个趔趄。我急忙挥起军刀，狠狠一刀劈了下去，刀锋正砍在土耗子的人头与脖子相交之处。那个黑乎乎的"肉脖子"猛地向后一缩，而胖子和尖果正使尽全力将人头往前拽，只听土耗子口中发出一声怪叫，人头居然被他们二人从"脖子"上硬生生拽了下来。土耗子白纸一般的脸上全是血，双目翻白，竟一动不动了。几乎是在同时，对面传来一阵异响，听得人肌肤起栗，头皮子直发麻。我用探照灯往前一照，只见被扯掉人头的"脖子"前端有无数条血淋淋的肉须，上面还挂着粉色的脑浆子，正在伸展攒动。我们三个人在探照灯的光束下看得分明，均是心惊肉跳，当即往后连退几步。胖子抬手将土耗子的人头扔了出去，惊道："这是个什么玩意儿？"

我和尖果也没见过这东西，形如怪蛇，却无头无鳞，半似曲鳝半似拧勾，什么叫曲鳝？以前将出没于土中的蚯蚓称为曲鳝，拧勾则指擅于钻洞的泥鳅。记得之前在 17 号屯垦农场的时候，我们曾听蒙古族牧民说起——故老相传，草原上有一种吃人脑髓的怪虫，形似曲鳝，此虫吃下人脑之后可以口出人言，或许近似此类。

辽墓下的洞窟是一个殉葬坑，殉死之人的首级堆积如山，引来了蒙古草原上的怪虫。这东西肉身无鳞，大约有人臂粗细，至少一丈多长，前端长了几十条肉须，可以在土中穿行。土耗子刚摔死不一会儿，怪虫前边的肉须伸进土耗子头中，似乎可以与人头中的神经相接，使之保持将死未死的状态，甚至能够开口出声，但是只能说出死亡瞬间残留的意念。至于土耗子口中说出的话究竟是什么意思，在当时的情况之下我完全无法理解，也根本没有时间多想，不过稍稍这么一愣，怪虫攒动的肉须已经伸到了我的面前。我无路可退，只好挥刀劈过去，怎知刀锋却被肉须卷住，使上吃奶的力气也拽不回来。胖子趁机捡起村田 22 式猎枪，拉开枪栓将子弹顶上膛，对准怪虫扣动扳机，"砰"的一枪正打在怪虫身上，黑血四溅。

怪虫挨了一枪立即往后一缩，放开了卷住的军刀，但听石壁上窸窸窣窣一阵响动，转眼不见了踪迹。我举起探照灯往发出声响的位置照过去，却跟不上行动奇快无比的怪虫，它在一瞬间绕到了我们身后，伸出肉须缠住尖果。我和胖子听到声响，急忙转过身去用探照灯对准怪虫，胖子又开了一枪，怪虫连中两枪，身子被击穿了两个大洞，没打死它却把它打惊了，当即甩开尖果，在石窟中到处乱钻。周围的怪虫不止一条，全让它惊了出来。

我们仨人手上仅有一盏探照灯和一盏马灯，顶多照得到身前几步，几乎和摸黑没什么两样，而且光凭一杆老掉牙的村田22式猎枪，威力也不足以干掉任何一只怪虫，一旦陷入重围，谁都别想活命。三个人一想到怪虫噬脑的可怕之处，头皮底下发麻，真是胆都寒了，当时只有一个念头——赶紧逃出去！我们可不想坐以待毙，正要用步兵锹挖洞逃命，探照灯的光束一晃，突然照到一张生出水银斑的小脸，脸上抹的腮红十分鲜艳，双目却已塌陷，头上挽了两个抓髻，顶了一个银盔头，身穿大红大绿的绣袍，脖子上挂了一块长生牌，两只小脚穿了绣鞋，顶多六七岁。这张小脸我之前见过，是墓主棺椁中殉葬的童女之一，土耗子进入地宫盗墓，那么多奇珍异宝一件没掏，却将这个殉葬的童女用麻袋背了出来，后来土耗子掉下石窟摔死，装了殉葬童女的麻袋仍在石台上，我们并没有将它带下来，此时怎么会在这里？

5

我吃了一惊，再将探照灯转过来，却已不见了殉葬的童女。冷不丁见到这个主儿，可比刚才见到土耗子的人头开口更恐怖！封建王朝以活人殉葬的风俗持续了几千年，有所谓的"杀殉"，是将殉葬之人杀死之后埋入墓穴；还有通常所说的"活殉"，也就是活埋。过去的人迷信死后升天必须有童男童女开道，因此墓主身边往往有童男童女相伴，为了保持尸首千年不朽，大多使用"杀殉"，掏空内脏填进朱砂或水银。辽墓棺椁中的童女死了千百年，麻袋又扔在高处的石台上，没有东西会去动它，怎么突然到了我们身边？我是让它吓了一跳，胖子和尖果却没看见，胖子拽了我一把说："你见了鬼了，发什么呆？还不赶快逃命！"我让他这一叫才回过神来，再次用探照灯往前照，想看看那个殉葬童女跑去了什么地方，该不会真见到鬼了？

　　探照灯的光束照向殉葬童女刚才出现的位置，只见石壁上显出一道大豁子，原来殉葬洞崩裂已久，裂隙均被人头塞住，虽然有怪虫出没，但是孔洞都让泥土挡住了几乎看不出来，直至怪虫受到惊动四下里乱钻，豁口中的人头纷纷落下，我们才发觉这里可以出去。当时来不及多想，三个人带上背囊，扒开头骨连滚带爬往外逃。石壁裂缝很深，我们刚爬进去，身后已被落下的头骨埋住，跌跌撞撞往前爬了一阵，直至挤出狭窄逼仄的岩隙，前方豁然开阔起来，往四下里一看，见置身之处位于地层断裂带上，黑山头下的大地从中裂开，绝壁上层层龟裂有如波纹。我向下望了一眼，但见云雾缭绕，幽邃无比，探照灯的光束远远照不到底，而在深处若隐若现似乎有光！

　　三人惊魂未定，举着武器回头张望，直到确定岩隙中没有怪虫出来，这才喘出一口大气。胖子一向标榜自己天不怕地不怕，却十分怕高，甚至不敢往下看，问我和尖果下边是个什么去处，怎么会有光亮？尖果说没想到大山之下有这么一道大裂子，但是云遮雾挡看不出什么东西在发光。我对这二人的话充耳不闻，还在想刚才见到的殉葬童女，越想越觉得毛骨悚然，如果不是殉葬童女忽然现身，我们几乎不可能发现出路。倘若不是有鬼，为什么殉葬童女在探照灯前一晃就不见了？难道是为了给我们带路？土耗子又为什么将殉葬童女从墓中带出来？还有土耗子口中一直念叨的那句话是什么意思？他上了什么人的当？"果实"又是个什么东西？我觉得这一个脑袋不够使了，再多长两个脑袋也想不明白，转头去问胖子："你有没有在洞窟之中见到那个殉葬女童？"

胖子说："我说你见了鬼了你还不信，要么就是把脑袋撞坏了，那个死孩子扔在石台上，怎么会在洞窟中？"

我竟无言以对，心想：顶多出去之后多烧纸钱，别让孤魂野鬼缠上才好！

三个人合计了一下，当下面临的困难，一是困住了出不去，二是有粮无水，背囊里带了干粮豆饼，足够吃个两三天，可那玩意儿又干又硬，给牲口吃都得先砸碎了，我们虽然一整天没吃过东西，但在墓中吃了一嘴沙土，口干唇裂，嗓子里边冒烟出火，干豆饼子实在咽不下去，困得越久对我们越不利，必须尽快采取行动。如果榛子逃出辽墓，去屯子带人过来，且不说能不能挖开埋住墓道的流沙，仅是这一去一回至少要四五天，我们仨困在地缝之中，插翅也飞不出去，又指望不上有人救援，见到下边有光，均以为下到深不见底的大裂子中，或许可以找条活路出来。于是手足并用，攀在龟裂的绝壁上，缓缓向下移动。

不知几千几万年之前，黑山头裂开又再次合拢，形成了一道巨大的地缝。有的地方过于陡峭，只好放了绳钩下去。用了两个多钟头还没到底，不过终于接近了那片光亮，裂层中云缠雾绕，相距百余步仍看不清是什么东西发光，只是很大一片。回望我们下来的位置，隐在黑茫茫的绝壁上，几乎找不到。三个人见到有泉水从石壁上渗下来，迫不及待喝了一个够，又将行军水壶灌满泉水。胖子从高处下来，已是两腿发软，再也逞不了能，只好先坐下缓一缓，他对我和尖果说："你们瞧见没有，这么个大裂子中怎么会有光亮？通上电了？"

我对他的话不以为然，虽说"楼上楼下、电灯电话、犁地不用牛、点灯不用油"，这是我们一直以来的目标，但毕竟要一步一步实现，如今半步也还没迈出去，来大兴安岭这么久，从来没见过电灯，我们插队的屯子有个手电筒都舍不得使，至今仍用油灯，这深山老林的地底下，又怎么可能有电？如果是地底的荧光，可不会有这么亮。三个人都觉得那片光亮来得诡异，却想不出个是个什么东西，按捺不住好奇心，又往下走了一段，终于到了底部，只见巨树参天，烟笼雾锁，好一片猛恶林子。谁不知道"雨露滋生禾苗壮，万物生长靠太阳"，地裂子中不见天日，为何有一片密林？

第十三章 照明装置（上）

1

三个人一头雾水，完全想不出个所以然，仗起胆子往前走了一阵，隐约望见屋舍俨然，居然是一个亮同白昼的村子，点灯用油可不会有这么亮。我心想：还真有个通了电的村子？胖子之前随口这么一说，没想到让他蒙对了！如果不是通了电，怎么会这么亮？

三人躲在远处看了半天，始终不见人踪，再往近处走，但见一座座屋舍均被苔藓、落叶、泥土所覆盖，仅能看出轮廓，也不知光亮是从哪里来的。面对这个深陷地底的村子，我们也只能凭空揣测，或许如同世外桃源，很多年前为了避免战乱，整个村子迁入地裂子隐居，后来人都死光了，才变成如今这个样子。不过村民们躲到地裂中，怎么活得下来？又或许是因地陷，村子连同周围的密林，全部落到了这里，可是人都死绝了，树木为何还在生长？又是什么东西在发光？

巨大的光源来自头顶，形同一个光柱，一行人置身于雾中，完全看不出究竟是什么东西在发光。我不敢大意，将手中的步兵锹交给尖果防身。三个人走进村中，见村口设有碉楼，有一定的防御作用，整个村子规模不大，约有几十座屋舍，十之八九保存完好。其中一座位于正中，比其余的屋子大出一倍有余。我对胖子使个眼色，进去瞧瞧！

二人以铁锹刮去覆盖在门上的泥土，见木板门上贴了门神，颜色都掉光了，屋子也不是一砖到顶，夯土围墙，砌石加固，屋顶上搭了一层圆木，并铺以茅草，与大山里的屋子没有分别。桦木板子造的门上有铁门环，我上前推了几下推不开，可能从里侧上了门闩。胖子搬来一块大石头，扔过去在门上砸了个窟窿。村子中有光亮，屋里却是一片漆黑，尖果手提探照灯照进去，光束所及之处，仅见得到蛛网和尘土。

待到晦气散尽，三个人相继钻进去，只见外屋有一个供桌，斜倒在角落中，墙壁上挂了灰大仙的画像，当中的灰大仙骑在蛤蟆背上，头上有帽子，脚上有靴子，口中衔了一个大烟袋锅子，手捧金元宝，披红挂绿，形象十分诡异。画像下方是祖先牌位，角落中一层一层摆了很多棺材，大小不一，可都说不上大，小的还没有一只手大，大的接近鞋盒子，却和真正的棺材一样，福字莲花朱漆打底，几具白骨散落在地。胖子说："供什么不好，供个大耗子？把耗子当成祖先爷了？"

我也觉得奇怪，民间历来有供奉"狐黄白柳灰"五大仙家的习俗，这是按颜色排的。另有地八仙，比这五大家多出了三仙，其中也有耗子。因为耗子会水，所以水八仙里也有它。不论怎么排，耗子都在最后，民间倒是有供奉灰仙爷的，可没见过与祖宗牌位摆在一处的。我在灰大仙画像前看了半天，恍然意识到——这是挖金子的！

当年在山沟子里有很多淘金挖金的人，都是穷得叮当响的穷光棍，头顶上没房、脚底下没地，死了都装狗皮棺材，什么叫"狗皮棺材"？

就是扔到山上喂野狗，装在狗肚子里，岂不是狗皮棺材？听老人说山里有金脉，便三五成群地进了山，撬挖镐刨累吐了血顶多找到几块金渣儿，发不了财不说，还三天两头为了金子互相残杀闹出人命，于是有人提出来不如兵合一处将打一家，久而久之形成了金帮，仗着人多势众炸开了山梁挖出了金脉。尤其在清朝末年这帮人逐渐成了规模，什么江湖术士、土匪胡子、流放的犯人，乃至于白俄，什么人都有，大多是乌合之众，为首的叫金头。只有那些人在屋中供奉灰大仙，因为灰大仙擅长打洞、上梁、钻山、涉水，正是这些金匪的勾当。并且在民间传说中，灰大仙可以预知未来、予人富贵，便把灰大仙当财神爷，19 世纪末东北民间才开始有这个习俗。在灰大仙画像下摆祖先牌位，说明这些挖金的是同宗同族。可想而知，掘金人在山里找到了金脉，由于太贪心了，挖山挖得太狠，将地层掏空了，也没想到下边有一道深不见底的裂缝，致使整个村子陷落下来，村民也都死光了。

我们三个人又进了里屋，里边一排三间屋子，两旁是厢房，当中一间有土炕，墙上糊了年画，东屋门上挂了锁，胖子一脚踹开，只见屋中也有个土炕。炕上一个穿红袄红鞋的死尸，皮干肉枯，一头长发挡住了脸，不过可以看出是个女子，用绳子五花大绑捆了个结实。我没敢让尖果进来看，合拢东屋房门，又打开没上锁的西屋，走进去一看，土炕下摆了两个铁皮包角的大躺箱，一个里边装了十几块狗头金，另一个里边放了枪支，有长有短，除了俄国造，还有日俄战争及日军占领东北时期流入的步枪，不过大多长了锈，枪栓都拉不开了。躺箱中还有几支连同弹夹裹在油布中的手枪，抹了枪油，仍和新枪一样，一水儿的勃朗宁 M1900，民间俗称"枪牌撸子"，又叫七连子儿或七音子，一个弹夹七发子弹。没开过封的铁盒中，装满了黄澄澄的手枪子弹，还有许多开山用的土炸药。

常言道"白酒红人面，黄金黑人心"，挖金的最怕土匪劫掠，又隐居在深山老林之中，甚至本身也可以说是"金匪"，一向骁勇剽悍，不受官吏驾驭，村子里当然要有枪支。还得说是金匪有钱，以往那个年头，一支步枪换两匹马，一颗子弹值八个鸡蛋，雇炮手的地主大户也买不起这么多枪。

我和胖子、尖果一人揣上一支枪牌撸子防身。胖子那杆老铜炮猎枪动不动哑火，威力却不小，他舍不得扔掉，仍背在身上，当下打开背囊，塞进去好几捆炸药，又装了撸子手枪的弹夹，还要往里边装狗头金。他说之前为了追土耗子，没来得及在辽墓中掏几个金镏子，给四舅爷带几块狗头金回去，老头儿的嘴不得咧到后脑勺去？我吓唬他："挖金子的人没有不贪的，咱们带了这些死鬼的金子，只怕走不出去！"

胖子可不在乎："狗头金是大山里长的，凭什么不让我带走？再说死鬼要金子有什么用？上阴间孝敬阎王爷去？"

我对胖子说："你带上一块狗头金就够了，这一个大金疙瘩顶得上多少金镏子，地裂子深处一切不明，凶险少不了，带多了反而是累赘。"

胖子说："能有什么危险？土耗子不是已经摔死了？"

我说："先不提别的危险，这些村民是怎么死的？"

胖子不明所以："村子陷入地底，摔也摔死了，哪还活得了？"

尖果听出了我的意思，她说："整个村子以及下方的岩盘，几乎保持了原样，屋中的摆设也没摔坏，所以陷入地底之后，村民们并没有死。"

胖子说："村民困在这里……饿死渴死了？"

我说："你们看见堂前的白骨没有，如果说皮肉都烂尽了，身上的衣服鞋袜到哪儿去了？如果说找不到吃的，村民们为什么关了屋门，躲在里边不出去？从村中的枪支和摆设上看，陷进地裂子的年头距今不会太久，往多了说五六十年，屋子里灰仙爷的画像颜色还没掉光，死尸身上的东西就变成灰了？"

这还仅是其一，其二，村子前边的光亮也来得古怪，深山老林绝无人迹，大裂子下边怎么可能通电？我们应当带上用得到的东西，尽快离开此地。不过供奉灰仙爷的村民，常年在山中凿洞掘金，他们陷进来都逃不出去，我们又有多大把握？我让胖子和尖果先留下，看看大屋之中是否还有我们用得上的东西。我一个人到旁边的屋子转了一遭，周围几处屋舍，同样关门闭户，屋中都是白骨，可见村子陷入地裂，村民们并没有摔死，但是为了躲避什么，全将屋门上了闩。土坯屋舍大致完好，屋顶又全是茅草，有东西进来也是从屋顶进来，村民是被那些东西吃了！

2

原本以为光亮从村中而来，如今却发现这个村子根本没通电，几十年前陷入地裂子，当时使的还是油灯。裂谷走势蜿蜒曲折，两边是直上直下的绝壁，中间忽宽忽窄，从高处落下的泥土逐渐堆积，有的地方高，有的地方低，云雾弥漫，不知是什么东西在发光。当我出来的时候，密林深处的光又不见了，我有不祥之感，担心两个同伴遇上危险，匆匆返回村中大屋。

胖子在土炕旁边找到一口大缸，上边扣了盖子，还压了块大石头，打开来一看，缸里有十几瓶蜡封的灯油，里面是上等的鲸鱼膏，所谓"鲸鱼膏"，系以鲸鱼油脂熬制而成，可以烧很久，还不熏眼，但是价格特别贵，是伪满洲国时期的日本货，在这荒山野岭之中只有金匪才用得起。尖果则在躺箱中找到几本残旧书卷，大多受了潮，翻都翻不开，能够翻开的几本，有的记录了村子里挖出多少金子，购置多少枪支，甚至还有买了多少人口，有的是族谱，上边有各家各户的人头儿。

我问尖果："有地图没有？"尖果并未见到地图，挖金之人对金脉的地点看得比命还重，绝不会留下任何线索。鲸鱼膏灯油我们用得上，账本族谱却没什么用，不过其中一卷中的内容全是村子里发生的大事。我们打开一瓶鲸鱼膏，点亮屋中的油灯，借着光亮翻了一遍。

原来当年有金匪在山中葬马掘穴，意外见到了金脉，遂举族迁至此处，年复一年在村子下边挖金子，金洞越掏越深，金子越挖越多，一来二去发了大财。有一次，金匪首领忽然见到金洞深处白光闪烁，身边的大舅哥会拍马屁，告诉他此乃祥瑞之兆，闪光之物可能是传说中的"金王尸衣"。传说老时年间，在东北深山老林中出了一位"金王"，天赋异禀，善识金脉，什么地方有金子都逃不过他的眼睛，真可以说是富可敌国，为了死后可以羽化飞升，用尽天下奇珍做了一件宝衣当成装裹，并让后人把他葬在金脉之上。传说如果得了这件宝衣，不仅可保一生荣华富贵，还能够裂土分疆，成为一方人王帝主。金匪首领信以为真，让手下的人继续去挖金王尸衣，从此称孤道寡，自封为草头天子，还封他老婆当了皇后娘娘，会算卦的大舅哥是国师，族中两个长老列为左右丞相，记账的是文官，监工的是武将。俗话说没有规矩不成方圆，金匪首领称王之后，把族规制定得更加森严，如果有人敢私藏挖出来的金子，或者向外人吐露关于金脉的消息，不只要吞下火炭，让他再也说不了话，还会打断双腿，在身上划无数道口子，然后剥下血淋淋的狼皮给他披上，关在地窖子中，三天两头带上来抽打一番，以此警示众人。看到此处，我和胖子、尖果三个人同时想起在九尾狐壁画前见到的狈，虽已无从证实，但那只"狈"多半是从这个村子逃出去的。

再往后边看，金匪在山中掏金，挖到深处，金洞里头闹上了耗子，洞穴中的耗子不仅又多又大，而且敢咬人。清朝末年以来，东北接连闹过几次鼠疫，鼠疫不同于别的病，除了死亡率高以外，传染性极强，往往一死就是一大家子，为了防止继续传播，只能把死人烧了，连个尸首都留不下。所以民间的耗子药很厉害，秘方堪称一绝，关内的耗子药是耗子吃了才死，而这个耗子药往墙角一放，钻墙过梁的耗子打老远闻上一闻，就会立即断气儿，一宿可以熏死一麻袋耗子，真得说是有多少死多少，一个也跑不了。不过金匪一向供奉灰仙爷，迷信这东西是财神，以为这会触怒了仙家，不敢下耗子药，却买来大姑娘，穿上红袄红裤子，再五花大绑扔到洞中，谓之给大仙爷娶媳妇儿。并且打了很多小棺材，开山挖洞免不了用炸药，村民们将误炸死的耗子全部收敛到小棺材中，点上长明灯与祖宗牌位一同供奉。乱世之中，人命最不值钱，二八的大姑娘插上草标只换得了两百斤小米。活人扔下去就让耗子吃了，一转眼啃成白骨，不仅没让灰仙爷息怒，反而引来了更多的耗子。虽然没有后边的内容了，但是我看到此处，也想得到后来发生了什么——金匪们为了挖金子找宝衣，挖开了下边的大裂子，整个村子掉了下来，村子里的人全让耗子啃成了白骨！而在当天村中又买了一个女子，穿上红袄红鞋用绳子捆住了，等到时辰往金洞里扔，可时辰还没到，村子就陷入了地底。当初村民们以活人供奉灰仙爷，却不知什么东西一旦吃过人，它们可再也不想吃别的了，到头来落得这样一个结果，惨遭万鼠啃噬，不是报应是什么？

正所谓"好因得好果，恶因得恶果"，三人此时都觉得背后发凉，不知村子周围还有没有吃人的耗子，相比起阴森的辽代古墓，这个没有活人的村子更为恐怖。胖子对我说："咱这两条腿不是铁打的，从高处爬下来，又走了这么半天，你我二人顶得住，尖果也顶不住了，不如在这儿歇一阵子。屋子四周好歹有墙壁，把上边挡严实了，不怕有耗子钻进来咬人。而且这一路走过来，连根耗子毛儿都没看见，你们尽管把心放肚子里，天塌不下来。"

我虽然急于脱身，但也不敢乱走，三个人都累得够呛，肚子里没东西垫底，身上也没力气，谁都不知道接下来还要走多久，还会遇到什么意想不到的情况，一旦走到一半走不动了，又找不到容身之地，那可就太凶险了。按说应该留在这里，吃些干粮缓足了力气，合计合计下一步怎么走。不过即使是村中最大的屋子，上边也仅有茅草顶子，用什么东西才挡得住？

胖子说："大屋分里外两间，大门宽，二门窄，供奉灰仙爷的前堂不成，东西两屋的顶棚上有桦木板，你瞧东屋那位，不是没让耗子啃成白骨吗？咱拆掉前边的门板，挡住二门，再用躺箱顶上西边的屋门，人待在西屋，什么东西也进不来。"

尖果问他："你刚才说什么？东屋里还有个人？"

胖子顺口说道："东屋有个穿红袄的……"我急忙拦下他的话头："村子里的死人多了，眼不见为净吧。"

尖果听我这么说，似乎明白了什么，她也没再追问，帮忙挡住二门。我对胖子使个眼色，二人搬了一个空躺箱到东屋。我捧起油灯，看了看死在土炕上的女子，心想：全村的人都让耗子啃成了白骨，她却是被捆住了饿死的，耗子进不了这屋吗？想到此处，我仔细打量了一遍东屋的结构布局，上边有木板子顶棚，也铺了很厚一层茅草，夯土为墙，同样糊了年画，无非仓王牛马神之类，看不出与其余的屋舍有何不同。

我没再多想，拔出短刀割开女尸身上的绳子，却发现那竟是"五鬼朱砂绳"，是用五股麻绳，在朱砂水中浸泡后制成。别说绑一个女子，即使捆绑一个彪形大汉，使三股麻绳就足够了，力气再大也挣脱不开。而相传五鬼朱砂绳捆在人身上，死了之后变成鬼也脱不了身。金匣将活人扔进洞中给耗子吃，可能也是出于迷信，怕这些女子死得太惨，化成厉鬼前来报复，因此用上了五鬼朱砂绳。这绳子又粗又韧，还打了死结，割了半天才割断，我同胖子将女尸抬进躺箱，扣上了盖子。

我之所以这么做，一是不想让尖果吓到，二是觉得红袄红鞋的女子可怜，让金匪买牲口一样地买来，准备给灰仙爷当媳妇儿，虽然到头来没被扔到金洞里让耗子吃了，可在陷入地底的村子中活活饿死，只怕也不大好受。放在躺箱中如同进了棺材，接下来千万别闹出什么幺蛾子才好！

二人摆好躺箱，合拢东侧屋门，将油灯放在土炕一头的炕桌上，坐下来分吃干粮。所谓的干粮，无非是几块干面饼子，一口咬上去，几乎可以把牙崩掉，估计这东西牲口都不吃，不过饿急了没有吃不下去的。我三口两口吞下一块豆饼，拧开行军水壶的盖子，喝了几口水，终于觉得踏实多了。尖果忍不住好奇，在一旁问我："你们刚才干什么去了？"

我听出她已有所察觉，因为胖子之前说走嘴了，尖果并不是听不明白，只是没敢往下问，我就直说了："东屋里死了个女的，是金匪给灰仙爷买来的媳妇儿，我们把她抬进了躺箱。"

胖子补上一句："你放心，出不来！"

3

胖子这话有口无心，却让人听得发毛，我不让他再往下说了，三个人围坐在炕上，合计如何脱困。我们在高处见到地裂子中有一道光亮，走进这个村子又看不见那道光了，周围陷入了一片漆黑，即使有充足的枪支弹药和照明装备，我们也不敢在密林中乱走，至少得有一个明确的方位。目前我们应当留在村子里，虽说村子里的人全让耗子吃了，但是毕竟过去几十年了，我们一路走到这里，并未见到一只耗子，如果耗子会攻击人，早该出来咬人了。村子中至少有屋舍，以及足够的鲸油灯可供照明。唯一让人想不通的，还是东屋的红衣女尸为什么没让耗子吃掉，其余的村民可全被耗子啃成了白骨，身上的衣衫都没留下一缕。举头三尺有神明，村子陷入地裂，全族的金匪都让耗子吃了，唯独放过了这个外人，说是遭了报应也不为过，不信都不成。

尖果也觉得奇怪："金匪挖洞掏金子，洞中又没有东西可吃，怎么会引来那么多耗子？耗子吃人是逮谁咬谁，还是有的人咬有的人不咬？"

胖子说："那得问耗子去，咱们怎么想得明白？其实我估计耗子也想不明白，耗子的脑袋才有多大，想得了这么多问题？你们不要迷信灰仙爷有什么道行，金匪如此迷信灰仙爷，三天两头上供，还不是全让耗子吃了？"

三人胡乱猜了半天，始终不得要领。我思潮起伏，一个念头接一个念头，不住地在想东屋的红衣女子，为什么没让耗子吃掉？这其中一定有个原因，村民们和东屋的女子之间有什么不同，以至于耗子只吃村民？我意识到我忽略了一件重要的事情，可是这会儿我已经疲惫不堪，脑子几乎不转了，这个念头被埋住了，无论如何也抓不住。要说相同之处，村中屋舍大致上一样，都是土炕油灯，茅草顶棚，夯土墙壁，桦木门板子。不同之处也很明显，金匪买来供奉灰仙爷的女子，不是这个村子里的人，其余村民皆为金匪，同宗同族，那又如何？耗子分得出谁是谁？另外东屋的女子让五鬼朱砂绳捆住了，耗子怕朱砂？按说不会，只听说蛇怕雄黄，可没听说耗子怕朱砂，虽然朱砂和石胆、雄黄、矾石、慈石被并称为五毒，但其实朱砂辟邪也仅是迷信之说。我觉得应该仔细看看周围的情形，别有什么疏忽。当即从土炕上下来，捧起炕桌上的鲸鱼油灯，推开门进了后堂，再打开东屋的门，往里边看了一眼，顿时头发根

191

子全竖了起来——之前被我和胖子抬进躺箱的红衣女尸，此刻正端坐在炕头上！

我头皮子一阵阵地发麻，村子里没别的活人了，我们几个全在西屋，东屋躺箱中的红衣女尸怎么自己出来了？村民们全让耗子吃了，却没有一只耗子钻进东屋，这可太邪门儿了，我是不是不该解开捆住红衣女尸的五鬼朱砂绳？此时我冷汗直冒，想起我祖父生前传过我一句话，怎么说的来着"一分能耐九分嘴"，又道是"练胳膊练腿儿不如练嘴"，遇上凶险凭身上的能耐应付，能耐不够用可以动嘴，俗话说舌头根子底下能压死人。我先跟她耍耍嘴皮子，要是动嘴顶不住了也不要紧，不是还有两条腿吗？想到这里我稳了稳心神，开口说道："大姐辛苦，可不是我将你捆来的，你犯不上在我面前作祟！我一向行得正做得端，从来直道而行一尘不染，长这么大没干过缺德的事儿。我是看你可怜，让金匮买来给灰仙爷当媳妇儿，死后尸首见天，才将你松去了绳索放在躺箱之中，算是把你成殓起来了，莫非说你不愿进去？既然如此，你走你的海大道，我走我的竹竿巷，咱是井水不犯河水！"

刚说到这儿，一阵阴风过去，肌肤飒然，我手上的油灯一下子变暗了，灯火仅有黄豆大小，暗得让人睁不开眼，再一抬头，坐在炕头上的红衣女尸正用手指向我！

第十四章　照明装置（中）

1

我吓了一跳："我又没招惹过你，你指我干什么？"一低头瞧见捧在手中的油灯，红衣女尸是在指这油灯？我心想 红衣女尸要我这油灯？半夜借勺子，你用我不用？

当时我有心从东屋退出去，却发觉身后是墙壁，恍然意识到我还在西屋，根本没出去过，之前一直跟胖子等人说话，由于又累又困，心里想着别睡过去，身子却已经不受支配，不知不觉打了个盹儿，梦中的情形太诡异了，油灯有什么不对？我想尽快起来，可一时无法醒转，脑子中恍恍惚惚，一会儿是东屋的红衣女子、一会儿是撞瘪了头的陆军，一会儿又是脸上爬蛆的行尸、从墓顶上下来的蜈蚣、棺椁中的太后、殉葬的童女、带我们躲进辽墓的狐狸、阴险狡诈的土耗子，是人不是人的脸一个接一个浮现在眼前，并且卷成了一个漩涡，如同壁画上那个眼珠子

193

形的图案，我在其中越陷越深，却如同魇住了，全身上下一动也不能动，张开口发不出声，而在此时，我可以感觉到有个东西在咬我的脚！我拼了命地一挣，猛然坐起身来，只听耗子咬门板的声响不绝于耳，不仅二门外有这个响动，屋子顶棚上也在响。我的双脚还在，没让耗子啃成白骨，但是一只比猫也小不了多少的大耗子，可能活的年头太久，背上的毛都白了，此时正在使劲咬我脚上的昭五式大头军鞋！

村中屋舍远不如我们所想的坚固，这么大的食人巨鼠可以直上墙头，在顶棚上啃个洞钻下来，这只大耗子是头一个进来的，周围全是耗子啃咬木板的声响，不知究竟来了多少。我忙叫胖子和尖果起来，同时纵身而起，抬脚使劲一甩，将脚上的耗子甩了出去。另外两个人全被惊醒了，但见屋顶上、门板下接二连三地钻进耗子，有的去咬油灯，有的来咬人。我们可不迷信什么灰仙爷，以往只有人打耗子，什么时候见过耗子敢咬人？三个人挥动步兵锹和枪托乱打，但同村子一起陷入地裂的耗子，不仅个头大得吓人，还极其凶恶，牙齿锐利，门板都啃得穿，步兵锹也拍不死。

正当此时，有一只大耗子蹿上炕桌，竟不怕被灯火燎到，张口去咬油灯。油灯一旦灭掉，屋子里漆黑一片，我们可对付不了四面八方而来的耗子。多亏胖子手疾眼快，挥起步兵锹将这个耗子打了下来。那只耗子让这一锹拍得口吐血沫，摔在地上打了几个滚，却不死心，翻身起来又往炕桌上蹿。胖子飞起一脚，将它踢上了屋顶。

我心中一凛，突然意识到了村民被耗子吃掉的真相，原来是因为油灯！耗子来啃我脚上的昭五式军鞋，也是因为点油灯之际，有些灯油撒在了鞋子上。金匪们在村子及金洞之中，所使用的油灯全是鲸鱼膏，蜡烛都是鲸鱼膏做的，鲸鱼油脂好是好，点上灯一不呛人，二不熏眼，还有一股子淡淡的香味，可比一般乡下用的灯油好多了，但没想到引来了大批的耗子，经常以鲸鱼膏为烛的人，身上会有相同的气味，在耗子眼里如同过油肉一般，所以耗子才吃人。当年的村子陷入地裂，村民和屋舍中的油灯蜡烛，全被耗子吃光了，而今我们点上了油灯，又引来了许多耗子。至于东屋的红衣女尸，为什么没让耗子吃掉，原因或许是东屋没点油灯。不过还有另一种可能，地裂深处十分潮湿，红衣女子为何成了干尸？兵荒马乱的年头，又位于人迹罕至的老林子，买不到人的时候怎么办？说不定她是金匣从老坟中挖出的尸骸，披红挂彩打扮上，扔进洞中给灰仙爷当媳妇儿。

我刚才打了个盹儿，居然梦见红衣女尸手指油灯，是孤魂野鬼托梦？还是我在潜意识中发觉油灯会引来耗子？我胆子再大也不敢想了，但见钻进屋的耗子越来越多，已经打不过来了，连忙打声呼哨，示意两个同伴冲出去，刚到门前，忽听"喀啦"一声响，屋门被一个黑乎乎的庞然大物从外边撞开了，一只比牛犊子还大的食人巨鼠，从撞开的门中爬了进来，长了两个脑袋，一大一小，眼睛如同红宝石。

2

双头巨鼠行动缓慢，但是凭借又蠢又大的身躯，一下子撞开了屋门，有几只小点儿的耗子从它近前蹿过，都让它的两个头咬死了。巨鼠往屋中一冲，顿时将我和胖子撞倒在地，两个头分别向我们二人咬来，我们俩连滚带爬地往后躲。尖果瞧见我和胖子躲不开了，急忙挥动步兵锹拍向其中一个头。巨鼠头上挨了一锹，却恍如不觉，反而转头咬住了步兵锹。尖果使出全力，却拽不出让巨鼠咬住的步兵锹，反而被它拖了过去，巨鼠另一个头张开长如尖刀的门牙，狠狠咬向尖果。

千钧一发之际，胖子手中的枪牌撸子打响了，"啪啪啪"接连三枪打在双头巨鼠身上。巨鼠往后一缩，放开了咬住的步兵锹。尖果这边紧握锹柄，正在用力往后拽，身不由己地连退数步，后背撞在了墙壁上。双头巨鼠只是稍稍一退，继而两个头同时发出怪叫，再次破门而入。三个人全在屋子里，开枪射击很容易误伤己方。我和胖子急中生智，用脚踹倒了土炕旁的大缸，灯油泼洒了一地。屋中的耗子一拥而上，争相去舔灯油。胖子抢过炕桌上的油灯，劈头盖脸砸到巨鼠头上，大火立即烧了起来，大大小小的耗子被烧成了一个个火球，在屋中四处乱窜，发出"吱吱"的惨叫之声，煳臭之味弥散开来。

　　我将背囊中的灯油掏出来，往四下里乱扔，引开周围的耗子，一时间火头四起。三个人揭开屋顶的茅草，越过墙头出了大屋，打开探照灯逃进村子外围的密林。胡乱走了一阵，等到村中火光灭掉，周围雾气弥漫，已不知置身何处。估计当年吃光村民的耗子，比我们遇上的多过百倍，而后困在地裂之中，同类之间自相残杀，到如今已经没有多少了，否则我们未必逃得出来。

　　三个人跑得上气不接下气，见周围全是插天的大树，腐烂的落叶一踩一陷，又起了浓雾，分不出东西南北，只好先停下来。在村子中捡来的灯油全扔光了，可以照明的仅有一支手提式探照灯，还有从辽墓中带出来的马灯。在山上还可以通过星斗、倒木、兽迹来确定方位，但是陷进这个地裂子，不仅找不到方位，我祖传的风水秘术也不顶用。我寻思东一头西一头地乱撞不成，通往地底的墓门在正北方位，地裂子为东西走向，之前看到的那道光亮在西边，应该继续往西走。可是说实话，我并不知道是什么东西在发光，又为什么一会儿有一会儿没有，而且那道光亮太大了，几乎穿透了大地的断层，深山老林之中电都不通，绝对不会有如此巨大的照明装置！

再说那道光亮已经在地裂中消失了，我们摸黑找过去，说不定什么也见不到，到头来只是在原地打转。即使能够逃出去，面临的问题也不小，先是陆军毙命在九尾狐壁画之下，后是来找我们的十几个人全让流沙活埋了，又没逮住盗墓的土耗子，空口说白话，恐怕交代不过去。正当我们三个人徘徊不前之际，周围忽然亮了起来，那道巨大无比直上直下的光亮又出现了，并且相距不远，只是在雾中看不真切。密林深处鸦雀无声，三个人被这巨大的光亮震住了，均是目瞪口呆。大山里连个20瓦的电灯泡子也没有，何时见过这么明亮的东西？

我对胖子说："我先过去瞧瞧，万一有什么凶险，你们俩不必等我，赶紧分散突围，保留革命火种。"

胖子不同意："你又逞能，我们能往哪儿突围？咱仨是一根绳上拴的蚂蚱，真有对付不了的情况，一个也跑不了！"说话之时，已经可以看见发光的东西了，巨大的光亮如同垂天之云！

3

三个人惊得半天合不拢口，无法形容这究竟是个什么东西，地裂子中有一条直上直下的巨大"电缆"，大约几个人合抱那么粗，通体发出均匀的亮光，一端深埋在地层中，另一端通到山顶，人在它近前，仅如蝼蚁一般。这根本不该是深山老林中的东西，别说大山里头不该有，我们在山外边也没见过，做梦都梦不到。

胖子惊叹之余，伸手去摸电缆。我将他的手按了下去："这么粗的电缆，还会发光，当心把你电成一缕黑烟！"

胖子说："这是电缆吗？电缆谁没见过，再说，你们见过电缆会发光？"

尖果说："应该不是电缆，没有人能造得出这么大的供电装置。"我们觉得尖果的话没错，如果说这是一条电缆，那是给整座大山供电的？完全无法想象，给整座山供电有什么意义？

我壮起胆子，上前用手去摸发光的电缆，略有一些温度，手感颇为粗糙，但是没有电，只是发出均匀的白光，亮光也不强烈。可能让尖果说对了，并不是电缆，不过我们又想不出该如何形容这个东西，它已经远远超出了我们的所见所识。

胖子往旁一指："那边也有！"我们转头一看，不远处还有另外一根发光的电缆，也那么粗，同样是直上直下，穿透了大地的断层，发出莫名的白光。仅仅一根已经足以让我们感到震惊，没想到还有其余的发光电缆，我们想破了头也想不出这是什么东西！

三人行至近前，见这条电缆与之前一条完全相同，前边还有第三条、第四条，以至于更多，各条电缆一模一样，只是或远或近，分布得并不均匀，排列得也没有什么规则。无法想象，地裂子中有多少条这样的电缆，这玩意儿又是干什么用的？唯一可以确定的是，这所谓的电缆，比陷入地裂的村子年代更早，有相当一部分嵌入岩壁。

穿透地裂的巨大电缆，垂下来的一端深埋在密林之下，树木深陷在千百年不见天日的地缝之中，仍在无休无止地生长，是否与发光的电缆有关？还是地裂深处埋了什么东西？在九尾狐壁画前，我猜有神秘东西引得狐狸躲到墓中，来到此处方知，一条条发光的巨大电缆，使得森林可以在地裂子中持续生长，狐狸可以在墓中躲避严寒。我们挖不开这么深的地层，只好顺着地裂走势往前摸索，隐伏于地底的暗缝走势并不规则，忽宽忽窄，宽处至少有 1000 米，窄处也在 200 米以上，两壁陡峭如同刀切，有的地方有水流落下来。我们在兵团时听牧民们说过——原始森林与草原相交之处，有一条深不见底的大裂缝，民间称之为"阴阳缝"，千百年打开一次。掉进来的人，变成鬼也出不去！

三人深一脚浅一脚地走到一处，地裂走势收窄，两壁之间宽不过三五米，经过这一段狭窄逼仄的裂隙，前边豁然开阔，但是积水没膝。原来这道大裂子，从东往西倾斜，东边高，西边低，宽一段窄一段，越往前走越深，不时可以见到兽骨，全是从高处坠落下来摔死的，抬起头来却看不到天。我们尽量找高出水面的岩石落脚，将途中捡来的松枝捆成火把，用于在没有光亮的地方照明。

胖子在前边开路，我和尖果跟在他身后，正往前走，却发觉脚下不是岩石，上边长了厚厚的苔藓，看上去与地裂中的岩层没有两样，可是昭五式军鞋颇为厚重，鞋跟使用多层牛皮制造，后跟打了"U"形钉，前部有三十六根防滑钢钉，往下一踩，铁蹄一般"当当"直响，如同踩到了铁板上。三个人均是一愣，地裂中怎么会有大铁壳子？

胖子用步兵锹刮去苔藓和泥土，真是一个生了锈的铁壳，一大半没在水中，坦克也没有这么大，看不出来是个什么，边上有个以轮盘开合的舱门。三个人咋舌不下，发光的电缆都连到这儿？

第十五章　照明装置（下）

1

我打量了半天，洞穴中这个长出锈迹的铁壳，近似于一个舱门，应该在舰艇上才有。

胖子说："深山老林中哪儿来的舰艇？"

我说："不知是从什么地方驶进来的，大部分沉在了水中。"

尖果说："或许地裂子上边有河流，它是从上边掉下来的……"话还没说完，胖子已经等不及了，上去撬动舱门，轮盘上虽然长了锈，但是舱门没关死，几下就打开了，里边黑乎乎的，有一股子潮湿腐烂的气味。

三个人钻进舱门，打开手提式探照灯，见舱中有几个大木头箱子，已经发了霉，但还能看出上边印有相同的标记——一个圆形正上方缺了一角，当中是个"映"字。我们估计这是日军占领东北时期的满洲映画标记，如同简称"满铁"的满州铁道一样，"满映"是一个拍摄电影的机构，并有拍摄随军纪录片的任务。

我们仅仅听说当年日军占领东北，有这么一个满州映画，是拍电影的，实行战时体制，上一辈中有很多人看过。不过木箱里边的东西已经受潮损坏了，也只是一些老式摄像机和灯架子。木箱旁有一具枯骨，我从枯骨的挎包中找出一个盒装行军罗盘，罗盘底下还有一个盖子，里边装有十几根防水火柴，盖顶上有磷条，设计得非常巧妙。还有一本防水记录册，翻开来粗略一看，是密密麻麻的随军日记，我将行军罗盘揣到身上，正想仔细看看日记中的内容，船舱中的积水忽然涨了上来。胖子忙叫我："快走，船要沉了！"

我并没有感觉到舱内的晃动，应该不是舰艇在往下沉，而是山上可能下了暴雨，地裂中的积水在迅速上涨。三个人来不及再找别的东西，急忙钻出舱门，登上高处的岩石，往前又是一条狭窄的裂隙，地底的光亮也不见了。我们见地裂子又深又长，真不知有没有尽头，虽然急于脱困，但是欲速则不达，决定先坐下来歇歇腿儿。三人坐在岩壁下，啃了两块干豆饼子，又点亮马灯，打开日记本，凑在灯光下仔细翻看。

日记虽然是日文，但其中有大量汉字，我们连蒙带唬地可以看明白一多半。原来写日记的鬼子，是满洲映画的一个摄影记者，当时连同其余几个满映人员，奉命拍摄随军纪录片及撰写通讯，用以宣扬军国主义胜利，掩盖大日本帝国在太平洋战场上节节败退的事实，他的任务主要是拍照片和写通讯。那时候的电影院放任何电影之前，必须先放一两部这样的加片，有的展现王道乐土，有的展现日军讨伐马胡子，马胡子即是东北人所说的土匪。满映摄影师被编入了一支讨伐队，据说深山里有一股金匪，凭借山高林密，屡屡抗拒日军。讨伐队进山之后，却没找到金匪的村子，之前的高山，竟已变成了一片洪泽，村子可能被淹没了。

军队名义上是进山讨伐金匪，实乃窥觑山中金脉。为此调来飞蛾号河川炮艇，在河上到处找，一连找了三天，什么也没捞上来，结果还发生了河陷，水下塌了个大洞，讨伐队连同河川炮艇，一并落进了地裂子。飞蛾扑火有去无还，掉进去那还出得来吗？在满映通讯摄影记者写下的记录中，有金匪村子的详细情报，包括金匪供奉灰仙爷，并将活人扔进金洞中上供，以及村子里有多少枪支弹药等，可见是有备而来。没想到不仅没找到村子，飞蛾号河川炮艇还陷入了地裂子。当时受到水流阻挡，日军讨伐队只能往深处走，却没经过陷入地裂的村子。讨伐队见到地裂中古老的岩画，其中描绘了太阳的图腾，用以象征一株巨大的植物。它伸展出的蔓条可以穿透地层，通过森林吸收山上的阳光，再通过蔓条传入地底，才使得地裂中长出草木乃至森林。

古代人将这种地底聚光植物称为"太阳的碎片"，即佛教传说中的宝相花，也称为佛花。唐代以来的佛经中有关于佛花的记载，宝相花乃二十四佛花之首，是太阳的碎片，长于地底，可放万丈光明，照十方世界，一般来说是八方，十方多了上下两方，上指天下指地。宝相花的传说在唐代传入东瀛，因此这个满映通讯记者略知一二。当时前去寻找出路的讨伐队，再也没有回来，其余人员死的死伤的伤，包括满映通讯记者在内的几个伤员，被困于半沉在水中的河川炮艇，留下的记录到此为止。后来的情况不言自明，日军讨伐队全军覆没，全部困死在了地底。

我们恍然大悟，壁画与石门浮雕上的标记不是眼珠子，而是佛经记载中的宝相花，漩涡周围的几道光，乃宝相花往四面八方伸出的蔓条。一根蔓条都有几人合抱那么粗，那当中的宝相花又有多大？

如果说眼珠子形标记，是指地裂深处的宝相花，墓室壁画中那个目生头顶的女子，又是干什么的？可以发光的宝相花，长在她头顶上？我想起以前有一个天女魃的传说，天女魃高仅二三尺，目生头顶，所过之处烈日高悬，千里无云，乃旱魃之祖。轩辕黄帝在位的时候，手下出了一个乱臣贼子，名曰蚩尤，蚩尤不但创造出了刀戟、大弩等兵刃，还善于使雾，自恃天下无敌，鼓众造反，要夺轩辕黄帝的天下。黄帝与蚩尤大战于涿鹿之野，蚩尤放出浓雾，黄帝大军都被雾气迷惑，东西不辨，三日三夜未出重围。此时九天玄女临凡，授于阴符秘策，黄帝遂造一车，名为指南车。车上站一木人，不管车轮转向何方，木人抬手一指定能准准地对着南方，黄帝有了宝车大破蚩尤。但蚩尤还未死心，他手下的风伯、雨师能够兴风布雨，直冲得黄帝大军支离破碎。黄帝只得又请下了天女魃，天女魃有发光发热的本领，据说比太阳的能量还要大，果然克制住了的风雨，当下破了蚩尤，追而斩之。蚩尤血流遍地，化作了陕西庆阳府城北的盐池，因为他创造出了兵器，杀戮众生，要后世百姓食其血。圣踪图壁画中描绘的内容，可能认为"太阳的碎片"是天女魃头顶那个眼珠子。土耗子要找的东西，或许是宝相花的果实。原以为宝相花长在辽墓之中，怎知辽墓仅仅是个入口。日军讨伐队留下的记录，虽然揭开了宝相花之谜，可也绝了我们的指望，大裂子没有出口！

　　胖子说日军讨伐队那是军国主义的傀儡，能跟咱比？什么叫可上九天揽月，怎么叫可下五洋捉鳖？战天斗地的机会摆在眼前，不往前冲反往后退？大不了一条道走到黑嘛！红军两万五千里长征困难不困难，敌军围困万千重，飞机大炮追屁股后边打，草根树皮都啃不上，爬雪山过草地，五岭逶迤腾细浪，乌蒙磅礴走泥丸，多少艰难险阻啊！那不也一步一步走过来了？再者说了，出不去无非一死，伸脖子是一刀，缩脖子也是一刀，左右是个死，怕有什么用？即使能逃出去，不还是看庄稼混吃等死，多活几天少活几天，原本没什么两样。倒不如拼上这一条命，见识见识宝相花，那句话怎么说的？能在花下死，做鬼也风流！

2

我和胖子从没有过贪生怕死的念头，只是不想让尖果陪我们一同送命。尖果看出我们的担心，她说："上次在 17 号屯垦农场遇到狼灾和暴风雪，咱们一样坚持下来了，我相信只要团结一致，一定可以从这里出去。"我心念一动，宝相花四周伸展的蔓条可以将大山拱裂了，我们的背囊中还有好几捆土制炸药，如果进入洞窟，炸掉宝相花，说不定可以打开地缝，只是宝相花过于巨大，炸药不见得够用，是否可行还得到时候再看。至少在眼目前来说，这有可能是一条出路！

三个人商量好决定要一条道儿走到黑了，但是积水上涨得很迅速，水势也变得湍急起来，可见山上这场暴雨下得不小。地裂子走势东高西低，积水越升越高形成了暗河。我们只好加快脚步，用手拽住从石壁上垂下的藤条，在凸出水面的岩盘上落足，小心翼翼地往前移动，生怕脚下打滑掉入水中被激流卷走。

我们仨虽然都会水，可在乱流中一头撞上岩石，那也别想活命。大约走了三百步，从地势狭窄的岩裂中露出来的是一个覆斗型石窟，规模恢宏浩大，呈东西走势，两壁间隔三十余丈，洞壁陡峭笔直，棱角分明，裂痕如同一层层海水波涛，排列规则有序，整齐划一，犹如出自一人之手。我们登上一处斜倒在水中的巨石，用探照灯往前一照，水面上黑茫茫一片，但听水流之声"哗哗"作响，再往前已无落足之处。

胖子把脚伸到水中试探深浅，如果不是很深，或许还可以涉水前行，怎知那水面虽然宽阔，却湍急无比。他将腿往下一伸，险些被乱流带入水中。我和尖果赶紧将他拽上巨石，胖子吐了吐舌头："好家伙，暗流又深又急，我这么大的重心都立不住。"

尖果说："积水涨得很快，待在这里也不安全，咱们三个人互相拽着涉水而行，应该不会被激流卷走。"

我说："我看够呛，胖子那是多大分量，他脚上的昭五式军靴又是何等沉重，下到水中都站不住脚，可见地裂子落差很大，激流汹涌超乎想象，也不知几时才到尽头，咱们不能拿自己的小命冒这个险。"

尖果说："水势越来越大了，困在这只有死路一条，得赶紧想个法子！"

胖子说："有我在你担什么心，俩肩膀顶着脑袋是干什么使的？不想下五洋捉鳖还不简单，大不了从石壁上爬过去。"说罢他挎上村田22式猎枪，用步兵锹刮去石壁上的泥土，正想抠住壁上裂痕往前爬，却忽然停了下来，奇道："这是什么鬼画符？"

我和尖果上前一看，壁上有许多古老的岩画，那是一个个面目狰狞的怪物，半人半鬼，围绕一个宝相花图腾，四周还有些飞鸟游鱼一类的岩画，呈不规则排列。岩画上的鸟和鱼也十分怪异，或许应该说是形态原始，可能是灭绝已久的种类。尖果听屯子里的猎人说过，深山洞穴中有山鬼出没，岩画中的怪物是不是山鬼？胖子说："那全是胡扯，深山老林里连人都没有，哪儿来的鬼？"

我说："我之前也以为黑山头一带全是人迹不至的原始森林，可想不到会有一座辽代古墓，还有金匮的村子，要说这万年不见天日的大裂子中有什么山鬼，那也并不奇怪。"

胖子说："你真够可以的，那还不奇怪？你没听鄂伦春猎人们说吗？山鬼乃洞中僵尸，又叫什么山魈，吃活人也吃死人。要说僵尸吃活人，那倒罢了，居然还吃死人，僵尸不是死人吗？死人吃死人那成什么话？

你也是生在红旗下长在阳光里，怎么一脑袋迷信思想，居然把这些迷信传说当真！"

我无奈地说："我只不过说了一句，怎么招出你这么多话？"

胖子还没说够："我这不是替你担心吗？身为你的革命战友，看你的思想意识出现了问题，不让你悬崖勒马、迷途知返，我对得起你吗？"说话这时候，积水仍在迅速上涨。

尖果说："这里快被积水淹没了，你们能不能等一会儿再讨论。"

胖子对我说："你听听人家尖果是怎么说的，人家不催咱俩快走，而是问咱俩能不能等一会儿再讨论，这就叫对待战友如同春天一般温暖！可不跟你似的，别人刚指出你的问题，还没批判你呢，你就鼻子不是鼻子脸不是脸，迫不及待地展开了反批评……"胖子一向唯恐天下不乱，见人就乍翅儿，一旦有人跟他搭上牙，他那张小嘴儿赛过机关炮，突突两个钟头不带重样儿的。等到积水漫上来，我们带的枪支、炸药、干粮、火种可都得受潮，我哪有心思同他胡扯，让尖果跟在我身后，将马灯挂到武装带上，当先爬上石壁，刚要侧面移动，却被胖子拽了下来，我心说：你真是不知道轻重缓急，再不走可要变成淹死鬼了！

3

怎知一扭过头来，却见身后的胖子和尖果的脸色都变了，二人正仰着头，用手持探照灯照向石壁上方。我一看这二人的脸色，就知道情况不对，几乎是在同时，我鼻子中嗅到一股尸臭，急忙转过头去，但见一个全身有毛的东西，约有三尺多高，展开四肢从洞壁上飞速爬下。

它来得好快，一转眼就到了我面前，倒悬在洞壁上，别看这东西个头不大，抬起头来却有一张大脸，脸上没有毛，红一道儿白一道儿的，口中全是尖刀般的獠牙，一对怪眼金光四射，伸出一只爪子往我脸上挠了下来。我大吃了一惊，原来真有山魈，倒不是什么僵尸成了气候，可能是某种穴居猿类，由于长相十分恐怖，又一身腐臭出没于深山洞穴之中，很容易被当成鬼怪。

一惊之下，山魈的爪子已经到了，双方相距太近，我已经来不及躲避。它这爪子有如钢钩，纵然是皮糙肉厚的野兽也能一爪子挠倒。当时我心中一寒，以为我这张脸要被山魈挠下来了，不一定会死，可是脸都没了我还活个什么劲儿？早知道应该从棺椁中带出墓主人的黄金面具，那才挡得住这一下，问题是没有这个"早知道"！而我身后的胖子虽然有村田22式猎枪，但是挎在背后，仓促之际也来不及摘下，他张口大叫作势恫吓，以为可以将山魈吓走，却没起到任何作用。

我心中万念如灰，只好闭目等死，正在这电光石火的一瞬间，尖果急中生智，一抬手中的探照灯，一道强光打在山魈脸上。山魈发出一声怪叫，它常年在阴暗的洞穴中出没，目力异常发达，对光亮非常敏感，近在咫尺处让探照灯的强光照在脸上，刺得睁不开眼，急忙缩回爪子挡在眼前。我暗道一声：好险！尖果虽然在兵团接受过军事训练，但她性格柔顺，以往遇上危险，从来都是我和胖子、陆军三个人顶在前边，想不到这次会是她救了我一命！

说时迟那时快，山魈往后这么一缩，我趁机将军刀拔在手中，可是还没等我动手，胖子却已抢上前来，挥起步兵锹抡在山魈头上，打得山魈一声惨叫，一个跟斗掉进了水中，转眼被乱流卷得不知去向。暗河水位仍在上涨，几乎没过了三人的脚面。我们只得退上巨石顶端，三五丈高的一块巨石，此时还在水面上的仅有门板大小，过不了多大一会儿就没有立足之地了。

胖子见这水势惊人，才明白处境凶险，连说："快走！快走！水漫金山了！"我们进入地裂子之后，一直往西边走，虽然不知究竟走了多远，但我估摸着上边已经不是黑山头了。大裂子一直延伸到大兴安岭以西的荒原之下，这一带地势低洼，全是无边无际的沼泽湿地，腐臭的淤泥深不见底，遇上持续的暴雨会变成一个大漏斗。我们又刚好位于地层断裂带比较狭窄的位置，从洞壁上爬过去的速度再快，也快不过暗河上涨之势，想不下水是不可能了，但是暗河汹涌湍急，水性再好掉入水中也别想活命。如今情况紧急，容不得再想别的法子，只好行得一步是一步了！

我打了一个手势，招呼胖子和尖果快爬上去，怎知用探照灯往上一照，但见高处全是一对对金光烁烁的怪眼，原来附近的山魈不止一个，仅目力所及之处至少就有十几只。山魈形似猿猴，轻忽倏利，穴居于阴暗潮湿的地底，比较怕光，往来绝壁之上如履平地一般，可能常吃腐尸，因此身上有股子怪臭。长在地脉深处的宝相花，并非持续发光，它明暗交替，根据昼夜阴晴而定。此时暴雨如注，宝相花不再发光，大裂子又陷入一片漆黑，躲在周围的山魈都出来了！三个人困在巨石顶端，一侧是直上直下的绝壁，三面是湍急的暗河，根本无路可退，只好做困兽之斗。

胖子用他的村田 22 式猎枪，我和尖果则使用撸子手枪，往洞壁上乱打。有几个山魈被枪弹击中，直接掉入暗河，有几个爬到近前，也被我们用步兵锹打进水中，其余的山魈发出怪叫之声，引来了更多的同类，但听山魈在绝壁上呼啸来去，如同恶鬼哭号一般，使人不寒而栗。暗河水面越涨越高，转眼之间淹没了我们脚下的巨石，如果不是互相拉扯住，早已被激流卷入了暗河。

三个人绝望万分，与其被山魈生吞活剥，还不如让暗河卷走，凭身上的水性挣扎求生，也未必淹死，不过身上的东西太沉，不摘下来水性再好也没用！为了下水之后不至于淹死，关东军战车部队防撞帽、昭五式大头军鞋、枪支弹药武装带、步兵锹和军刀，还有行军水壶、土制炸药，乃至干粮，全部都得扔掉。没了这些装备，不在暗河中淹死也别指望出去了。舍不得扔下身上装备还在其次，三个人忙于对付从绝壁上下来的山魃，根本没有余地摘下装备。

混乱之中，我在晃动的探照灯光束下，瞥见暗河上游漂下黑乎乎一个东西。那是原始森林中的一根倒木，大约有几人合抱粗细，树干当中朽空了，浮在水面上沉不下去。机不可失，时不再来，我来不及犹豫，招呼一声胖子，伸手拽上尖果，三个人抱住从身边漂过的浮木，在暗河中起起伏伏随波逐流，迅速往地裂深处而去，转眼将绝壁上的山魃甩在了后边。三人筋疲力尽，一个个直喘粗气，全身上下都湿透了，一动也不想动，至于接下来是死是活，一切听天由命罢了。

4

我脑中昏昏沉沉的，抓住浮木的手不敢放开，恍惚中想起了祖父如何传授我《量金尺》秘本，我如何响应毛主席号召上山下乡到边疆插队，如何在17号屯垦农场开荒挖土啃窝头，如何跟同伴们包饺子，如何在火炕上胡侃乱吹讲《林海雪原》，如何在风雪中打狼，如何被一只狐狸带进辽墓，如何同胖子在黑水河蹲窝棚，如何吃榛子送来的苞米饭……浮木在暗河中忽上忽下，整个人一下子被抛上半空，又一下子坠入深涧，记忆中的一切变得模糊起来，仿佛全是上辈子的事儿了，距离已经无限遥远。

浑浑噩噩中没有了意识，不知过了多久才恢复过来，暗河流速已趋于缓慢。我将前边的尖果和胖子叫起来，打开探照灯往四下里一照，周围全是黑茫茫的水面，见不到两侧石壁，暗河流速虽缓，却还在持续往前流淌。我用行军罗盘看了看方位，仍是一直往西去。三个人说起之前的情形，真可以说是死中得活，世上的事从来都是吉中有凶、凶中有吉，人有逆天之时，天无绝人之路，若非水势猛涨，可通不过山魈出没之处。当年的日军讨伐队，可能就是全死在那里了。

我对尖果说："当时可真是凶险，多亏你用探照灯照在山魈脸上，否则我已经去见马克思了！"

尖果兀自心有余悸："好在躲过去了，我真怕万一……"

胖子却插口说："你放心好了，他能有什么万一，打小人嫌狗不待见，马克思愿意见他？"

他又对我说："如果暗河一直通往长出宝相花的大洞，咱仨在朽木上顺流而下，是不是不用走路了？你说炸掉宝相花的根脉，大裂子当真可以打开？"

我怕他得意忘形，便说："我可不敢保证，地裂子如此之深，不知宝相花会长在何处，况且炸开了也不一定出得去。"

胖子抱怨道："你要早这么说，还不如把炸药扔了，昭和十三式背囊没背在你身上，你是不知道有多沉，真他娘死沉死沉的，好悬没将我坠下暗河！"我一听这话是怎么说的，背囊里的炸药有多沉？沉得过他带的那块狗头金？

胖子身上的是昭和十三式背囊，大兴安岭的猎户大多捡过日军及苏军装备，比如军鞋、背囊、水壶之类，乃至于枪支军刀，十分坚固耐用，用东北话说叫"抗造"！日军装备多以年号命名，昭和十三年产的叫昭和十三式，简单直观。胖子这个昭和十三式帆布背囊，个头并不大，容量有限，装满了东西才有多沉？何况昭和十三式背囊中又没装什么，几个枪牌撸子弹夹、防爆探照灯的备用电池、三五个豆饼子、十几发村田22式猎枪的子弹、一大块狗头金，全是胖子一路上捡来的，途中也在不停消耗，之前他可没说过半个"沉"字。他一次可以吃三十个窝头，一个昭和十三式背囊，怎么会让他觉得太沉了？以至于暗河水势上涨之时，他从巨石顶端跃上浮在水中的朽木，几乎让背包坠得掉入暗河？

我不得不承认，正如胖子一直以来说的，我是个多疑的人。正所谓"说者无心，听者有意"，他随口说了这么一句话，倒是让我多心了，不知为什么，隐隐约约觉得不对！我转过头来一看，背囊让胖子扔在了后边，我想瞧瞧有没有他说的那么沉重，真要是太沉了，可以将那块狗头金扔掉，困在不见天日的地裂子中，狗头金还不如一块干面饼子有用，怎知我用手这么一拽，居然没将昭和十三式背囊拽动。我心想这不是奇了怪了吗？背囊当真如此沉重？里边装了什么东西？我所能想到的东西可不该这么沉，胖子半路上又捡了什么不成？是不是将村子里的狗头金全带上了？说过多少次——狠斗私字一闪念，怎么他还是不听，我不给他全扔河里去，他就不知道什么叫纪律！想到此处，我加了力气，再次去拽后边的昭和十三式背囊，可是一拽之下又没拽动！我已经感觉到了，不是背囊过于沉重，而是后边有个人抓住了背囊，不想让我将背囊移开！

进入辽墓的人不少，陆军在九尾狐壁画下死于非命，打猎的大虎在地宫中变成了腐尸，从黑水河过来的知青全让流沙活埋了，榛子或许命大逃了出去，盗墓的土耗子在殉葬洞窟中摔死了，死后还落个身首异处，仅有我和胖子、尖果三人一路至此，不会再有多余的人了，那是什么人躲在十三式背囊之后？我头一个想到的是山魈，可又一想不对，山魈不

211

该一直躲起来不动！此时我心中怦怦直跳，却还沉得住气没有立即声张，心想万一只是昭和十三式背囊带子挂住了，胖子岂不是又有话说了，我可不想再给他说嘴的机会。不过转念一想，应当不是我过于紧张草木皆兵、疑神疑鬼，胖子不是也抱怨昭和十三式背囊变沉了吗？在我们跃上朽木之时，昭和十三式背囊后边一定多了什么东西！

"宝相花"的光亮消失之后，四下里黑得如同抹了锅底灰，仅凭探照灯可看不见有没有人跟在身后，从17号屯垦农场闹狐狸开始，我们见到的怪事还少吗？想到这里，我让尖果将探照灯的光束转到后边，一手握住军刀，一手使劲拽开背囊。胖子和尖果不明白我要干什么，还没等开口动问，我已经将背囊扯到一旁，三个人见到昭和十三式背囊后的东西，都被吓了一跳，唬得面如土色，不是人也不是山魈，而是摆在棺椁中殉葬的童女！

5

大辽太后的棺椁之中有四个殉葬童女，全在外椁与内棺的夹层之间，两边各有一个，一个手捧青铜宝镜，一个手持青铜匕首，棺盖上面有一个捧长明灯的，墓主脚底下还有一个童女，项上挂有一个银牌，银牌上有"接仙引圣"四字。这四个殉葬童女，不过六七岁大小，皆为宫人装扮。细说起来其中讲究太多了，不提那三个，只说墓主脚底下这个，在葬制中称为接引童女，是给墓主人引路的，脸颊抹了朱砂腮红，身上绣袍上有莲花图案，红绿分明，小脚穿一双如意云头履，大部分已经腐朽发黑。盗墓的土耗子是为了"果实"而来，但是墓中并没有这个东西，此人扔下那么多奇珍异宝没动，也没动其余三个殉葬童女，却将墓主脚底下的接引童女带了出来，我完全想不出土耗子究竟要干什么。

辽墓玄宫东西两殿中也有殉葬的童男童女，作为给墓主开路的仪仗，埋在玄宫中殉葬的童男童女不下几十个，仅在棺椁中也有四个，墓主脚下这一个与其余的有什么不同？盗墓这个行当专掏老坑里的东西，大到陪葬的金玉之器，小到墓主口中的铜钱，上等椁板也值几个钱，却没人愿意掏死尸，带回家打板上香供起来？退一万步说，如果当真有鬼，该不会只有这一个小鬼儿，后来土耗子掉进殉葬洞死于非命，接引童女让他扔在石台上，我们虽然打开了装尸的麻袋，却摆在石台上没再动过。到了洞窟下边，探照灯的光束一晃之际，我分明看到殉葬童女在我面前，等我们再将探照灯转过来，却又不见了踪迹。而在当时的情况下，如果不是我往殉葬童女显身之处多看了几眼，也不会发觉那边可以出去。之前我可不敢说童女阴魂不散，给我们指出一条生路，甚至无法确定是不是我看错了。但在此时看来，殉葬童女非鬼即怪，它一直跟在我们身后！

胖子跃上朽木之时，殉葬童女从后边拽住了昭和十三式背囊，所以胖子才觉得背囊变沉了！他当时急于逃命，根本没有多想，后来随口说了一句，引起了我的注意。朽木浮在暗河上，仅在十三式背囊后边可以躲人，要不是我多长了一个心眼儿，当机立断将背包拽开，我们至今还不知道它在身后！真让人越想越怕，一股子寒意从脚底心直蹿上顶梁门——殉葬童女为什么要跟我们出来？

胖子吓了一大跳："娘了个大爷的，我怎么把这个小鬼儿背出来了？"尖果也吓得够呛，几乎将手中的探照灯扔了。我连忙接过探照灯，对准殉葬女童从头到脚照了一遍，探照灯的光束照上去有形有影，可见并不是鬼。鬼长什么样我也没见过，但据说在灯下无影，通常意义上是有形无质，乃怨煞之气所化，反正以前迷信的人都这么说。而殉葬的女童在我们面前，瞧得见摸得到，那么说不该是鬼。不过死了千年的殉葬女童，形骸已朽，面目都看不出了，怎么可能会动？真正让我觉得可怕的是——殉葬童女的行动还是有意识的，至少在我看来它是有意躲在我们身后，鬼知道它想干什么！

我寻思盗墓的土耗子是鬼门天师的传人，一双夜猫子眼擅于识宝，从棺椁中将殉葬童女带出来不可能没有原因，道门中人大多迷信——成仙了道必须躲过九死十三灾，殉葬女童在墓中千年，是不是多少得了些个气候，可以躲灾避劫？可要真有这等异处，盗墓的土耗子还会死得那么惨？又说什么上当了，上的是这个殉葬女童的当？

我一想到这里，更觉得心惊肉跳，是不是这个小鬼儿做了什么，使得土耗子没有在墓中找到"果实"，并且死于非命？我们能从殉葬洞中逃出来，也并非命不该绝，而是这个小鬼儿给我们指出了一条活路，我们是否也上了它的当，分明是断肠散却认作活人丹？一时之间我脑中的念头纷至沓来，胖子和尖果可没想这么多，仅见到殉葬童女躲在昭和十三式背囊后边，可也足够吃惊了，最可怕的是不知道这个小鬼儿要干什么。如果说存心害人，途中却没见它作祟；如果说它想躲在后边跟我们逃出去，那更不敢想了，按过去迷信的话来说——死人不该见三光，三光指日光、月光、星光，见了日光魂飞魄散，星月之华为阴光，见之可以变成飞僵。一个死在墓中上千年的殉葬女童，要借我们三个活人从墓中逃出去，这还了得？人死之后入土为安，入土不安即成僵尸，皆因人有三魂七魄，魂善而魄恶，入土不安是由于人死魄存，以至于尸身不朽，百年为凶，千年成煞。上千年的凶煞昼伏夜出，可以吞云杀龙，所过之处赤地千里，草木皆枯，天罗地网也无法格灭，唯有佛祖降世才能将它降服。

胖子口口声声说他不信鬼神，可在大山里插队，这类迷信传说也听了不少，何况殉葬童女又在他面前，由不得他不信了，纵然胆子够大，心里边也没个不发毛。殉葬童女虽然一动不动，但是癞蛤蟆跳到脚面上，不咬也吓一跳！他眼珠子一瞪，摘下背上的村田22式猎枪，看意思是想一枪崩了这个小鬼儿，再一脚踹下暗河！

第十六章　河中水鬼

1

胖子手持村田 22 式猎枪，要给对面的小鬼儿来上一枪，怎知枪支弹药都在暗河中浸湿了，到了这个紧要关头，又打不响了。三个人的枪牌撸子也在对付山魈之时打光了子弹，还没来得及取出背囊中的弹夹替换。我让他且勿焦躁，你往一个殉葬女童身上打一枪又能如何？把一个死在墓中上千年的干尸再打死一次，那有什么意义？如果这个死孩子真有道行，一杆老掉牙的村田 22 式猎枪也奈何它不得。我觉得殉葬童女来头不明，是否不怀好意还不好说，若不找出其中真相，将来必有后患！于是让胖子带好昭和十三式背囊，我们的干粮、电池、火种全在里边，万一掉下暗河，那可是想哭都找不到调门儿了。又让尖果接过探照灯，光束对准殉葬童女，同时取出背囊中的弹夹，给枪牌撸子装填子弹。我则挽了挽袖子，拔出军刀在手，壮起胆子凑到殉葬童女面前，准备看它一个究竟——在墓中埋了上千年的干尸为什么会动？

胖子在后边说："你可当心了，别让小鬼儿掐了你的脖子！"

我说："这小孩儿顶多三四岁，我上山下乡怀壮志，广阔天地炼红心，什么大风大浪没见识过，三十老娘倒怕孩儿不成？"

胖子说："你是三十老娘啊？这小鬼儿死了不下上千年，只怕道行不小，你可别大意了！"

不用胖子说，我这心里边一样发怵，真不想抬头去看殉葬童女长了水银斑的小脸儿。奈何形势所迫，不得不硬着头皮上前，当下将心一横，还是先用嘴对付，对殉葬女童说道："不知盗墓的土耗子是怎么想的，居然把你从墓中带了出来，又让我们仨遇上你，可谓缘分不浅，在殉葬洞中全凭你显身指引，我们才找到了出路。看你这意思可能是想跟我们出去，能有你这两下子，想必道行不小，然而你有所不知，你埋在墓中这千百年，世上早已天翻地覆改朝换代，不是你以为的那个年头了。我告诉你一个好消息，全世界无产阶级已经联合起来了，估计你同样是一苦孩子出身，否则也不至于让墓主当成顶棺陪葬的明器。如今压在穷苦人头上的三座大山都被推翻了，你死后有知，应当可以瞑目于九泉之下了！不如听我一句劝，趁早别出去了，三寸气在千般用，一旦无常万事休，既然已经死了，该放下的就得放下了，尘归于尘、土归于土、该上天的上天、该入地的入地，出去了你也没有地方待，顶多给你摆博物馆里，再给你扣个大玻璃罩子，那还不如这地儿舒服呢！忠言逆耳利于行，良药苦口利于病，咱好不容易遇上了，又挺对脾气的，我才劝你两句，你听我良言相劝还则罢了，要是胆敢出什么幺蛾子，我们仨可容你不得！你能耐再大，对付得了我们？"

胖子听不下去了："你可真能吹，牛都让你吹上天了，咱的队伍几时扩编到八百万了？"

我往后一摆手，让胖子不要插口，我只不过是信口开河吓唬这个小鬼儿，你不给它唬住了，它如何能够善罢甘休？然而殉葬童女立在原地，任凭我说了半天，仍是动也不动。胖子说："咱是不是想岔了？八成又是自己吓唬自己，不如给它来个干脆利索的，一脚踹进河里喂王八！"

胖子说得简单，这一脚我可踹不出去，一旦让它咬了如何是好？殉葬童女不可能不会动，分明是它拽住了昭和十三式背囊，不想让我们见到它躲在后边，这其中没鬼才怪！何况朽木在暗河中起起伏伏，我们仨大活人都得半趴着，殉葬童女一个干尸怎么可能立而不倒？我一想该说的我也都说了，已经做到了仁至义尽，殉葬童女来头不明，不将它扔下河去，迟早还要作怪！

打定主意，我提起军刀插在鞘中，双手握住了刀柄，用顶在前边的刀鞘去拨殉葬童女，想将它拨到河中。此时此刻，不仅我屏住了呼吸，我后边的尖果和胖子也很紧张，一口大气都不敢喘。尖果的探照灯一直照在殉葬女童脸上，胖子那边已经将手枪子弹顶上了膛，随时可以开枪，另一只手握住了步兵锹。说话这时候，我手中的刀鞘也伸过去了，之所以用刀鞘不用刀，是为了留下余地，不至于损毁尸首，以老时年间的话来说——小鬼儿难缠，一旦让小鬼儿缠住，不死也得扒下一层皮，原样打发走了才是。再说刀鞘刚伸过去，殉葬童女的脸突然动了一下，两只眼睁开了！

2

在探照灯的光束之下，殉葬童女二目有如两个黑洞，从中射出两道光。我虽然有所准备，却仍出乎意料，殉葬童女在墓中埋了上千年，脸

218

上已经长出了水银斑，面目发黑，身上绣袍比铜钱还硬，居然还可以睁眼？我一怔之下，殉葬童女一抬手抓住了刀鞘，它手上指甲很长，攥在刀鞘上发出刺耳的声响！

我心中暗道一声"糟糕"，僵尸可不同于山魈，不长毛的僵尸可比长毛的还厉害。自古以来有黑凶白凶之说，长毛的死尸在民间称之为"凶"，那是比较常见的，百年成凶千年成煞，有了千年以上的道行，才会显出原形，面容如同活人一样，并且可以口出人言，那可了不得了！

辽墓中的棺椁和死尸不下几十上百，为什么仅有这个殉葬女童有了道行？它有什么不同之处？我听我祖父说过"墓中千年僵尸皮肉近乎铜甲"，村田 22 式猎枪都打不了，以道法方可降服！什么叫道法？道门中对付僵尸的法子，比如画符念咒，比如用朱砂碗倒扣在僵尸头顶上，另外据说盗墓的还有阴阳伞可以收僵尸。民间俗传僵尸也怕棺材钉，那都是一尺多长的大铁钉，年头越老越好，百年僵尸怕千年棺材钉，一千年的僵尸怕一千两百年的棺材钉，让棺材钉戳到，即可折掉一百年道行，钉一下驱魄，钉两下灭形，所以盗墓的都带一两枚老棺材钉。你要看到有人身上揣了一枚黑沉沉的老棺材钉，不用问一定是个扒坟掘墓的土耗子。当初 17 号农场经历风雪狼灾，一只狐狸将我们带进墓中，见到一个死在墓道中的土耗子，那人身上不仅有玉玦护身，还有一枚棺材钉，可见此说并非谣传。我后悔没在墓中撬一两枚棺材钉出来，那还怕什么殉葬的童女？但是我没有朱砂碗、桃木剑，也不会画符念咒，一旦让僵尸扑住，如何脱得了身？

我急忙往后拽这刀鞘，连拽了两下，竟没拽动。朽木在暗河水流中摇晃起伏，胖子让我挡在身后，不敢轻易开枪。他一时心急抢上前来，抓住了刀鞘一同往后拽。二人一使劲，这才连刀带鞘拽了过来，可是用力过猛，收不住势了，军刀掉下了暗河，人也几乎一个跟头落入暗河。

胖子翻身而起，手中的枪牌撸子已经对准了殉葬童女，勃朗宁 M1900 型手枪不是吓唬猫的，使用 7.65 毫米子弹，即使有了道行的千年僵尸，脑袋上挨两颗"黑枣"，也可以打出两个窟窿！

可是正当此时，暗河转为湍急，撞上了一块凸出水面的岩石，"咔嚓"一声响，朽木前端被撞掉了一部分。三个人猝不及防，连同那个殉葬童女全被抛上了半空。胖子举枪正要打墓中的千年僵尸，突然间被抛了上去，险些将他甩进暗河，只好扔下手中的枪牌撸子，使用步兵锹挂住朽木上的一根枝杈，下半身已经落在了水中。我和尖果见胖子情况危急，立即抓住他的背囊，拼了命将他拽将上来。地裂子至此骤然收紧，暗河走势急转直下，水流汹涌无比。我们伫稳住了身形，再用探照灯照过去，照见殉葬童女仍在我们对面，两手指甲挠住朽木，正在缓缓爬向我们！

三个人脸对殉葬女童，背后是朽木前端，整个身子倾斜下坠，抓住了枝杈不敢松开。胖子接过尖果的枪牌撸子，抬手打了两枪，双方相距虽近，但是晃动剧烈，子弹不知打去了什么地方。晃动的探照灯光束中，一脸水银斑的殉葬女童已经到我面前了！我心寒股栗，可抱住了朽木不敢松手，身后边是胖子和尖果，无处可以躲避，只好让胖子将他的步兵锹给我。我一只手接过步兵锹，对准殉葬童女的头拍了过去。没想到殉葬童女往前一纵，从我头顶上跃了过去。我看出殉葬童女要扑向尖果，一只手用步兵锹钩住枝杈，另一只手往上一伸，抓住了这个墓中干尸的一只脚。殉葬童女两只小脚上穿有"如意云头履"，这是一种宫女的绣鞋，鞋尖上有卷云纹装饰，如同脚踏祥云一般，埋在墓中千百年，绣鞋已经变得黢黑，上边的纹饰都看不出了，摸上去有如粗麻，使劲一捏可能都会碎掉。

暴雨引发了山洪，宝相花的蔓条不再发光，巨大无比的地裂暗河中，仅有探照灯的一道光束晃来晃去，周围全是一片漆黑。我伸手抓住了一只小脚，心说：可让老子逮住你了！立即顺势往下一甩，想将这千年干尸扔入暗河。地裂深处的暗河水势湍急，全是乱流漩涡，大罗金仙掉下去也别想再上来。不过按迷信的话来说，僵尸埋在墓中，在五行上占个"土"字，土能克水，河中的老龙也斗它不过，它甚至可以吸尽水脉。

可在情急之下，我也理会不了那么多了，使尽全力往下甩去，刚抡到一半，手上忽然一轻，仅有一只如意云头履连同绣袍还在我手上，里边的殉葬童女却已挣脱出来，翻身一滚，落在我的对面，一只手抠住朽木，另一只手往它头顶上一抓，一把扯掉了脸皮。我们仨没想到千年干尸还有这么一招儿，心中无不骇异，而尖果的探照灯光束投在对方的脸上，但见殉葬童女皮囊之下，竟是一个小老头儿，一张树皮似的怪脸，二目异常明亮，身高比不过三岁孩童。他被探照灯晃得睁不开眼，只好用手去挡光束，手心中分明有一个朱砂八卦印记。

3

我直至此时才明白过来，一路躲在我们身后的根本不是殉葬童女，而是一个盗墓的土耗子！之前有两个打猎的，冒充成哥儿俩，一个叫大虎一个叫二虎，二虎是个盗墓贼，大虎则是他带的一个傀儡行尸。二虎行迹鬼祟，一直背了一个大口袋，我原以为那里边是装东西的，其实是带了一个老盗墓贼，此人应当是二虎的师父或长辈，多半经验非常丰富或者有什么别的能耐，反正二虎全听这个老土耗子的。不过老土耗子身材短小，而且年迈老朽，又不愿以真面目见人，因此躲在一个大口袋中，让二虎背上他到处走。

　　老土耗子告诉二虎，墓中有个什么果实，二虎钻进棺椁去找。当时正好我和胖子、榛子也进了椁室。老土耗子一看有人来了，便立即躲在一旁，没有让我们见到。等我们再次进入放置棺椁的正殿，二虎已经背上老土耗子逃入了暗道。老土耗子意识到进入辽墓的人不少，怕有人见到他的真面目，躲进暗道之前，又从墓主棺椁中掏出一个殉葬童女，借了这一身皮囊装裹，仍让二虎背上他往外逃。如此一来，即使有人打开口袋，也会误以为只是一个殉葬童女。我们三个人追出来，还真让这个老土耗子唬住了，想不出二虎为何会从墓中掏出一个殉葬童女，于是将口袋摆在石台上没有动。二虎这个倒霉鬼，却掉进殉葬洞摔死了，临死之时还在抱怨——上了老土耗子的当，墓中根本没有"果实"！老土耗子扮成的殉葬童女，则跟在我们身后一路逃出辽墓，进了这个长有宝相花发光蔓条的大裂子，怎知降下暴雨，山洪猛涨，我们仨趴在一根朽木上在暗河中顺流而下，到了这会儿老土耗子也躲不住了，不得不显身出来。

　　此时暗河流势稍有缓和，我咬了咬牙，握紧手中的步兵锹，正想一锹将老土耗子拍下暗河。老土耗子一边挡住刺目的探照灯光束，一边阴恻恻地说道："且勿动手，老夫有一句回天转日之言相告！"

　　我们对这老土耗子恨之入骨，不是土耗子要进辽墓盗宝，唆使我们去摘壁画上的"黄金灵芝"，陆军不会死于非命，其余的知青也不会因为来找他而被流沙活埋在墓中，我和胖子、尖果三个人同样不会陷入这个万劫不复的大裂子，没死也扒下一层皮了。而扮成殉葬童女的老土耗子正是祸头，我们好悬没让他吓死，有仇不报非君子，不将他踹进暗河喂王八，如何出得了这口恶气！我不容分说抡起步兵锹正要动手，老土耗子却对我说："当年在老鼠岭上打天灯那位爷是你什么人？"

222

我听他说出这句话，不由得怔了一怔，心想老土耗子认得我祖父？当初我祖父在老鼠岭上打天灯，得了一张玄狐皮，又听信了一个画阴阳八卦的火居道怂恿，前往鬼门河盗墓取宝。那个画阴阳八卦的火居道，手上有八卦印，应当也是个鬼门天师，那是好几十年前的事了，即使老土耗子身为鬼门天师，对旧事有所耳闻，也不会一见了我的面就提到我祖父。

我心中暗暗吃惊，当年跟我祖父拜过把子一同去鬼门河盗墓的火居道，却是此人不成？不过画阴阳八卦的火居道已经死在鬼门河了，况且据我祖父大少爷说，那个火居道身材魁伟，而这个老土耗子枯瘦短小，如同活转过来的棺材钉，怎么可能会是同一个人？我一时忍不住好奇，想听一听老土耗子会说什么。暗河汹涌湍急，量这厮也飞不上天去，只要不是千年僵尸，我还怕一个老土耗子不成？于是用手中步兵锹一指老土耗子，说道："在老鼠岭上打天灯的是我祖父，如若不是野鸡没名草鞋没号，你也留个名号在此！"

老土耗子一阵狞笑："原来真是故人之后，怪不得十分相似，你小子可比你祖父那个窝囊废胆子大多了。老夫是你祖父结义的兄长，按辈分说你该称我一声干爷！"

我可不信他这番鬼话，骂道："去你大爷的，我爷爷可不认得你这棺材钉似的老妖怪！"

胖子说："套近乎也没用，你今儿个把他爷爷从八宝山搬出来，我们也得让你下河喂王八！"他又在我身后低声说："你爷爷当年可没少跟牛鬼蛇神打交道啊！在这儿还能遇上熟人？"

我也纳了一个闷儿，我祖父将我从小带大，他的经历给我讲了不下八百六十遍，我怎么从来没听他说过认得这么一位？

4

老土耗子见我不信，又说出一番话来。原来当年那个火居道扮成一个画阴阳八卦的，在坟中给人画八卦糊口，却有一双道眼，擅于望气，怎么个望气？按道门里的话说——"宝气腾空，辨丰城神物"。这是一个典，说是以前有会道法的人，望见斗牛之间有紫气，认定丰城埋了宝剑，后来真从丰城下挖出一个石匣，打开来光气异常，匣中有双剑，剑上刻了名字，一柄曰"龙泉"，一柄曰"太阿"，没出土之时，有道眼的人已经看出来了。

火居道为什么有这个本领？这个话得往前说了，仍与鬼门河有关。相传此河乃禹王治水凿出来的，为了给黄河泄洪，这条河一直凿到了大山深处，与山涧、暗河相通，宽处十丈有余，绵延几百里，深不见底，水流湍急，暗流漩涡遍布。夜晚河面上常有异响传出，有时仿佛千军万马，如阴兵过界。

因为通着黄河，水中时有大鱼出没，老早以前，有这么一位壮士，就在鬼门河上射鱼为生，射猎有射狐狸射兔子的，他却射鱼，世上再没别人有他这两下子了。以前有这么一句话"木匠长、铁匠短"，那是说干木匠活儿，能做长了不做短了，做长了还能往短处改，做短了可就不好往长里加了；铁匠干打铁的活儿正相反，往长了打容易，所以是宁短不长；再比如厨子是能淡不咸。总之各个行当都有规矩有门道，也有各个行当的秘诀。这位爷如何射鱼？撑一叶扁舟到河上，窥见什么地方有大鱼，弯弓搭箭射下去，死鱼带箭浮上水面，他再以挠钩将鱼捞上来，开膛破腹收拾好了，拎到市上叫卖，祖宗八代全是吃这碗饭的。

射鱼的也是爹娘所生，却有两件事，旁人都不及他。头一件，射的箭叫分水箭，这可是一宗宝物，从分水龙王庙中取出来的，三支箭一张弓均以玄铁打造，箭尾至箭头拧花向上，一气呵成，比一般的箭重上十倍不止，用好了威力无穷，透水穿波，非比寻常。拉弓射箭必须要臂力过人，否则弓拉不满，箭的威力也就打了折扣，而这张玄铁弓，没有两膀子力气可拽不开，所以打刚会走路便开始训练臂力。除了臂力以外，还要练准头儿，夜里点一根香，别人拿着晃，自己用眼珠儿追着看香头儿看，一来二去苍蝇打眼前飞过都能分得出公母。第二件，他在河上能够看见河底的鱼，因为射到大鱼之后，拎上来开膛，有时会剖出鱼珠，鱼珠无光，不值几个钱，却可以明目，所以他目力惊人。射鱼的有这等本领，一天却只射三箭，从来不多射。因为过去的人讲究留有余地，射鱼的也一样，指望这条河吃饭，为了多挣几个钱，把鱼都射死了，以后还怎么吃这碗饭？所以他一天只射三箭，箭无虚发，日出而作，日落而息，与世无争，活得倒也自在。

有一天射鱼的做了个怪梦，梦见有人扣门，他起身打开门，见进来一个黑脸大汉，身穿黑袍，足登黑靴，往脸上看，黑中透亮亮中透黑，一副黑钢髯如烟熏的金刚、火燎的罗汉一般。射鱼的吓了一跳，莫非是来了强盗响马？正寻思怎么保命，没想到黑脸大汉二话不说拜倒在地，口称："恩公救命！"

射鱼的不明其意："这位壮士，你是不是认错人了？我一个射鱼的，只会使弓箭射鱼，以这个养家糊口，此外一无所长，如何救得了你？"

黑脸大汉说："恩公容禀，明日里你到河上射鱼，会见到一个大漩涌，那便是我的冤家对头，恩公不要多问，只须朝漩涌中连射这三支分水箭，便可救我于水火。"说罢不见了踪迹，射鱼的一惊而起，方知是南柯一梦，心下暗觉奇怪。转天又到河上射鱼，好端端的晴天白日，突然之间来了一阵乌风急雨，河中当真出现了一个大漩涌。射鱼激灵灵一个冷战，想起了昨晚梦中之事，顾不得细琢磨，急取壶中箭，忙拔紫金标，拉开一个架势，前手攥着弓背，后手拉开弓弦，分水箭搭弦认扣，那真叫弓开似满月，箭去如流星，说时迟那时快，往河上这个漩涌之中"嗖、嗖、嗖"射了一个三箭连珠。

说也奇怪，霎时间雨收云退、日照当空，河上的大漩涌也不见了。射鱼的满腹疑问回到家中，当天夜里又梦见那个黑脸大汉，进门磕头叩谢大恩。射鱼的一头雾水，起身相搀，问对方究竟是什么人？黑脸大汉却道："三天之后三更时分，恩公到河边等候，我当有重报。"说罢踪影皆无。

射鱼的出于好奇，按时辰来到河边，虽是夜半三更，好在一轮皓月当空，倒也看得见路，忽然一片乌云遮住了天上的月光，那个黑脸大汉从河中走出来，又对他下拜。射鱼的一看吓了一跳，心说这位是什么人啊！怎么从河里出来了，而且上来以后身上连个水珠儿都没有，这是神仙啊！便壮着胆子问道："阁下何许人也？"

黑脸大汉说道："恩公见问，不敢不如实相告，之前没说，也是怕惊了恩公。实不相瞒，我乃沉尸河底多年的水鬼。"

射鱼的听见"水鬼"两个字，吓得头发都竖了起来，抹头要跑。黑脸大汉连忙说道："恩公切莫惊恐，我岂敢加害于你，只因我在这鬼门河底多少得了些个风云气候，无奈劫数到了，将受天罗地网格灭，河上那个大漩涌，却是上天派下来的一条老龙，全凭恩公三箭射死了老龙，才使我躲过这一劫！"说罢了这番话，黑脸大汉一招手，又从河里上来三个水鬼，将射鱼的那条船推走了，一炷香过去，推上来一船金珠宝玉。

黑脸大汉说："恩公取了这一船金珠宝玉，尽可享受一世荣华富贵。"

射鱼的半天没缓过神来，看了看这一串的金玉却摆手相拒。他现在是要多后悔有多后悔，肠子都快悔青了，早知黑脸大汉是沉尸河中的水鬼，他绝不会射那三箭，射了三箭不要紧，射死的可是一条龙，黑脸大汉是躲过了一劫，这个报应迟早会落在射鱼的头上。他积祖在河上射鱼为生，不争名不夺利，虽然没有锦衣玉食、高官厚禄，却有一口安稳饭吃，没想到惹下这么大一个祸头，射杀老龙，得的了好吗？说不定哪天一个天雷就给自己劈死了！

黑脸大汉见射鱼的不要金珠，知道他心下的担忧，也自觉心里有愧，只好另寻他法，说当年有一头灵龟从鬼门中驮出一个石函，内有一卷无字天书，不想撞在一艘大船上，龟死船沉，一同落在了鬼门河底，沉船下的无字天书至今仍在。大恩大德无以为报，我下河将天书取上来，天书虽名无字，实乃金符玉篆，撮壤成山、画地为河、移天换月、兴云致雨、飞沉在意、隐纶无方、坐知过往、洞见将来，但是石函却开不得，无字天书中的内容也看不得，否则遭的报应可比射死老龙大多了。因为妄窥天机，必遭天报，吃五谷杂粮的人命浅福薄担不住。恩公带了无字天书回去供于宅中，每年八月初三，披散了头发，口中衔一柄尖刀，登上屋顶檐脊，望北斗七星下拜，立誓不曾窥觑天书，可保子孙三代平安无祸。

黑脸大汉说完话，命三个水鬼下河抬出沉船，然后自己下去捧上来一个石函交给射鱼的。说是石函，却有如一块整石，方方正正，无盖无缝，通体黑色泛着寒光，上面刻了密密麻麻的符箓。射鱼的接过来晃了晃，里面确实有东西。按照黑脸大汉的话，半信半疑将石函捧回家中供奉起来。这个传说在民间称为"鬼门得道"，因此又将无字天书称为《鬼门天书》。射鱼的在鬼门河得了天书，仍甘守清贫，在河上射鱼为生，也从未曾打开过石函，后来寿活八十，无疾而终。打从这儿起，石函中的一卷《鬼门天书》一直在射鱼的后人手上代代相传，此乃后话，按下不提。

再说这个火居道，原是洛阳城中一个要饭的小乞丐，赶上荒年讨不来饭，饿急了只能挖蚯蚓、蝼蛄、蜘蛛、蜈蚣等各种毒虫充饥，以至于慢慢地眼前长了一层翳，什么都看不见了。睁着俩眼都找不着饭辙，何况瞎了呢，如此过了几年，差点儿没饿死。最后他一狠心，自己割开了翳，竟长出一双道眼，可以辨物识宝。又因机缘巧合，让他偷看了两三页《鬼门天书》，从此通晓了道法，便扮成个画阴阳八卦的火居道四处行走，寻找机会取宝发财。

那一年他看出了大少爷家有宝物，可助自己成就大事，便跟大少爷拜了把子，一同去鬼门河取宝，没想到失手落入河中。大少爷以为火居道有死无生，无论如何也活不成了。万没想到此人身上穿了大少爷打下的玄狐衣，乃是避水的宝衣，竟让他死中得活，又从河底下出来了。人是出来了，却中了一个蛊咒，还是失传已久的"缩尸咒"。中了这个蛊咒，身子会逐渐缩小，什么时候身子缩没了，命也就没了！

火居道想尽了法子，延迟蛊咒发作，又凭偷窥过两三页《鬼门天书》，收下许多门人，自封为"鬼门老祖"。他手下的门人充为天师，以画符念咒降妖捉怪为幌子盗挖古墓，从此世上才有了鬼门天师，以前并没有。但这几十年来，鬼门老祖的身子越缩越小，受尽了缩骨之苦，真可以说生不如死。

后来不知从哪听说上古有佛花，可照十方世界，佛花结出的果实，可以使人了脱生死，过去的盗墓贼手上大多有《陵谱》，什么墓在什么山，什么陵埋了什么东西，其中均有所载。《陵谱》有真有伪，不乏捏造胡编的，里边的内容不可尽信，但这对于鬼门老祖来说，无异于抓住了一根救命稻草。根据《陵谱》中的记载，大辽太后的墓中有佛花，不过那座辽墓以山为陵，玄宫位于山腹之中，深埋大藏，使盗墓贼无从下

228

手，又因年代久远，已经没人找得到了。解放后老土耗子为了避风头，躲在深山老林中不再出来。

5

直到 1968 年，边境上的 17 号屯垦农场发生狼灾，又有百年不遇的暴风雪袭来，我和胖子、陆军、尖果四个人走投无路，让一只大狐狸带进一座墓室，墓砖上皆有宝相花的图案，并有九尾狐壁画，而且在壁画上方长出了黄金灵芝。我们在墓中躲过狼灾和风雪，出来之后无意中走了口风。一来二去传到了老土耗子耳中，他听出这里边大有蹊跷，按葬制大辽太后等同至尊，应当埋于九室玄宫，可见九尾狐壁画墓不是真正的玄宫，推测这壁画后面必有玄机。

于是让他门下一个土耗子，扮成打猎的二虎，到上黑水河找我们带路。另一个打猎的大虎，则是长白山上的猎户，让土耗子害了性命，当成一个可以用于脱身的傀儡。没想到我和胖子没上当，土耗子碰了一鼻子灰，只好又去下黑水河找陆军，许下很多好处，又放蛇咬了尖果。陆军平时挺机灵，却让土耗子唬住了，不仅收下了特级战斗烟，还真以为墓中的黄金灵芝可以起死回生，为了保住尖果的性命，这才叫上我和胖子，一同上了黑头山，下了大辽太后墓。

我们几个人在前边走，土耗子背上鬼门老祖，一路在后边跟了进来。怎知墓中并没有宝相花，之所以有那些壁画图案，是因为玄宫下有个大裂子，其中有许多古老的岩画，描绘了"太阳的果实"。岩画不下几千年了，不知是什么年代的古人所画，而且这个大裂子太深了，下去的人没一个上得来，包括棺椁中的墓主大辽太后在内，没人见过深处有什么东西。后来整座九室玄宫被流沙埋住，土耗子二虎掉下殉葬洞摔死了。老土耗子见没了出路，不得不躲在我们三个人身后，一直往地裂深处走，我到了暗河上才将他揪出来。

他说一来没想到地裂子如此之深，二来没想到宝相花如此之大，居然是长在地脉尽头的聚光之花。生死富贵，人各有命，之前死的那几个人，大抵命该如此。自古道"冤仇宜解不宜结"，我祖父跟他是结拜的兄弟，双方又一同陷在深不见底的大裂子中，斗下去两败俱伤，同心戮力或许还有一条生路，何必分个你死我活？他虽然中了缩尸咒，身子短小行动不便，又上了年岁，但是当了那么多年盗墓的土耗子，鬼门老祖这个称呼不是凭空而来，如果我们三个人摒弃前嫌听他指点，大裂子虽深，却也困不住我们。不仅如此，说不定还可以找到宝相花，得了好处四人均分！

我心知肚明，老土耗子走投无路了才说出这番话，吃盗墓这碗饭的土贼，向来见利忘义，头里说得好好的，后手又在背后捅刀子，信了他这番话，死都不知道怎么死的！何况双方结下的是死仇，多少条人命在里面，这是解不开的梁子，别说什么当年跟我祖父拜过把子，那还不是为了我祖父打下的玄狐皮？

双方说话之时，暗河涌入了一个更大的岩裂，水势相对平稳。我一看机会来了，别再听老土耗子说这些鬼话了，对方又何尝不明白我们不会善罢甘休，说这番话稳住我们，多半是想伺机发难，当即对胖子使个眼色，二人各持步兵锹，上前来捉老土耗子。老土耗子问道："尔等当真要去了老夫不成？"

胖子说："你要是不想下河喂王八，趁早跪下求饶，然后束手就擒，我们将你塞进背囊，带出去再毙也不是不可以。"

老土耗子双目贼光闪烁，说道："鬼门老祖道法通神，岂能被尔等活捉！"

我和胖子可不将这老土耗子放在眼中，你不下河喂王八，还逃得上天吗？正在此时，老土耗子抬手扔出一个东西。我用步兵锹一挡，发出"当啷"一声，心知是殉葬童女身上挂的银牌，而对方趁机往上一蹿，居然没再落下来。我们仨转头望向四周，都没见到老土耗子的踪迹。忽听半空中传来一阵狞笑之声，尖果忙用探照灯往高处照，三人一抬头，但见老土耗子悬在高处，背上长出两对透明膜翅，如同一只大蜻蜓似的，在地裂子中越飞越高。

第十七章　巨脉蜻蜓

1

高处黑茫茫的一片，老土耗子在探照灯光束下一晃而过，转眼看不见了。我们三个人目瞪口呆，鬼门老祖是什么东西变的？怎会肋下长出透明膜翅，一下子飞上半空？等到想起要用手枪去打，哪里还有老土耗子的踪迹？

三人骇异无比，虽然鬼门老祖在深山老林中躲了很多年，身子越缩越小，又有些个匪夷所思的手段，却仍是肉身凡胎，如何有此等神通？据说以前的道法中有飞天遁地之术，念动天罡咒，可以腾身步月、穿墙入地，千叫千应、万叫万灵，民间一直有这样的传说。我们虽然听说过，却完全不信，当年有这么句话"画符念咒易信，白昼飞升难信"，自古以来有几个人见过？

鬼门老祖的字号挺唬人，说穿了只不过是一个盗墓扒坟的土耗子，虽说会些个旁门左道的妖法，也不过幻人耳目罢了，怎么会有这么大能耐？你拧下我的脑袋我也不信！正所谓"手大捂不过天，死狗扶不上墙"，我的直觉告诉我——这其中一定有鬼！老土耗子要是真能飞上天去，还用跟我们叨叨那么半天？他不惜掏出老底儿稳住我们，准是为了寻找机会脱身。换句话说，老土耗子之前不是飞不了，而是在等一个可以飞上去的机会！我让胖子和尖果千万当心，地裂子太深了，暗河水势惊人，不知老土耗子躲去了什么地方，周围危机四伏，可能会有意想不到的情况发生！

三人立即检查了一遍装备，胖子身上有昭和十三式背囊和猎枪，我和他一人一柄步兵锹，探照灯在尖果手上，她还有一支枪牌撸子，其余的东西全没了。我们正暗暗发愁，忽然发觉有个很大的东西挂动风声从头顶上掠了过去。三个人以为老土耗子又来了，尖果赶紧将探照灯抬高，照到一只大得吓人的蜻蜓，两对透明的膜翅展开，不下五六尺长，一对灯笼般的复眼，让探照灯的光束一照发出绿光，下边是一条黄绿相间的长尾。早在 1880 年，已有法国探险家在一处洞穴中，发现了巨大的蜻蜓化石，灭绝于久远的史前，将之命名为巨脉蜻蜓，巨脉是指翅脉，又叫巨尾蜻蜓。而在明朝末年，一位士人为了躲避战乱，误入江西青龙山的溶洞，见到洞中有老杆儿，大如车轮，"老杆儿"是民间对蜻蜓的一种俗称，老时年间都这么叫。但由于是野史中的记载，后来没人当真。当时我们不知道什么叫巨脉蜻蜓，一抬头见到这么大的蜻蜓从半空掠过，心中皆是一惊，同时明白过来——老土耗子一双夜猫子眼，瞧见有巨脉蜻蜓从头上飞过，往上一跃拽住了大蜻蜓，将我们扔在了暗河上。

正是由于宝相花的存在，让地下世界形成了一个与世隔绝的生态系统，才孕育出这么大的蜻蜓，因为没人见过，不知道这东西吃不吃人。三个人不敢让它接近，挥动步兵锹和探照灯，赶走了头顶的巨脉蜻蜓。

此时地裂中的宝相花蔓条正在隐隐发光，只见许多巨大的蜻蜓，成群结队地从暗河上掠过。

暗河上的巨脉蜻蜓，越往前去越多，我和胖子正看得吃惊，尖果惊呼了一声："不好！"二人低下头来一看，探照灯光束下仅有一片虚无的漆黑，但听得阴风惨惨，前方湍急的水流都不见了。原来穿过地裂的暗河伏流，在此成为了一条悬河，从裂开的岩层中直坠而下。三个人倒吸一口寒气，急忙收好探照灯和步兵锹，紧紧抱住朽木，在惊叫声中一同掉了下去，霎时间天旋地转，我还以为会这么一直往下掉，朽木却已扎入深不可测的水中，随即又浮上水面。

我们仨呛了一肚子的水，却仍死死抓住朽木，扒在朽木边上好一阵头晕目眩，四肢百骸仿佛脱了扣，挣扎了半天也爬不上去。胖子用脑袋顶住我的屁股，使劲把我托上朽木。我再将尖果拽上来，我们又费了九牛二虎之力，才把胖子拽上来。三人又趴了一会儿，吐出不少黑水，这口气才喘过来，一摸身上的装备，好在昭和十三式背囊、猎枪、步兵锹、探照灯仍在，不过背囊中的干粮、炸药全湿了。

我抬起头举目四顾，似乎掉进了一个地下湖，地裂中的暗河宽阔汹涌，但是坠入的这个巨大黑洞，仅如同一道悬在万丈岩壁上的白线，洞穴顶上藤萝倒悬，下来容易上去难。而地裂子不止一道，宝相花的蔓条往四面八方延伸，周围至少还有七八道，我们进来的大裂子仅仅是其中一道。我恍然意识到，墓中壁画那个眼珠子形的标记，不仅是宝相花的图腾，还与这里的地形相同。宝相花庞大的根脉淹没在湖底，长出千百根蔓条拱裂了四周的岩层，隐隐约约发出光亮，不时有巨脉蜻蜓从头顶掠过。洞穴中的地下湖非常之深，一是人下不去，二是无法使用炸药。我之前设想的计划根本不可能实现，无奈只好划水向前，进一步探明所处的地形。突然之间水面上起了一片水花，我们转头望去，似有一个庞然大物在湖中游弋，并且正往我们这边而来。三人不敢怠慢，忙用探照灯四下里一照，见不远处有一块巨岩高出水面，立即以步兵锹划水，使朽木接近那块巨岩。我纵身上去一看，周围还有很多或高或低的岩盘，层层叠叠壮观无比，一眼望不到头，水底下似乎有一大片古老的遗迹！

2

周围的岩层由于水流侵蚀，又被厚厚的泥土和枯叶覆盖，几乎看不出原来的样子了。我们来不及多看，握住手中的步兵锹和探照灯，均是如临大敌，紧张地望向水面，地下湖却又恢复了沉寂。

宝相花往四面八方伸出的蔓条以及根脉，都在隐隐发光，不过水面上漆黑无光。胖子问我："刚才水里那是个什么？"我当时也没看清，不过感觉这东西小不了！常言道"山高了有灵，水深了有怪"，长出宝相花的洞穴深不见底，水面上的巨脉蜻蜓大得可以吃人，如果说这水底下有什么庞然大物，那也并不奇怪。三人想起之前落水的情形，无不后怕。

我们一分钟都不想在这儿多待，不过全身上下都湿透了，尖果冷得瑟瑟发抖，一句话也说不出。在这样的情况下，无法展开任何行动。胖子打开昭和十三式背囊一看，炸药已经不能用了，不得不扔在一旁，而马灯的灯油和火种仍在，巨岩上也有不少枯枝落叶，可能全是洞顶掉下来的。三个人一齐动手，捡了十几根松枝枯藤，用涂抹了灯油的布条捆上，做成火把以备不时之需。我们仨如同落汤鸡一般，均想尽快拢一堆火，烘干身子和猎枪，但是这里并不安全，不得不咬牙坚持继续往前边走。三人正要动身，忽然见到十几只巨脉蜻蜓从头上掠过。老土耗子正跨在其中一只大蜻蜓背上，他虽然身形短小，但并非生来如此，比如以前有一百来斤，而今仍有一百来斤，中了缩尸咒的人，虽然身形缩小了，但分量并未减少。巨脉蜻蜓体形虽大，可也带不动一个大活人，免不了越飞越低。其余的同类误以为这只巨脉蜻蜓捉到了活物儿，接二连三地过来争抢，纠缠成了一团，忽高忽低地往水面上落了下来。我们三个人从未见过这等情形，眼都看直了。老土耗子从暗河上脱身之时，是何等地得意忘形，一转眼落到如此地步，当真让人意想不到。

三个人一怔之下，十几只巨脉蜻蜓你抢我夺，已落在旁边一块岩盘之上，老土耗子手刨脚蹬，正要将巨脉蜻蜓打走，忽然间从水中爬出来一个庞然大物，长舌横卷而至，将一只巨脉蜻蜓吞入大口。我们看得心惊肉跳，不知这是什么怪物，四肢又短又粗，周身无鳞，皮甲如盾。它伸出长舌卷来一只巨脉蜻蜓吃掉，其余的巨脉蜻蜓全惊走了。老土耗子大惊失色，奈何两条腿太短，逃命已然不及，竟让盾甲巨蜥一口咬住，齐腰扯成两半。我们将探照灯的光束照过去，只见他的肚肠子拖在后头，口中吐出血沫子，上半截身子还在拼命往前爬，但是越来越迟缓。盾甲巨蜥在后边一伸舌头，又将老土耗子上半身吃了。

我们三个人虽然对老土耗子恨之入骨，但见他落得这样一个结果，也都觉得太惨了！而盾甲巨蜥转过了头，木讷地望向我们。可能在它眼中，我们这几个人和巨脉蜻蜓没什么两样。三个人心寒胆裂，再也不敢看了，找到能够落脚的地方，慌慌张张涉水而行。

岩盘四周全是水，但在水面下有许多巨石，一步踏上去，水面仅没过小腿，不过乱石之间到处是间隙，一步踏空会一直沉到水底。我们逃了一阵子，躲到一片乱石之间，没听到身后有任何响动，可见盾甲巨蜥没追过来，悬在半空的心才落地，"呼哧呼哧"地直喘粗气。

我们仨见识了盾甲巨蜥吃人的情形，估计村田22式猎枪也对付不了这东西，胆子再大也不敢出去了，又不能一直躲下去，还是得找条出路才是。长出宝相花的巨大洞穴，已被积水完全淹没，形成了一个地下湖泊，只有当中这一大片乱石有一部分高于水面。我们困在此处，周围全是水，水中不仅有凶残的两栖爬虫，头顶上的巨脉蜻蜓也会袭击人，说不定还藏着什么吃人的怪物，能活着进来已是侥幸，再出去谈何容易？何况路上暗河汹涌，无如如何也上不去了，而且周围的岩裂不下十几道，即使有捡来的行军罗盘，也找不到之前进来的位置了！

放眼四周，尽是累累枯骨，很多没在水中，我们落进来的阴阳缝，仅是宝相花拱开的地裂之一，想必落入地底没死的人，也不仅仅是我们仨，光是我们知道的，就有村子中的金匪、搭乘河川炮艇的日军讨伐队，或许还有开凿辽墓的陵匠，在深山中逐鹿的猎户……几千年来，不知有多少人掉进了这个地裂子，能够抵达地裂尽头的，估计也不会少，居然没有一个人逃出去吗？为什么这里的枯骨如此之多？

我们一时想不出什么头绪，分吃了几块干粮，商量如何能够出去。从目前见到的情况来看，宝相花的根脉十有八九长在巨岩下方，老土耗子说的"果实"，说不定也在那里。不过深处水底，我们不可能下得去。正当此时，洞穴中水势迅速上涨，大山洪到了！三个人急忙往高处走，前方裂开了一个大洞，里边很深，不知是个什么去处。我们不敢直接进去，先打开探照灯往里边看，柱石上刻了很多旋涡形的记号，有的大有的小，有的粗有的细，只看上这么一眼，都让人觉得会被吸进去。

3

巨大洞穴的遗迹上，有一个直上直下的洞口。我们趴在洞口看了一阵儿，探照灯的光束照不到底部，不知会有多深。我往里边扔了一块石头，隐隐约约听到落地之声。以此可以认定，洞中虽然很深，但是下边没有水。正当此时，有个东西撞到了我的脚上，我低下头来一看，见到一只"油蹄儿耗子"嗖的一下从我脚上蹿了过去。所谓"油蹄儿"是指这种耗子的脚底能分泌一种油脂，所以跑得飞快，真正的"脚底抹油"。我想一抬脚将它踩住，却见有更多的耗子涌过来，大的背着老的，小的咬在老的尾巴上，一个个惊慌失措，来得快去得也快，一转眼都不见了。估计是山洪上涨，洞穴中的耗子为了躲避大水，这才逃至此处。

胖子胆大不要命，想下洞去瞧瞧有没有出路，说不定还可以找到那个什么"果实"。我觉得为了这个"果实"死了很多人，是否存在还不好说，老土耗子已然毙命，"果实"的真相却仍未揭开，轻易接近"果实"，可不见得是个好主意。但是我并不放心胖子一个人下去，三个人一定要同进同退，而今困在地裂子尽头，前方无路可走，后面又有洪水猛兽，我和尖果也没什么豁不出去的，或许下边会有一条出路。于是稍做准备，紧了紧绑腿带子和防撞帽，点上三支火把照明，踩在阴刻的旋涡图案上，一个接一个从柱石上爬了下去。

三个人将生死置之度外，手脚并用往下爬了十几丈深才到底，下边是个宽阔无比的大石窟，如同一座神秘恢宏的地下宫殿，四周不见尽头，整齐巨大的石柱一根接一根，各边均有三五丈宽，火把光亮可以照到的地方，不论柱石还是地面，到处刻有大大小小、规则不一的旋涡。混沌的旋涡以及齐整方正的巨石，显得阴森诡异的石窟神秘莫测。我们手上虽有火把照亮，却如同一只萤火虫落在了黑暗的大海中。

我正观看石柱上的旋涡图案，却见胖子东一头西一头到处找耗子，忙将他叫住，问他找耗子干什么？胖子说："干粮快吃光了，不妨逮几只耗子充饥。"尖果对胖子说："这地方太大了，你可别乱走，当心迷路！"三个人在下边走了很久，仅见到一根又一根巨柱，抬头往上看不到顶，已经找不到之前下来的位置了。胖子说："你瞧把你们俩吓的，我在下来的柱石上刻了记号，咱又是一直往一个方向走，怎么可能迷路？"说话他带我们往后走，在来路上找他做了记号的石柱，走了好半天也没见到，这一来胖子也蒙了，分明用步兵锹凿下一个记号，为什么不见了？

我让两个同伴别慌："上去了也无路可走，既来之则安之，还是按原计划，在这下边找条路出来。"

胖子说："对！照一个方向一直走，不可能没有尽头！"

我告诉胖子："你经过一根石柱，就刻下一个记号，我则使用行军罗盘确定方向，先摸到石窟的一个边再说。"话虽如此，我们可不能不做好充分的准备，三个人关了探照灯，仅用一支火把照亮。

胖子说："石柱四面完全一样，该往哪边走？"我目前想不出四个方向有什么不同，低头一看手中的行军罗盘，我们正面对北方，于是决定往这个方向走。胖子用步兵锹在石柱朝北一边刮出一道痕迹，看了看很明显，当即从这个位置出发，大约走了三十步，行至下一根石柱。胖子在同样的位置上，再次用步兵锹做了一个记号，如此反复，持续走了很久，经过的石柱不下百余根，石窟仍不见尽头。

越走我们心里越没底，走了这么远的距离，不可能走不到尽头，这不是让鬼缠住了吗？

胖子一龇牙花子："这么傻走下去不是法子，你们还有没有别的招儿？"尖果担心是一直在绕路，万一石柱排列如同旋涡，又该如何是好？

我皱眉一想，旋涡路线不大可能，因为行军罗盘可以指明方向，不过我也不明白为什么一直走不出去。最可怕的是一切情况不明，火把和探照灯的光亮顶多照出二十步，看不到周围的地形，如果东一头西一头乱撞，坚持一条道儿走到黑，等到火把全用光了，探照灯也不亮了，那可真瞎了！我们必须换一个可行的策略，尽快找到一条出路。我让胖子先去确认一路上的记号是不是还在。如果记号还在，至少说明我们始终往一个方向走，仅仅是这个地方太大了，还没走到尽头而已。胖子问道："如果石柱上的记号没了，那又说明什么？"我想不出该怎么说，石柱上的记号不见了……难道是让鬼抹去了？

4

我告诉胖子别多想，先过去看了再说，要抹掉步兵锹刮出来的标记，一定会留下更大的痕迹。尖果打开探照灯，她往后走了几步，光束可以照到对面的石柱。胖子握住火把，快步走过去，低下头在石柱上看了一看，对我们连打手势，示意记号仍在，随即又跑了回来。如果不是鬼怪作祟，那么有可能处于一个纵深地形，我们一直往北去，如同走进了那道大裂子，越走越深，不知几时可以抵达尽头。当即转头往西，仍在石柱上刮下标记，又走了半天，还是见不到尽头。三个人均有绝望之感，正如胖子所言，这么傻走下去不成，等到火把和探照灯全灭了，到时候两眼一抹黑，叫天天不应，叫地地不灵，想哭都找不到调门儿，又该如何应对？

胖子对我们说："火把和探照灯还够应付一阵子，干粮可快吃没了，早知道多逮几只耗子，好歹不至于饿死，等干粮吃光了，去啃这石头不成？你说可也怪了，之前下来那么多耗子，它们躲去了什么地方？怎么一只也见不到了？"

我叹了口气，这时候才觉得人不如耗子，耗子在这么黑的地方可以看见路，我们没了火把，甚至走不到下一根石柱！

胖子不往前走了，手持火把低下头找耗子洞。我对胖子说："干粮还有几块，何必急于逮耗子？"

　　胖子说："一连啃了好几天干饼子，嘴里快淡出鸟来了，逮两只大耗子，换换口味不好吗？"

　　尖果也劝胖子，耗子如何吃得？我对胖子说："耗子真是不能吃，你在金匮村子中见了供奉灰仙爷的牌位，信不信它是一位仙家？有些话我平时不愿意讲，因为我不想让别人说我迷信，可在你和尖果面前没什么不能说的，我给你们说说我之前遇上的一件事。1966年大串联，我和胖子搭上火车去井冈山。半路上火车补水，我嫌车厢里太闷，下去溜达了一趟，结果没赶上车，不得已找了个老乡家借宿。半夜口渴难耐，翻来覆去睡不踏实，想去地里摘个西瓜吃。

　　月黑风高的夜晚，我摸黑往地里走，怎知走进了一片荒坟，转来转去找不到路，始终围着一个坟头打转，不论我怎么走，那个坟头一直在我身后。我那时候胆大不信鬼神，见坟头上压了一块砖，就一脚将砖头踢开了，没想到砖下有个土窟窿，里边隐隐约约地有光亮。我好奇心起，趴在上边往里看，见这土窟窿一直通到坟中。坟里边有一个土炕，摆了一个炕桌，上头点了油灯，一个老头儿一个老婆，在炕上盘腿而坐，交头接耳低声嘀咕什么。我记得听我祖父说过，多半是坟中的耗子黄狼之类，在这儿作祟吓人！正好我兜里揣了一个土炮仗，乡下有的是这玩意儿，怕半夜出去遇上野猪，点上一个能把野猪吓跑，我出去摘西瓜，顺手揣了一个。我也不知道当时哪来那么大的胆子，点了土炮仗，伸手往土窟窿里塞，可是扔下土炮仗胳膊却让人一把抓住了。我急得够呛，咬牙瞪眼拔不出来，这时候土炮仗响了，我觉得手上让个东西狠狠咬了一口，这才拔出来。

　　我堵上那个窟窿，急急忙忙跑到老乡家，一连发了好几天的烧，嘴里说的全是胡话，眼看得上天远、入地近。多亏老乡找来一个会看香的，按《香谱》摆了个阵，我才保住了命。因此说这些东西它不来惹你，你也尽量别去惹它，不信你瞧瞧，我这手上还有疤呢！"

我让胖子和尖果往我手背上看，那上边是有几个浅痕。尖果信以为真了，可唬不住胖子。胖子说："你又胡吹，这不是1966年大串联你从火车上下去偷西瓜让狗咬的吗，怎么说成让灰大仙咬了一口？"

我没想到胖子连这件事都一清二楚，而我只是不想让他去逮耗子，当年闹饥荒，乡下很多人逮耗子吃，不论是触动仙家的报应也好，还是得了鼠疫也好，反正大多不得好死，即使是山上的耗子，吃下去也不见得要不了命。

说话这时候，我们三人已经走不动了，隐隐觉得这座迷窟一般的大殿不对劲儿，越走越让人背后发毛，往两个方向上走了很久也见不到尽头，仅有一根又一根的石柱，以及无处不在的旋涡图案，人在其中，如同置身于无边无际的旋涡之海，完全没有走出去的可能！

第十八章　旋涡之海（上）

1

　　胖子叫苦不迭："还真不如落在海里呢，海里还有鱼，这儿可全是石柱！再说大海上头没扣盖子，那多豁亮，这儿简直是座坟墓！"

　　说者无心，听者有意，胖子随口这么一说，倒让我冒出一个念头，这个石窟有顶壁，我们是从顶壁上下来的，上边也许可以出去。即使从上边出去了，同样无路可走，真正的活路还要从这儿找出来，但是再一次摸到顶壁，至少也可以说明，这个在石窟中开凿出的地下宫殿仅仅是规模太大，并不是有鬼怪作祟。我立即爬上一根石柱，上了十余丈高，已经可以摸到顶壁了，上边一样阴刻旋涡图案，用步兵锹凿了几下，石顶坚厚无比，不可能出得去。我低头看了看下边，尖果手中的火把光亮仅如黄豆大小，几乎见不到了。我又从石柱上下来，对胖子和尖果说了上边的情况，如若不是撞上鬼了，应该可以走出去。

胖子说："这儿到底是个什么地方？规模这么大，又什么都没有？"

尖果说："该不会是一座古墓？"

胖子也以为这是一座古墓，他说："你爷爷当年不是干过盗墓的行当吗？你也得过些传授，瞧不瞧得出这是座什么墓？"

我不愿意在尖果面前一而再再而三提及我祖父干过这个行当，又不是多光荣的事儿。况且我并不认为这个迷窟是一座古墓，世上虽有大墓，但是没有这么大的。胖子又问我："顶到头的大墓有多大？"

我看过祖父传下的《陵谱》，《陵谱》又叫《葬穴图》，向来伪多真少，真谱中各朝各代的山陵墓穴图志，伪谱大多为土坟葬穴的方位，涉及古代大墓的内容并不可信。不过我祖父那本是有来头的，并非一般盗墓贼手上的伪本可以相比。按照《陵谱》上边的说法，首屈一指的大墓当为骊山秦陵。骊山中葬的是秦始皇，墓中有列仙龙凤之制，敛聚从四面八方搜刮来的奇珍异宝，摆为大海，堆成山岳，并以沙棠沉香为船，用金子做成野雁，以琉璃诸宝为龟鱼，又在海中放置玉象鲸鱼，口中衔有火珠，如同星光一样照彻地宫，神妙无伦，用以替代膏烛。那也没有这么大，在迷窟中凿出这样一座大殿，要用多少人？多长时间？

庞大无比的地下宫殿空空如也，仅有一根又一根全是旋涡的石柱，这又有什么意义？或者说是干什么用的？以我们三个人的所见所识，根本想象不出来。胖子一拍脑门子："那还能是干什么用的，让进来的人走不出去呗。"

尖果说："为什么要让人走不出去？是不是不想让人接近这里的东西？"

胖子挠了挠头："这儿不全是石柱吗？还有什么东西？"

我心念一动："是为了不让人接近宝相花？还是宝相花在作怪？"

我们之前忽略了一件事，宝相花的根脉位于在这个迷窟之下，前后

244

左右走不出去，为什么不往下走？往下正好可以接近宝相花，说不定还能从蔓条上走出去！三人好不容易抓住一根救命稻草，赶紧去撬地面的巨砖，怎知与顶壁一样坚厚，根本撬不开。大殿四周不见尽头，真可谓"上天无路，入地无门"！

胖子无可奈何地坐了下来，他手上的火把刚好在这时候灭掉了，顺手扔在一旁。我和尖果无法可想，也坐下商量对策。我对胖子说："你别跟遭了瘪子似的成不成，目前是遇到了一定的困难，可是我们一路走下来，经历了多少难以想象的考验和激动人心的时刻，肩负了多少重大的使命，怎么可能折在这儿？再使劲想想，未必找不到出路了。"

胖子说："要想你自己想去，我是想不出来了，成天啃干豆饼子，能有多少脑细胞？不使劲想都快不成了，再一使劲还不把脑袋想破了？"

我对他说："干豆饼子也不能白啃啊！连个主意都想不出来，还要你有什么用？"

胖子大言不惭地说："我可以站在高处指手画脚啊！等你们想出主意来了，我给你们提提意见，哪儿咸了，哪儿淡了，什么可以有，什么不可以有，你们经验不够，没有首长把关那是不行的。"

我见胖子忘乎所以，都快忘了自己姓什么了，正要给他泼盆凉水，却听尖果说道："你们想想，如若只是为了困住进来的人，地宫何必造得如此之大？"

2

我怔了一怔，很快明白了她的意思，迷窟顶壁距地面十余丈高，造一座规模如此庞大的地宫，仅仅为了将进来的人困住，确实说不过去，完全没必要这么做，那么这座大殿又是用来干什么的？

尖果打开探照灯往石柱上照，大殿中的柱子高约十余丈，宽不下三五丈，仅仅为了困住进来的几个人，规模真没必要如此之大。她一边思索，一边转到了石柱左侧。我和胖子担心她有闪失，点了一支火把，上前并肩而行。我借火把光亮抬头望向石柱，无处不在的旋涡，都往一个方向旋转，我脑子里如同一团乱麻，正在冥思苦想之际，尖果突然惊道："有人！"

我急忙用火把往身后一照，什么也没见到，心中暗想：老婆哭孩子叫，天上掉下个林妹妹，半路杀出个程咬金，空荡荡的石窟大殿中还有什么人？

胖子摘下背在身后的村田 22 式猎枪，子弹顶上了膛，问尖果："哪里有人？"

尖果用手指向来路："好像是……鬼门……老祖！"

我和胖子一听更奇怪了，一身殉葬装裹平顶身高不如三五岁孩童的鬼门老祖？这老土耗子分明已经死了，那是我们亲眼所见，而且死得要多碎有多碎，怎么会到了这里？三个人小心翼翼地转到石柱侧面，却不见人踪，地上仅有胖子之前扔掉的那支火把。胖子以为尖果看错了，多半是太紧张了，没什么可担心的。我心想老土耗子虽然死了，但在这个鬼地方，见到鬼也没什么可奇怪的，经常说"人死如灯灭"，灯灭了还有一道烟，何况人呢？我心下这么寻思，却没有说出口，见这边没有，又往前走了几步，火把的光亮照到一张人脸，长了一脸的褶子，扭曲狰狞，分明是已经死了多时的鬼门老祖！

我心下大骇，手中的火把一阵晃动，又照不到老土耗子的脸了。胖子举起村田 22 式猎枪，我握住步兵锹，尖果跟在我们身后，大了胆子走上前去，却不见了老土耗子的踪迹。当时火把的光亮很暗，不过我这五轮八光、左右一对的眼珠子可不会看错，真是那个死掉的老土耗子！只不过老土耗子的两个眼珠原本贼光闪烁，刚才让火把这么一照，却有如两个黑洞！我心头一颤，鬼门老祖不仅死了，死尸都没了，为什么会在石窟大殿之中？

胖子有心要追，问道："老土耗子往前边跑了？"晃动不定的火把光亮之中，鬼门老祖在我们眼皮子底下不见了，无法确定是不是往前逃了。我让胖子不要往前追，四周黑灯瞎火的，又听不到脚步响，如何追得上？

胖子说："在这儿走了这么久，除了柱子还是柱子，好不容易见到一个人，还不追上去看个究竟？"

我心想鬼门老祖是人吗？真不好说这老土耗子是个什么东西，分明死在上边了，为何会在此处显形？

胖子说："你的顾虑太多了，不追上去怎么知道？"我一想不对，且不说老土耗子是不是鬼怪，躲躲闪闪的，似乎是有意让我们见到，否则不会凑得这么近！按这个逻辑往下想——老土耗子显身出来，十有八九是想让我们追过去，为什么想让我们追过去？

胖子是个只能占便宜不能吃亏的主儿，心眼儿比任何人都多，他听我这么一说，立即明白过来了，老土耗子这是一招调虎离山！

我点了点头，鬼门老祖让我们追上去一定没憋好屁，前头指不定会有什么凶险，不追还则罢了，追上去必定上当。

尖果忽然想到了什么似的，她说："我们在迷窟中走不出去，干粮也几乎没有了，迟早会被困死，为什么还要将我们引开？"

我和胖子愣了一愣，尖果说得很对，迷窟规模大得惊人，我们困在其中插翅难飞，上不了天也入不了地，已然走投无路了，鬼门老祖为什么还要将我们置于死地？该不是吃饱了撑的，还嫌我们死得不够快？如此想来，或许还有另外一种可能，鬼门老祖之所以将我们引开，是因为不想让我们继续待在原地，这个地方有什么不对？我们所在的位置，是不是接近了宝相花？

3

这座在地底沉睡了千年的迷窟，规模之大举世罕见，火把和探照灯的光亮所及之处，仅有一个接一个的旋涡，人在里边转蒙了，怎么走都到不了尽头，我们三个人无法可想，只好坐下来等死。以我们目前的处境来说，鬼门老祖突然显身是一个转机，能否把握这个机会，则取决于我们的选择。尖果的一句话让我和胖子意识到——鬼门老祖将我们引开，并不是要置我们于死地，而是另有图谋！

我寻思鬼门老祖这个土耗子阴魂不散，我们可没少吃他的亏。不知这老东西是什么鬼怪，分明已经死在了洞穴之中，却还能出来作祟。我们仨又没有画符念咒降妖捉怪的本领，只怕对付不了这个半人不鬼的东西。不过老土耗子是冲宝相花来的，我们很可能在不知不觉中接近了宝相花，对方这才要将我们引开。宝相花长在这片遗迹之下的石窟中，可是我们在这里转了很久，眼中所见尽是遍布旋涡的巨石，并没有见到宝相花。至于宝相花长成什么样，其实我们也不知道，仅在地裂子中见过宝相花巨大无比的蔓条。简直不敢想象，蔓条已如此惊人，宝相花又会有多大？如果相距很近，不应该看不到。我举高了火把到处照了一遍，又上上下下打量面前的石柱，仍是大大小小的旋涡，似乎变化无穷，在我们看来却重复且无意义。

我呆立了半晌，瞧不出有什么不对，心想大殿中全是巨石，如何长得出宝相花？老土耗子找宝相花要干什么来着？不是说有个什么"果实"？我对宝相花所知不多，仅听说那是二十四佛花之一，可放万丈光明，照十方世界，乃是佛经中记载的往生之花，辽代的墓砖上有宝相花纹饰，而长在地脉中的巨大发光植物，则是亘古已有。可能宝相花是后世才有的称呼，放万丈光明指此花巨大无比，照十方世界是指长在地底。我记得老土耗子说过这么一番话，他说他盗墓时中了咒，身子越缩越小，得到宝相花的果实，才可以了脱生死。我想不出这话是什么意思，为什么不是长生不死，而是了脱生死？转念一想，这也没什么不明白的，过去有这么一句话——生有时辰死有地，人生一世，活的是生死之间这一段。你能耐再大，也有一个来处一个去处，鬼门老祖却想从中出去，这不是痴心妄想又是什么？

在没见到宝相花之前，我只能胡思乱想，眼看在原地找不出什么，手上这根火把又快灭了，估计我们的判断有误，是往前一条道走到黑，还是继续留在原地，必须尽快做出决定。胖子不甘心等死，仍要往前走。尖果却觉得鬼门老祖在这个时候出来一定有原因，迷窟中全是密布旋涡的巨石，再往前走，很可能同之前一样不会有任何结果。我也有此意，抓不住这个机会，必将万劫不复，刚才一直以为老土耗子不想让我们见到宝相花，却仅是一厢情愿的念头，不该把注意力全放在宝相花上。

胖子说："还能找什么呢？这地方还能找得出什么？"我让他沉住气，仔细想想我们之前做了什么，为什么鬼门老祖会在那个时候出来？

尖果想了想，说道："当时我们觉得迷窟太大了，石柱四个边均有三五丈宽……"

胖子一指石柱左侧，接着尖果的话往下说："我们又从那边往前走，一扭脸儿瞧见老土耗子在后边，转回来却不见了，我说追上去，你们俩又不同意……"

我低头看了看那支扔在地上的火把，又取出行军罗盘确定方位，让尖果在防水笔记本上画了一个正方形，东南西北四个边用 1234 表示。之前三个人一直往西走，停在了一根石柱前。我们当时所处的位置在石柱东边，即 1 号位置。后来我们从石柱左侧绕行，顺时针方向的南侧是 2 号位置，西侧为 3 号位置。当我们即将走到 3 号位置的时候，由于鬼门老祖的出现，我们转过头回到了 1 号位置。当时我有个直觉，迷窟大殿中无处不在的旋涡全是从左往右转，三个人下意识绕石柱而行，也是从左往右绕，如果从 1 号位置绕到 4 号位置，会不会发生什么？

4

胖子对我说："你想了半天，就想出这么一招儿？"我说我是想不出别的法子了，如果说我们无意中做了什么，老土耗子才想将我们引开，也无非是从左边绕了过去，有枣没枣先来上一竿子再说！

迷窟大殿深埋地底，里边的石柱宽逾三五丈，火把的光亮仅及十步开外，照上去无异于一堵石壁。胖子手持火把在前边开路，我和尖果在他后边，三个人从石柱左侧绕行，按旋涡方向转了一遍，又回到原本的 1 号位置。胖子举起火把来看了半天，没觉得有什么不对。我的心也沉了下去，这要还不成可真没招儿了。尖果比我和胖子心细多了，她低下头一看，发现火把不见了。刚到 1 号位置的时候，有一支火把灭掉了，胖子扔在了地上，我们往前边一走，发觉鬼门老祖躲在后边，再转过身来去追，见到扔掉的火把还在，而当我们绕行过来，火把居然不见了！

当时的情形，让我后脖子上的寒毛都一根一根地竖了起来，之所以按旋涡的方向绕行过来，实乃无奈之举，没想到真有问题，火把为什么不见了？胖子和尖果同样一头雾水，扔在地上的火把消失了？还是让老土耗子捡走了？

胖子说："应该不至于吧，那支火把已经没用了，捡去又能干什么？"我说："火把可以让人捡走，记号可抹不下去，我在这里凿个标记，再转过来看还在不在！"说罢挥起步兵锹，在石壁上凿了一个标记，又从左侧绕行，走到一面凿下一个标记，绕行石柱四周走了一遍，再次回到1号位置，借火把的光亮一看，我们三个人大惊失色，密布旋涡纹的石柱之上，根本没有步兵锹凿下的标记！

我使劲揉了揉眼，又伸手摸了半天，标记确实不见了。胖子发狠说："我还真不信了，你们俩在这边等着，我绕过来瞧瞧。"说罢拎上猎枪往前绕了过去，过了一会儿才返回来，一脸的骇异，不用问也知道，他从前边绕过去，并没有见到我们。三个人不死心，再次绕行石柱，经过一面便凿上一个标记。奇怪的是，如若倒退回去，仍可以见到标记，可当我们绕过来又不见。各人不约而同地意识到，不是1号位置的标记不见了，而是多出了一个原本不存在的5号位置！

我们仅以一根火把照明，一边用步兵锹凿出标记，一边继续往前绕行，越走心里越没底。之前的标记全不见了，石柱四周的空间如同旋涡一样，持续往深处延伸。三个人惊得说不出话了，迷窟一样的大殿究竟是个什么地方？

胖子嘀咕说："这么一直绕下去，能走到尽头？"

我心想：你问我，又让我问谁去？我们目前的处境，如同掉进了一个可怕的旋涡，无论如何也挣扎不出去，只能越陷越深……不过我不能对胖子和尖果这么说，我得说我们至少找到一条可以走的路线，突破了当前的困境。鬼门老祖之前突然显身，可能也是不想让我们这么走，因为我们正在一步一步接近宝相花。至于接近宝相花之后又该如何？死掉的鬼门老祖为什么还能出来？迷窟大殿为什么没有尽头？我们对这一切一无所知，甚至连想都不敢去想，怕想得太多就不敢往前走了。

怎知这么走下去仍不见尽头，三人面面相觑，均有绝望之感，与之前在迷窟大殿中一直走下去没什么两样，仅有不住出现的旋涡彰显出无形的凶相，此外不再有任何变化。接二连三的谜团，以及仿佛没有尽头的大殿，使我们三个人束手无措。走到这一步，真可以说是进退两难，再退回出发的1号位置，并没有任何实际意义，之前走不出去，而今还是走不出去。以目前的情况来看，继续绕行下去，同样不会有什么结果。不论是进是退，结果只有一个——活活困死在迷窟之中！我让胖子和尖果别往前走了，不是仅凭两条腿可以走出去的，绕行仅仅是走对了头一步，下一步该怎么走？

5

三个人又累又饿，决定商量一下对策再行动，于是摸黑坐在石柱之下，一直觉得有股子恶臭，却没见到有什么东西。我问胖子："还有几支火把？"

胖子说："火把还有两支，等到这两支火把用完，咱们只能用探照灯了。"

我沉吟道："这么走下去可不成，还得想个法子……"

胖子说："先别想法子了，干粮也只有这么几块了，不如分来吃了，接下来……轻装前进！"

我按住他去掏干粮的手说："什么轻装前进，你不是还没饿死吗？干粮不能再吃了。"

胖子说："你当我稀罕啃这玩意儿？我这肚子里边直打鼓，怎么想得出主意？"

我对胖子说："你这么想，出去之后，上山打围的猎人也该下来了，到时候还能没有狍子肉吃？爆炒狍子肉、野鸡炖榛蘑，想想都流哈喇子，你要还想吃上这个，必须咬紧牙关，坚持到底！"

胖子抹了抹淌下来的口水，说道："你想得好，出去不背黑锅才怪，还让你吃爆炒狍子肉？"

我说："你放心，好歹是落在自己人手上了，总不至于给毙了，大不了多扣几顶帽子，反正纸糊的帽子压不死人。"

话虽如此，却仍无法可想，往前走不成，往后退不成，上边上不去，下边下不去，按旋涡方向走也不成，迷窟大殿为何如此之怪，怎么走都出不去？我对胖子和尖果说："能想的法子全想到了，但是都不可行，因为我们根本不知道，迷窟一般的大殿是个什么地方？"

胖子说："唉，我原以为我们什么都知道，其实我们什么都不知道！"

尖果说："有一件事我一直想不明白……"

胖子说："我想不明白的也有很多，鲁迅先生怎么说的，想不出来不要硬想。"

我让胖子不要插口，先听尖果说完。尖果说："我们之前在石柱下发觉鬼门老祖躲在后边，以为对方要将我们引开，因为我们正在接近宝相花，鬼门老祖是跟我们一同来到此处，在一切不明的情况下，何以知道我们接近了宝相花？"

胖子恍然道："说得太对了，老土耗子又没比别人多长了一个脑袋，咱们不知道这是个什么地方，他不是也不知道？"

我低下头仔细一想，还真是想不通，老土耗子顶多知道宝相花长在这座大殿之中，按鬼门老祖之前的话来说，他并不知道辽墓下边有这么个大裂子，这一点几乎和我们一样，也是初来乍到。我们都不知道绕行石柱可以接近宝相花，老土耗子怎么会知道？不过老土耗子分明是一个已死之人，死后还能再大殿中显身，这又该怎么说？

胖子并不在乎鬼门老祖，站直了还没他娘的凳子高，活的咱都不怕，还怕死的？我却不敢大意，之前我也说过，我们仨对付得了活人，对付不了死鬼。人所皆知，鬼怕法器，比如八卦镜、桃木剑、朱砂符之类，据说此外还有三怕，头一个是怕鸡鸣天亮，鸡叫三遍，或是天光放亮，纵是厉鬼，它也得魂飞魄散。可这地方不见天日，分不出是白天还是黑夜。二一个怕揭底，俗话说"死人怕揭底"，叫出亡人名姓八字，可以将鬼吓走，但是我们并不知道老土耗子姓甚名谁。再有一个怕活人，活人身上有三昧真火，孤魂野鬼不敢近前，不过一旦赶上倒霉走背字儿，三昧真火会灭掉，我们落到这个地步，可以说倒霉到了一定程度，否则也不会见到鬼了。说一千道一万，其实世上根本不该有鬼，这些全是迷信的说法，不过眼下我只能当老土耗子是个"鬼"了，或许老土耗子之前进过迷窟，还是有别的什么原因，并不是我们能够凭空想出来的。我们仨也都明白，进一步接近宝相花才可以洞悉真相，问题是这一步怎么走出去？

胖子掏出那半包特级战斗香烟，之前掉进暗河，后来烘干了，烟纸已经皱得不成样子。他捏了两支还比较完整的，分给我一支。特级战斗烟是陆军用命换来的，为了两条这样的香烟，赔上他一条命，我们原本不想抽这个烟，这时候可也顾不上了。

胖子劝我别跟自己较劲："打从进山以来，脑子里这根弦一直绷得这么紧，成天啃干面饼子的脑袋，没萎缩已经不错了，哪经得住这么折腾？你瞧瞧咱仨，小脸儿都是青的，再不缓上一缓，什么主意也想不出来，所以你别想那么多了，反正已经走到这一步了，该活死不了，该死活不成，不如这样，我来放哨，你们俩先眯上一觉。"

我点上特级战斗烟猛吸了几口，觉得胖子言之有理，兵行百里，不战自疲，我们确实太紧张了，不缓一缓是真不成了。我让尖果也抓紧时间睡一会儿，说不定做梦中可以想出个法子。不说还好，一说到睡觉，我的上眼皮子直找下眼皮子，于是狠抽了几口烟，将手中的烟头捻灭，刚一合上眼，又不放心胖子，告诉他你头一个放哨无妨，可别打盹儿，万一老土耗子阴魂不散，再次出来作祟，我们三个人全睡过去了，岂不任人鱼肉？

胖子却没理会我，我心里说话："你他娘的还让我先眯上一觉，你倒先做梦娶媳妇儿去了！"不过胖子一向鼾声如雷，如果说他睡过去了，为什么我没听到任何响动？四下里黑得伸手不见五指，我隐隐约约觉得情况不对，无奈看不见胖子的位置，又叫了两声，他仍不回应。一旁的尖果刚睡着，听到我在招呼胖子，她也睁开了眼。探照灯还挂在她身上，当即打开来往周围一照，刚才还在这儿的胖子不见了！两个人你瞧瞧我，我瞧瞧你，都张大了口，半天说不出话。

第十九章　旋涡之海（中）

1

我和尖果惊惑不定，胖子刚才还在旁边抽烟，他怎么一眨眼不见了？二人又叫了几次，仍不见胖子出来，再一看地上，昭和十三式背囊以及余下的两根火把都不见了，当然还有胖子的猎枪，可见是带上装备走的，他能上哪儿去呢？我急得额头青筋直跳，胖子虽然一贯无组织无纪律，却不至于临阵脱逃，何况无路可逃。我和尖果替胖子捏了把汗，说不担心不是实话，总共只有三个人了，又不见了一个，怎么可能不急？

尖果比较心细，低下头看了一阵儿，不光是背囊和猎枪不见了，胖子手上的烟头也没了。我一想不错，胖子总不会连烟头都带走。我仔细想了一遍之前的经过，刚才我和胖子倚石柱而坐，他掏出两根战斗烟，分给我一支，二人一前一后点上烟。我抽完之后在地上掐灭了烟头，这个烟头还在地上，我下意识地捡了起来看了一看，按说胖子抽完一支烟的时间，应该跟我一致，可是地上只有我扔掉的烟头，胖子的烟头在哪儿？以他往常的习惯，大抵随手一扔，周围却也没有。按这么一想，胖子连同他的背囊、猎枪、火把，以及手上的烟头一同不见了，该不会是让石柱上的旋涡吞了进去？

我和尖果一想到这里，不约而同地望向石柱，那一个个大大小小的旋涡，仿佛真可以将人吞进去。我心下怔忪不定，正要伸手去摸石柱上的旋涡，忽然发觉身后有人，我立即转过头去，尖果也将探照灯举了起来，没想到走过来的正是胖子，他用手挡住刺目的探照灯光束，连说："别照脸、别照脸，太晃眼了！"

二人见是胖子，这才将悬在半空的心放下。我问他："上哪儿去了？花椒不叫花椒，麻利儿地过来交代清楚！"胖子说他刚才坐在石柱下边抽烟，用中指拇指掐住烟屁股一弹，将烟头弹到了对面，要知道烟头落在地上，多少会有一点亮光，可他扔出去的烟头却不见了。他觉得奇怪，走过去一瞧，居然见到一个洞口！胖子胆大包天，他也没跟我们打招呼，一个人下去瞧了瞧，怎知越走越深，半天到不了底，不得已退了出来。

我暗暗吃惊，之前来的时候，也用探照灯照过周围的地形，大殿前边空荡荡的，几时多出这么一个大洞？我让尖果用探照灯往那边照，但是什么也没见到。胖子对我和尖果说："咱仨过去瞧瞧，说不定是个出口！"

整座大殿中仅有探照灯的一道光束，尖果正将光束照向前方，我看不到胖子的脸，却感到他的一举一动都十分古怪，他说他扔了一个烟头，无意中见到一个大洞，可大殿之中黑灯瞎火的，伸出手来见不到五指，他并没有点上火把照明，如何看得到地形？不知去向的胖子突然冒出来，口口声声让我们往那边走，他的话可不可信？并不是说我不相信胖子，而是面前这个"胖子"来路不明！

2

先前探照灯的光束一晃而过，可以看到走过来的人是胖子，头上有关东军战车部队皮制防撞帽，穿一件蓝色军便装，身上挎了昭和十三式背囊和村田 22 式猎枪，胸前别了像章，腰扎武装带，脚上有大头军鞋，怎么看也是他胖子，但仍是让人觉得可疑，至少还有两根火把装在他的背囊中，如果前边当真有个大洞，他下去了再上来，为什么不用火把照亮？他又不是土耗子，怎么可能在完全没有光亮的情况之下，摸黑走上这么一趟？

如果说这个人不是"胖子"，又会是谁？我这一个念头转上来，竟有不寒而栗之感，身上起了层鸡皮疙瘩，不见尽头的旋涡大殿之中没有别人了，有也是有鬼！我心说：别人怕了你，不敢与你计较，且看你如何对付我！光凭这一点，我还不好说这个"胖子"有问题，他正位于探照灯照不到的黑处，有意无意避开了光亮，似乎不想让我们见到他的脸，他脸上有什么东西不成？我估计我照直了问他，他也会找借口开脱，又不能让尖果去照他的脸，如此一来容易打草惊蛇，这该如何是好？

胖子还在叫我们往前走，尖果信以为真，手持探照灯在前边走，我和胖子在后，按他说的方向走了几步，仍没见到有什么洞口。我一看手上还有之前掐灭的烟头，略一沉吟，再次将烟头叼在口中，又掏出行军罗盘中的防水火柴往磷条上划，作势要点烟头。在以往那个物资匮乏的年代，吃饭到最后都要拿块馒头把碟子里的菜汤抹干净吃了，这还得说是吃得上馒头的时候，一根烟恨不得当成两根来抽，从来都是抽到掐不住烟屁股才扔。捻灭了又捡起来的烟头当然无法点燃，我只想借火柴的光亮，仔细看一看胖子的脸。

二战时期军队装备防水火柴已十分普遍，以适应在特别恶劣的情况下取火，日军防水火柴药头很大，木杆却极短，划起来挺费劲，我连划了几下没划着，又用力在磷条上一擦，火柴"唰"地一下亮了起来。胖子见我划了一根防水火柴，急忙凑过来吹了一口气。我伸手要挡却没挡住，只觉一股阴风吹到了脸上，不由得打了个寒战，手上的火柴立即灭了。

军用防水火柴不仅防水，同样可以防风，刮风下雨也不会灭，虽说是好几十年前的东西，可也不至于一吹就灭！而且在"胖子"吹灭火柴的一瞬间，我已经瞧见他的脸了，两眼如同两个旋涡一样的黑洞！我在大殿中见到的老土耗子，两只眼也是如此。以前那个鬼门老祖，包括摔死的土耗子二虎，双目都明亮异于常人，据说这是贼眼，可以识宝，并且能在暗中见物，纵然在墓中也得使用灯烛，却比一般人的眼好使。在没有光亮的去处至少可以看出个大致轮廓，但是到了旋涡大殿之中，老土耗子两只眼变成了两个黑洞，我至今还没想明白，为什么一个死人会在大殿中显身，这个胖子也是一样，让鬼上了身似的！

3

火柴的光亮一灭，又是俩眼一抹黑，可我已经意识到旁边这个人不是胖子，对方甚至不想让我见到他的脸，否则不会吹灭我手上的火柴，他的两只眼分明是两个黑洞，不过对方的言语举止、身形装束，为什么和胖子完全一样？有鬼上了胖子的身？

虽然什么都看不见，但是我仍感觉得到，对方吹灭火柴之后正一动不动地盯着我。我心中一发狠："老子倒要瞧瞧你这张人皮下的鬼脸！"当下一伸手，想抓住对方的脸，怎知我的手一伸过去，却似卷在了一个旋涡之中，我大吃了一惊，正要使劲往后扯，尖果听到后边有响动，她握住探照灯转过来，光束照到我身上，我这才发觉手上什么都没有，也不见了那个"胖子"！

尖果没见到胖子，同样吃了一惊，忙问我出了什么事？我额头上全是冷汗，怔了一怔才告诉尖果，刚才出来的不是胖子。尖果惊诧莫名："不是胖子？"我不知这话该怎么说，我也不知道对方是鬼是怪，或许是这座旋涡大殿作怪，反正不是胖子。

原本在一旁的胖子不见了，等他再出来的时候，口口声声说前边有个洞口，让我们往前走，前边不仅没有洞口，这个"胖子"也一转眼不见了。我虽然一时想不明白，可隐隐约约觉得不对劲儿，当即接过尖果手中的探照灯，将光束照向前方，前边空荡荡、黑茫茫的，仿佛什么都没有。探照灯的光束至多可以照出十几米，胖子坐在石柱下边，他手劲再大也不可能将烟头扔出那么远，可见前边根本没有什么洞口，好在我们没上当，只走出去几步，这一步走错了，后果不堪设想。

尖果问道："我们走过去会发生什么？"我听她说话的声音有些发抖，我同样感到害怕，不过只有我们两个人了，她全得指望我，在这样的情况之下，我得有个担当才是，我可不能说我不知道。从我们进山以来，几次三番出生入死，实在折腾不动了，换成是我一个人落到这般地步，我多半会躺在地上等死。如果是胖子这么问我，我也一定会说不知道，而在尖果面前，"不知道"这三个字我却无论如何说不出口，或许是个人英雄主义，或许是想逞能，反正不动脑子是不成了。

正如胖子所言，成天啃干豆饼子，脑子长得跟豆腐渣似的，好使得了吗？在大兴安岭黑水河插队，一天两顿粗粮，好歹能吃饱了，深山老林中人迹罕至，却有很多飞禽走兽，有的是松蘑、木耳、野果，河中有门板那么大的鱼，土洞子里掏得出刺猬、大眼贼、土皮子，那都没人稀罕吃，偶尔还有屯子里的猎人打来狍子、野猪、山鸡。再加上我们偷鸡摸狗，时不时可以打打牙祭，说实话饿是饿不着，吃的比兵团上好多了，山高皇帝远的，又不受纪律约束，驻扎边疆的屯垦兵团才真是苦，不仅吃的不行，干的活儿也重。但是在备战备荒的年代中长大，我们的潜意识里永远觉得吃不饱。饥饿有一个好处，可以使人保持专注，吃的以外什么都不想，何况在那个在最高指示下统一行动的年代中也不需要我们想太多。可是到了这会儿，我也不得不好好用用我这二两半豆腐渣了。我使劲想了一想，其实之前我们遇到过这样的情况，当时我们三个人正要绕行石柱，老土耗子显身出来要将我们引开，如果说刚才出来的胖子，与老土耗子一样是这大殿中的"鬼"，这个"鬼"为什么带我们往前走？无非有两个可能，一是将我们带上死路，二是让我们离开有利的位置。一直往前走的话，什么也不会发生，因为前边什么都没有，却会使人迷失方位，活活困死在旋涡大殿之中。如此说来，或许我们在不知不觉中，又接近了宝相花！

　　我再次转过头，用探照灯照到后边的石柱，没觉得和之前有什么两样，我们似乎也没做过什么，只是绕石柱走了好几个小时，何以见得接近了宝相花？我和尖果想了半天，我们是什么都没做，但是对比之前的情形，却有一点不同——我们三个人之中的胖子不见了，这又说明了什么？

4

我想来想去，又把自己给绕进去了，我要知道胖子为什么突然不见了，还能找不到他吗？不知胖子这会儿是死是活，他这么一个大活人，一口气吃得下二十多个窝头，怎么可能凭空不见了？

说话这时候，我手上的探照灯灭掉了，周围一片漆黑。我让尖果拽住我的武装带别放手，如果在这鬼气森森的大殿中走散了，那是想哭都找不着调门儿，又使劲拍了几下探照灯，这才亮了起来。我估计不是探照灯接触不良，而是快没电了，刚才使劲拍这几下，虽然又亮了，但是无异于"回光返照"，坚持不了多久。

我问尖果："还有没有电池？"尖果说电池在胖子的昭和十三式背囊中，在我们找到胖子之前，已经没有可以替换的电池了。我心里头"咯噔"了一下，仅有的两支火把也在昭和十三式背囊中，我身上只有十来根防水火柴，一来防水火柴没有多大光亮，二来一根防水火柴持续燃烧的时间仅有十几秒钟，即使一根接一根地使用，十来根防水火柴也只够用两分钟，在这个没有尽头的旋涡大殿中，两分钟的光亮够干什么？

有光亮还有一线生机，探照灯的电池一旦用尽，我们两个人只有等死了，因此必须在探照灯灭掉之前，设法找到一个出口！我觉得在这儿胡思乱想没什么用，只好带上尖果，再次退到石柱下方。我记得我之前以为胖子突然不见了，是让石柱上的旋涡吞了进去，下意识地伸手去摸旋涡，抬起手来还没碰到，正在这个时候被"鬼"引开了，是不是我这个无意中的举动，可以进一步接近宝相花？

我盯住石柱上的旋涡，寻思只有伸手过去摸一摸，才知道胖子是不是让旋涡吞了。这么做的后果无法想象，我可能也会让旋涡吞进去，反正探照灯快要灭了，我也想不出别的法子了，当即深吸了一口气，用手去摸石柱上的旋涡，怎知摸了半天，石柱仍是石柱，什么都没有发生。我一下子愣住了，这么说我想错了，胖子没有让旋涡吞进去，那为什么一转眼不见了？我和尖果一同去想之前的经过：三个人在大殿中绕行了很久，既走不出去，也想不出任何可行之策，不得已坐下喘口气，胖子给了我一支特级战斗烟，在我先抽了两口之后，他也点了一支烟，一边抽一边让我们先眯上一觉，等缓过劲儿来再想法子。我觉得他言之有理，当时上眼皮直找下眼皮，不坐下还好，一坐下真是睁不开眼了。于是紧抽两口烟，掐灭了烟头，闭上眼准备睡一会儿，又不放心胖子，让他千万当心别打盹儿，他却不回应。我以为他先睡着了，赶紧睁开眼，却已不见了胖子，这中间到底发生了什么变故？

尖果说："当时我也是又累又困，好像一坐下来就睡着了，听到你招呼胖子，我才睁开眼……"

我纳闷儿地说："为什么你和我还在，只有胖子不见了？他和我们有什么不一样？"

尖果似乎想到了什么，问道："你刚才说胖子和我们有什么不一样？"我挠了挠头，无意中说了这么一句，并没有多想，胖子他和我们有什么不同？相同之处好说，同是爹娘所生，俩肩膀顶一个脑袋，他和我们一样来到屯垦兵团开荒戍边，又在大兴安岭黑水河当了知青，要从这方面说，胖子和我们没有不同。说到不一样的地方可太多了，首先他比我们胖，一贯多吃多占，要不怎么叫他胖子？

尖果却不是这个意思，她是指我们三个人坐在石柱下，只有胖子没睡觉。我听她说了这么一句话，心中飒然惊觉，我们是在梦中不成？当即在腿上掐了一把，知觉似有似无，又不知为什么，心里边恍恍惚惚的，也觉得身在梦中，而且是和尖果做了同一个梦。

刚才胖子说他来放哨，让我和尖果先眯上一觉，当时我也是累得狠了，抽完那支特级战斗烟，在地上掐灭了烟头，倚在石柱上想打个盹儿，其实眼皮子合上之后，再没有睁开来过。至于告诉胖子千万别打瞌睡，要当心老土耗子，全是梦中所为。我和尖果同时进入了一个梦中，没见到胖子是因为他还没睡。有了这么个莫名其妙的念头，反而让我放心了，至少胖子还在。二人抬头望向石柱上的旋涡，到了这会儿才明白过来，原来只有在梦中可以进入大殿深处！

第二十章　旋涡之海（下）

1

　　我心想：进入了大殿深处又如何？为什么没见到宝相花？还要再往深处走不成？之前以为走到这座大殿的尽头，可以见到宝相花，再从宝相花伸入地裂子的蔓条上或许可以找到出口。我们所能够想到的活路仅有这一条，不过在目前看来，并不是我想象的那么简单，一来没想到在梦中才可以进入大殿深处，二来没想到走到这一步仍没见到宝相花，还有一个更要命的，即使找到了出口，我们也只是在梦中可以出去，岂不是等于根本没出去？

　　我有一肚子的疑惑，旋涡大殿是什么人造的？又是出于什么目的？规模究竟有多大？宝相花的根脉是否在大殿深处？宝相花又如何使人了脱生死？为什么已经死掉的人会在大殿中显身？在大殿中见到的老土耗子与另一个胖子，是不是同一个"鬼"？这个"鬼"为什么不想让我们

265

往深处走？

　　我们想破了头也想不出其中的任何一个，二人无可奈何，只道是"既来之，则安之"，定下神来打量石柱，似乎没有什么变化，可是绕至石柱侧面，发觉前边起了雾，越往前走雾气越浓，不知宝相花在不在雾中。探照灯的光束这时又变暗了，随时可能灭掉。我心想：如果是在梦中，探照灯的电池可不该用尽，这究竟是不是梦？

　　两个人担心探照灯灭掉，决定先进入雾中瞧瞧有没有宝相花。我不知接近宝相花之后会发生什么意想不到的情况，于是摘下步兵锹握在手上，探照灯交还给尖果。二人又往前走了几步，忽觉身上的寒毛一根一根竖了起来，迷雾中似乎有什么可怕的东西，虽然隐在雾中看不见，但是身上已经起了一层层鸡皮疙瘩，说不出来为什么这么怕，也不知道怕的是什么，不可名状的恐怖让我和尖果身不由己地发抖，手上的步兵锹都快握不住了。

　　平时我没有胖子那么浑不吝，胆子可也不小，在屯垦兵团和知青中是有一号的大胆不怕死，边境上打过狼群，森林中斗过熊，大辽太后的棺椁我都敢钻。而且走到这一步，我已经有了面对死亡的心理准备，脑袋别到裤腰带上，只当这条命是捡来的，死都不怕，还有什么可怕的？可也不知道什么原因，我们还没见到迷雾中这个东西，却已打了一个寒战，吓得全身发抖，手脚几乎不听使唤了。两个人恍然大悟，规模惊人的旋涡大殿，进来之后上不了天，入不了地，怎么走也走不出去，却不是为了将进来的人困死，而是困住了一个能把人吓死的东西！

　　我和尖果心惊肉跳，吓得胆都寒了，说不定我们全想错了，或许宝相花并不在旋涡大殿中，又或许宝相花才是那个能把人吓死的东西，反正我们不敢再往前走了，我宁愿困死在大殿中，也不想去找迷雾中的宝相花了。当时脑子里没有别的念头，只想有多远逃多远，可别等在这个旋涡大殿中徘徊了上千年的亡魂找上我们！我急忙抓住尖果的手往后拽，示意她快走！尖果同样明白我们的处境何等凶险，她不敢再用探照灯往前照，按低了探照灯，两个人一步一步往后退，由于两条腿不住发抖，脚落在地上如同踩进了棉花套，全是软的。我们不仅不敢跑，两条腿也拉不开栓了，只好硬着头皮往后退，怎知刚才转过来的石柱不见了，周围全是迷雾。

正当此时，探照灯的光束灭掉了，甩了几下也没什么用。我意识到没有退路了，还好身在梦中，必须尽快从这个可怕的噩梦中出去，当即在自己身上狠狠掐了几下，却怎么也无法从梦中惊醒。二人心中绝望无比，原来进入了这个噩梦，到死也不可能醒转过来！

2

我用步兵锹在手背上割了一道口子，鲜血直流，但是仍在梦中出不去。失去了探照灯的光束，大殿中一片漆黑，我和尖果相距虽近，却见不到对方的脸，可是不用看也知道，两个人的脸色可能都跟白纸一般，我们之前大意了，没想到进来容易，却无法从梦中出去！

二人吓得不知所措，这时我忽然觉得有只手将我拽住了，猛地往上一扯，我一下子坐了起来，身上的冷汗都湿透了，张开大口不住喘粗气，睁开眼左右一看，见自己正坐在石柱下，是胖子将我和尖果拽了起来。尖果也是面无人色，惊得说不出话。胖子手持一根火把，照了照尖果，又照了照我，一脸茫然地问道："你们做了什么噩梦？怎么吓成这样？"

我借过火光看到胖子的脸，又见地上有两个烟头，明白这是从梦中出来了，好不容易定下神来，暗道一声"侥幸"，若不是胖子发觉我和尖果的情况不对，伸手将我们拽了起来，我们两个人哪里还有命在！

等我们缓过劲儿来，三言两语将在梦中的遭遇给胖子说了一遍，旋涡大殿没有出口，但在梦中可以进入大殿深处，深处全是迷雾，不知雾中是宝相花还是什么东西，死气沉沉的，总之太可怕了。好在还有一个胖子，否则死都不知道是怎么死的。

胖子听得目瞪口呆，觉得难以置信，向来说是同床异梦，却没听说两个人可以做同一个梦，但是事实俱在，却又不得不信。既然在梦中可以接近宝相花，岂不是简单了，总比困在没有尽头的旋涡大殿中走不出去好。宝相花有什么可怕的，不就是可以发光吗？大不了兵来将挡、水来土掩。我说这绝不可行，且不说雾中有什么，如果只能在梦中接近宝相花，那根本没有任何意义，这和做梦娶媳妇儿是一个道理，纵然你在梦中见到了宝相花，也找到了出路，那不还是做梦吗？做梦逃出去有什么用？何况我们并不清楚，迷雾中的东西是不是宝相花，事已至此，不得不做最坏的打算了。

尖果发现我手背上还在淌血，撕了条绑腿的带子给我裹上。我心念一动，在梦中用步兵锹划了一道口子，怎么还在淌血？刚才经历的一切究竟是不是在梦中？我让尖果打开探照灯，探照灯也不亮了。胖子从背囊中掏出电池，装在探照灯上，这才又亮了起来，但这也是仅有的电池了。我和尖果又惊又骇，我手背上用步兵锹划开了口子、尖果的探照灯电池用尽，全是在梦中发生的事情，我们已经从梦境中出来了，为何仍是如此？

我们完全想不明白这其中的原因，但是从结果上可以得知，在旋涡大殿中做的噩梦，如同魂灵出壳，不仅是人的魂灵，探照灯也一样，比如在梦中探照灯的电池用尽了，醒过来之后的探照灯也不会再亮，抽过的烟应该也没了味道，如果我们在梦中死了，同样不会再活过来。而且一旦进入噩梦之中，绝不可能自己醒来。我们仨困在旋涡大殿中无路可走，不用等到饿死，只要三个人全睡过去，那是一个也活不了！

正说到这里，胖子手上的火把灭了，昭和十三式背囊中还有一根火把，他掏出来准备点上照亮，我拦住他说："不到万不得已的时候，火把和探照灯都别用了。"又告诉尖果："探照灯的备用电池也已经没有了，有必要的时候才打开。"

胖子说："眼前什么都瞧不见，怎么走出去？"

我说："瞧得见又何如，不还是走不出去。"

胖子打了个哈欠，说道："那只有坐下等死了，你们俩刚才好歹对付了一觉，我可一直没合眼，要不我……"

我忙对他说："你可千万别犯困，不光是你，我也睁不开眼了，刚才我是对付了一觉，但是和没睡没什么两样，梦境中的东西太恐怖了，到了这会儿我还后怕！"

我担心三个人不知不觉睡过去，决定互相掐胳膊，过一会儿掐一下，无论如何也不能再次进入梦境了。口中说是不怕死，不过蝼蚁尚且偷生，为人岂不惜命？如果舍不得扔了这条小命，还是得想个法子，从旋涡大殿之中出去。

胖子说："这话你都说了八遍了，你想出去我不想出去？能想出法子还不想吗？问题是真想不出来了，你要让我说，倒不如听天由命。"

我骂道："你大爷的，你不是不信命吗？"

胖子说："此一时彼一时啊！有时候不信命还真不成！"

我问他："那就等死了？"

胖子说："我可没说听天由命是等死，其实我这也是一个法子，老话怎么说的，狗急了会跳墙，人急了有主意！你们仔细想想，咱仨和别人有什么不一样？"

3

　　我和尖果一听这话这么耳熟，怎么又说到人和人有什么不一样了？问胖子究竟想说什么，我们三个人和别人有什么不同？别人指的是谁？

　　胖子说："人和人的命不一样，绿豆糕没馅儿，不如高粱面儿！你比如以我来说，北大荒生产兵团不下二三十个师，人员至少有几十万，怎么就把我胖子分在了屯垦三师，屯垦三师也有万八千人，怎么就轮到我去17号屯垦农场？不在17号屯垦农场戍边，能遇上暴风雪和狼灾？不是那场百年不遇的暴风雪，能有只大狐狸带路躲进辽墓？不进辽墓能见到壁画上的黄金灵芝？没见过黄金灵芝，盗墓的土耗子能找上我？没有这么多的前因，后来我能落到这个地步？这不是命是什么？如果说这是我的命，那我不得不问一句了，为什么我有这个命？死了那么多人，为什么我却没死？为什么没在17号屯垦农场让狼吃了？为什么我没被流沙活埋在墓中？为什么没掉进暗河淹死？为什么没在金匮的村子里让耗子啃了？为什么可以来到这座深埋地底的大殿？如果说老天爷非得让我死在这里不可，我觉得真没必要这么折腾，无非是这一条命，怎么死不是死。我可以活下来一定有个什么原因，多半因为我肩负了重大的使命才来到这世上，只是大浪淘沙始见金，我自己还不知道而已。否则不必有我了，世上的张三、李四、王二麻子还不够多吗？"

　　我听他东一榔头西一棒子说了一大通，没一句真格的，我还是不明白他想出了什么法子，让他别侃了，直接说"所以"。

　　胖子道："所以说……不是命大，而是命不该绝，车行山前必有路，船到桥头自然直，根本不用想太多。"

我怒道："你口沫横飞胡侃乱吹说了这么多，一句有用的没有，全是他娘的屁话！大庙不收小庙不要的没头鬼，还肩负什么重大使命，没了你这个臭鸡蛋，别人还不做糟子糕了？"

胖子说："噢，你说的那是口吐莲花，别人说的全是屁话？我可告诉你，我的话全说在理儿上了，一个字顶得上一头猪一只鸡，你自己想不明白罢了。"

我又是一怔，什么一个字顶一头猪一只鸡？再一想才知道，他可能是想说"字字珠玑"。我气不打一处来，上去要掐他，不把他掐疼了，他还得说梦话！可是周围太黑了，我一下子起猛了，一头撞在了石柱上，撞得我七荤八素直发蒙。以往我和胖子争论，尖果在一旁都不开口，从来不和稀泥，这也是让我们对她另眼相看的原因。她听到我的头撞上石柱，打开探照灯过来看我有没有撞破了头。好在头上有关东军防撞帽，我的头没撞破，但是撞了这一下的感觉似有似无，分明与刚才在梦中的感觉一样，又见胖子和尖果都在身边，心中暗道一声"糟糕"！立即让这两个人跟上我，绕到石柱一侧，举探照灯往前一照，前方是一片迷雾。我不由得一阵绝望，旋涡大殿中什么东西都没有，仅在梦中才会有雾。我们三个人太累了，说是千万别打瞌睡，可在听胖子说话的同时，不知不觉全部进入了梦中！

4

我担心让雾中的东西发觉，当即将探照灯的光束关掉了。胖子不相信这个梦进得来出不去，以为宝相花在雾中，撸胳膊挽袖子，准备上前一探究竟。我让他别过去，他不以为然："你是太多疑了，树叶掉了怕砸脑袋！"说话的同时，他带上探照灯，端起村田22式猎枪往前边走。我和尖果急忙追上去将他拽住，再次退到石柱下，却见胖子的两条腿也在发抖。

我低声问他："你不是不怕吗？腿怎么抖上了？"

胖子说："这儿有虱子，我抖落抖落……"他嘴上虽硬，但是止不住吓得发抖。他也觉得不对劲儿，真要见到什么也行，还没见到雾中的东西，怎么会吓成这样？

三个人都知道不能接近梦境中的雾了，小心翼翼躲在石柱后边，一个个心惊胆战，大气也不敢出上一口。长有宝相花的旋涡之海至少分为三层，头一层是一座遍布石柱的神秘大殿，绕行石柱可以进入第二层，在梦中能够进入第三层，不过一旦进入梦中，凭我们自己无论如何也回不到上一层。迷雾中一定有个惊人的秘密，我们却不敢接近，目前仅有一根火把和探照灯可以照明，全部用完之后，当真只有死路一条了。况且置身于梦境之中，即使我们三个人豁出命去，进入雾中找到宝相花，又有什么用？

我定了定神，心想说别的全是多余，首先要从梦境中出去，这又是不可能做到的。之前我用步兵锹在手背上割了一道口子，也没起任何作用，无论如何挣扎，都无法从梦中惊醒，大殿中又没有别的人了。

我忽然意识到，旋涡大殿中的活人是没有了，却有一个"鬼"！我和尖果进入梦境之后，有一个"鬼"想将我们引走。在此之前，我们三个人在石柱下也见到了这个"鬼"。不论是我们在梦中见到的胖子，还是已经死掉的老土耗子，应当是同一个"鬼"。这个"鬼"不想让我们往大殿深处走，是不想让我们接近宝相花，还是有什么目的，我们无从得知。不过我能感觉得到，这个"鬼"并不是雾中的东西，如果说雾中是个无比恐怖的存在，我们见到的"鬼"，却与这座大殿中的旋涡一样，空洞而又虚无。

当时我们想到过，我们三个人困在没有尽头的大殿之中，到头来只有一死，无非多活几时少活几时罢了，"鬼"之所以显身出来，要将我们引开，是不想让我们往深处走了。我却怎么也想不通，即使进入大殿深处的梦境，仍是死路一条，它为什么还会担心我们接近宝相花？

另外还有一点，上一次进入梦境，我发觉那个"鬼"不是胖子，于是伸出手将对方扯住，却似让一个旋涡卷住了，我使劲一挣，从旋涡中将手拽了出来，可见大殿中的"鬼"，无法直接将我们置于死地。

如果洞悉其中的真相，或许可以从旋涡大殿中出去，不过我要是能想明白这个，早带胖子和尖果逃出去了，还至于走投无路？我脑中胡思乱想，一时间忘了还躲在石柱后边。胖子已经沉不住气了，用探照灯往前一照，前边仍是一片迷雾，似乎距离我们近了一些。他对我和尖果说："是福不是祸，是祸躲不过，待在这里也是等死，不如往另一个方向走！"我这才回过神来，心想我们三个人落在这个梦中，完全没有活路可走，目前无非有三个选择，一是进入迷雾之中，二是继续躲在石柱下边，三是往另一个方向走。大殿深处的雾正在弥漫开来，前两个选择有死无生，往另一个方向走则是一切不明，在没想出法子之前，我们只有选择后者了。

上次进入梦境，大殿中的"鬼"想让我和尖果往这个方向走，当时我们没有上当，而今迫于无奈，却是自己要往这边走，还不知道会撞见什么，应了胖子那句话——真得听天由命了！我们三个人不敢托大，仍由尖果带上探照灯，我握住步兵锹跟在她身后，一边照亮一边往前摸索，胖子手持村田 22 式猎枪断后，从石柱下边出发，一直往另一个方向走。然而在迷雾之外，梦境中的大殿似乎没有变化，大约走出三十余步，面前又是一根石柱。三人均有不好的预感，再这么走下去，多半与之前一样，前边只有一根接一根的石柱，永远走不到尽头。胖子问我："还往前走吗？"

我并不死心，决定再往前走，于是用步兵锹在石柱上凿了一个标记，又往前走了三十几步，仍有一根石柱。尖果转过头用探照灯往后边一照，光束所及之处大雾弥漫。我们担心雾中的东西追了上来，连忙用步兵锹凿下标记，加快脚步往前走，接连走了几根石柱，转过头去仍见得到雾，而且距离我们越来越近。三人心念俱灰，步兵锹凿下的标记没有任何意义，说不定我们一直在一根石柱下打转，因为这是在梦境之中！

5

这个梦境的可怕之处正在于此，我们做什么都没意义，如果死了却会真的死掉。我又想起刚才的念头，大殿中的"鬼"无法直接干掉我们，又不想让我们接近雾中的宝相花，这个原因是什么？

胖子见我两眼发直，急道："大殿中的雾越来越近了，你还发什么呆？"

我将我心中的疑问对他说了，这其中一定有个什么原因。

胖子说："小葱蘸酱，越吃越胖，那还有什么原因？"

尖果对胖子说道："你先别打岔，让他好好想想。"

胖子说："我成打岔的了？你可不能总向着他说话，我也是一片丹心照汗青啊！"

尖果却已经明白了我的意思，我们的目标是从大殿中出去，可即使不在梦境之中，我们一样找不到这座大殿的出口，仅以两条腿无论如何也走不出去。不过这座大殿中的"鬼"，却不想让我们接近"宝相花"，或许"宝相花"可以打破这个梦！

虽说置之死地而后生，但是我们又不敢接近大殿中的雾，转过头一看，迷雾已经到了我们身后。三个人不由得全身发抖，探照灯的光束也不住晃动。胖子问我和尖果："进去可出不来了，你们想好了吗？"

话音未落，迷雾之中浮现出四个巨大的光亮，如同有四个灯，两个一对，悬在高处，忽远忽近。因为让雾挡住了，瞧不见是什么东西。我们仨刚才还想进入雾中找到宝相花，怎知见到雾中的光亮，却已心寒胆裂，手脚发抖，吓得一动也不能动了，不是不敢动，而是完全动不了，自己都不知道为什么会这么怕。相传宝相花乃二十四佛花之首，放万丈光明，照十方世界，可以使人了脱生死，为什么如此可怕？我们不该先入为主，以为宝相花在雾中，实际上我们并不知道雾中有什么，会是吃人的恶鬼不成？

我两条腿打战，手脚不听使唤，想逃也逃不了，估计胖子和尖果也一样。而胖子正端着村田22式猎枪，他手指还能动，一扣扳机放了一枪，雾中的灯当即灭了一个，但是一瞬间又亮。他让枪支的后坐力顶了一下，一屁股坐倒在地，这一来手脚可以动了，他二话不说，伸手把我和尖果拽到了后边。胖子叫了一声苦："我的老天爷，你们可没告诉过我，雾中这个宝相花是活的！"

三人来不及多想，撒开两条腿，跌跌撞撞连滚带爬往前逃命，在大殿中逃了一阵儿，经过一根又一根石柱，累得上气不接下气，一个个"呼哧呼哧"直喘，身后的迷雾却仍在接近。慌乱之际，尖果绊了一跤，摔在地上一时间起不了身。胖子咬紧牙关将她背上，我捡起了探照灯，又拼命往前边逃，在大殿中东绕西转，却无法摆脱后边的迷雾。我和胖子气喘吁吁，胸口似要炸裂开来一般，脚底下有一步没一步，实在跑不动了，心中绝望至极，再不从梦中出去，三个人都得死在这里！可是大殿中的梦境进得来出不去，一头在石柱上撞死也没用，落到这个地步，当真是无法可想！

6

正当走投无路之际，我突然意识到，有一个摆在眼前的情况却被我忽略了——这是在梦中！虽然不知道大殿中的梦境究竟是怎么来的，但是我们在梦中的感觉似有似无，并不十分真切。记得我和尖果头一次进入梦境，并没有惊动雾中的宝相花。而这一次见到雾中有几个大灯，胖子开了一枪，迷雾当即涌了过来，但也只是见到了探照灯的光束，未必可以发觉生人的气息。我们三个人关掉探照灯，或许可以躲过去。

我心想是死是活在此一举，来不及对胖子和尖果多说，眼见又到了一根石柱近前，立即关了探照灯，拽上背了尖果的胖子，低声"嘘"了一下，让胖子别说话。胖子也贼机灵，很快明白了我的意思，当即放下背上的尖果。三个人躲到石柱后边，紧闭双眼一声不吭。过了很久我才睁开眼，似乎已经感觉不到那个可怕的气息了，身子也不再发抖。我大起胆子打开探照灯，往周围照了一照，四下里不见有雾，可见雾中的宝相花去了别处。三个人躲过一死，长出了一口气，将提到嗓子眼儿的心放下，但觉手脚发软，被迫倚在石柱上坐了下来。

我和胖子不敢发出太大的响动，低声问尖果："刚才摔那一下要不要紧？"尖果说："你们别担心，我还可以走……"我见她没事才把心放下，如果不从这个梦中出去，雾中的宝相花仍会找上我们，而对我们来说，往任何一个方向走，都只会见到一根接一根的石柱，根本无路可走，能想的法子全想到了，并无一策可行，探照灯的光亮正在变暗，看来很快又要灭掉了！

探照灯一旦灭掉，仅有一根火把可以照亮，在想出对策之前，我不舍得再开探照灯了，刚要关上，却又冒出一个念头：万一再撞上大殿中的雾，爬到石柱上是不是可以躲一躲？念及此处，我举起探照灯去照身后的石柱，光束一晃，照见一张干瘪的老脸，双眼如同两个黑窟窿，又是那个死后显身的老土耗子！我怒从心头起，恶向胆边生，抬起一脚踹了上去，没想到石柱上大小不一的旋涡仅是一层干涸的泥土，摸上去坚硬如石，用步兵锹凿一下也只是一道痕迹，而我这一脚下去，居然踹掉了一大片，显出里边一层层排列有序的壁画。我们三个人目瞪口呆，怔了一怔，忙用手去扒裂开的土层，原来石柱下方嵌了一块大石板。上边的壁画浮雕层层分布，风格奇异，在一条直线上安排人与物品，以远近、大小分出尊卑，看上去虽然简单，但是构图有序、层次分明，完全不同于各朝各代的绘画。我们见到石板上密码一般的壁画，一个个都看得呆了。

即使当前的危险再大，也不得不瞧个明白，说不定壁画中描绘的内容，会有这座大殿的出口。正待举目观瞧，我手上的探照灯灭了，没电的探照灯，还不如火柴有用，当时眼前一黑，什么也看不见了。胖子的昭和十三式背囊中还有一根火把，此时不用更待何时？我让胖子将火把点上，借火光去看石板上的壁画。我心想：赢得了时间，才可以赢得一切！仅有一根火把的时间，还得别让雾中的东西发觉我们躲在这里，我们来得及根据壁画中的内容找到出口吗？稍一分神，更不知从何处看起了。

尖果指向石板高处，她对我和胖子说："你们看，上边一层壁画是不是开头？"我抬头往上看去，尖果所言不错，壁画根据上下、远近、大小排序，上边的是开头。胖子看得两眼发直，自言自语道："壁画中是什么？三个大人带了几十个小鬼儿？不会是咱仁吧？"

7

我以为可以从壁画的内容中得知大殿中有没有宝相花，甚至如何从梦境中出去，但是出乎意料，上边一层横列壁画中描绘的内容，还真和胖子说的一样，当中是三个大人，身边有几十个小人儿，形态怪诞、举止奇异，分不出是人是鬼。我吃了一惊，如同当头泼下一盆冰水，不由得想到了大辽太后墓中殉葬的童子，壁画中这三个人，竟是我和胖子、尖果？

胖子说："那还真没准儿有鬼，要不怎么在这大殿中走不出去？彻底的唯物主义者，必须有勇气正视无情的真理！"

我们三个人从大辽太后墓进来，是带了一个不如三岁孩童高的鬼门老祖，这已经够让人吃惊了，怎么可能又多出几十个小鬼儿？胖子的昭和十三式背囊中还有鬼不成？

尖果让我和胖子先别急，壁画中的三个人头生纵目，我们可没长成这样，况且仅以一层壁画的内容，根本看不出什么端倪，是不是应当结合别的壁画来看？我和胖子点了点头，沉住气在火光下仔细端详，结合下边一层壁画可以看出来，上一层壁画中的人不是我们。横列壁画以叙事为主，构图简单，没有多余的渲染，内容直观有序，虽然十分离奇，但是我们连蒙带唬，至少可以看明白一多半。头一层 1 号壁画中的三个人，当中长有纵目，头顶有一只竖眼。人眼都是横的，可没见过横长的，显得格外诡异，壁画中或许仅仅是对于古老传说的夸大描绘。可能远在

278

三皇五帝之前已经有纵目人了，又或许为了显示出尊卑与高下，在壁画中将纵目人放大了，使之与常人有别。由于年代太久远了，纵目人并没有在世上留下任何传说或记载。

我们对 1 号壁画中的内容半信半疑，再看下一层 2 号壁画，纵目王者是宝相花真正的主人。3 号壁画是在宝相花根部有一座大殿，进来的人为纵目王者献上奇珍异宝。三个人急于知道真相，不过壁画仅有一层了，我们的心都提了起来，举上火把定睛观瞧，底部的 4 号壁画之中有三个人，其中两个人一左一右，正在使劲推开一块石板，石板从中打开了，形同一道石门，上边还有一层层横列图画，与我们面前的这块石板完全一样，另一个人手持火把，似乎在给这两个人照亮！

我和胖子、尖果都怔住了，4 号壁画中的三个人是什么来头？之前误以为 1 号壁画中的三个纵目王者是我们仨，结合下边的壁画，才知道并非如此，然而 4 号壁画中的三个人，虽然分不出谁对谁，却正是我们三人。不过 4 号壁画中的内容又与当下的情形不一致，此时此刻，我们只是在火把的光亮下观看壁画，并没有推开石板。三个人怔了一怔，不约而同冒出一个念头——壁画中描绘的情形还没有发生，4 号壁画是一个预言！刚才我们推过石板，但是一动不动，使多大劲也推不开，为什么 4 号壁画中描绘的情形，却是我们推开了石板？

8

我们在走投无路的情况下，好不容易抓到一根救命稻草，怎么可能放过这个机会？但没想到石板上的壁画到此为止，或许将石板推开，才可以见到别的壁画。我和胖子上前推了几下，吃奶的力气都使上了，根本推不动石板。我见火把的光亮越来越暗，形势十分紧迫，心想：我们是不是忽略了什么？当即在火把的光亮下，凑近了打量石板上的壁画，但见壁画中石板的一左一右各有一个凹痕。

我瞧这凹痕似曾相识，一时想不起在哪里见过。胖子打了一个愣，忽然伸手到怀中去掏，摸出一枚玉玦，往壁画上比画了一下，大小形状与凹痕完全一样。三个人无不愕然，旋涡石柱上的凹痕为什么与这玉玦相同？

1968年一场规模罕见的暴风雪席卷而来，我和胖子、陆军、尖果四个人，留守在17号屯垦农场。为了躲避暴风雪和狼群，四个人跟在一只狐狸后头，进入了一座辽代古墓，墓道中有个干尸，至少死了几十年了，死人身上有伪满洲国钱币以及玉玦，应当是个盗墓的土耗子。我祖父当年在老鼠岭打天灯，得了寻龙望气的阴阳风水秘本《量金尺》，还有这么一枚玉玦，后来传到了我手上，一向不曾离身。据说这是从汉代传下来的玉玦，其实比汉代还要久远得多，身上有玉玦的盗墓者可以出入阴阳，又不同于一般盗墓贼，从墓中盗取奇珍异宝，并不是为了中饱私囊，而是扶危济困，说得上盗亦有道。我认得这是个稀罕玩意儿，虽在世人眼中值不了几个钱，但在盗墓的看来却是无价之宝，就让胖子揣上带了出去。

当时我让胖子从盗墓贼身边带走的还有阴阳伞、鬼头铲、棺材钉。我们这次进山之前，还以为九尾狐壁画墓已经被掏空了，摘下壁画上长出的黄金灵芝易如反掌，因此没带别的东西，只不过都将玉玦揣在了身上。此时掏出来，往石柱上比画了几下，我们才意识到壁画上的凹痕，竟与玉玦完全一致，看来壁画中的意思是，进入纵目之王大殿的三个人，必须献出两枚玉玦，才可以打开石门。我和胖子下意识地摸出玉玦，握在手中要往壁画上放，尖果手持火把，在后边给我们照亮。在我将手伸过去的一瞬间，却有几分犹豫，觉得有什么地方不对，心中暗想：我们为什么要按壁画中的指示来做？这座大殿处处古怪，怎么走也走不出去，不知打开石板之后会发生什么？为什么要将玉玦放上去才可以打开石板？

火把的光亮越来越暗，形势十分紧迫，胖子急道："火把快灭了，你还发什么呆？"

说话之时，尖果手上的火把暗了下来，这支火把一旦灭掉，石板下边有什么东西我们也看不到了。我同样明白已经没有时间了，但是越想越觉得不对，大殿中有那么多石柱，仅仅这根石柱中有壁画？我们却刚好躲在这根石柱下，又刚好见到了石柱中的壁画？别忘了我们困在一个梦中，既是梦境，见到的一切皆不可信！连胖子都能是假的，石柱上的壁画一样不可信，大殿中的"鬼"无法将我们置于死地，为了不让我们接近宝相花，一次又一次将我们引入歧途，我们在这里见到的壁画，说不定也是一个误导！

9

此时火把几乎灭了，我将玉玦握在手中，正要往石柱上放，但是这个念头一转上来，我伸过去的手又往后一缩，同时也将胖子的手按了下去，在火把仅余的光亮下，面前的壁画变成了老土耗子那张干瘪的脸，张口要吞我手上的玉玦。我们连忙后退，但见石柱上的旋涡，已变成了许许多多扭曲的人脸，老土耗子那张脸仅是其中之一。

我惊出一身冷汗，得亏多长了一个心眼儿没将玉玦放上去。这座大殿中的"鬼"，为什么要我们身上的玉玦？这么做有什么意义？火把随时会灭掉，我们还在梦中出不去，到时候什么都看不见了，玉玦又有什么用？

相传身上带了玉玦的盗墓者，可以出入阴阳，我听我祖父说过这个话，却不大明白是什么意思，可能指盗墓乃是阴间取宝的勾当，向死人借钱，由于我们带了玉玦才没被这座大殿吞噬？

我和胖子正要往后退，尖果手上的火把却已灭了，我们眼前一片漆黑，什么都看不见了。三个人彻底绝望了，想尽一切方法，探照灯和火把全用尽了，仍未找到大殿的出口。有光亮还有一线生机，没了光亮，这两只眼等同于瞎了一样。而此时却可以感觉到，大殿中的旋涡将我们卷了进去。我大惊失色，拼命往前一挣，手上的玉玦好似划开了一层厚厚的帷幔，碎裂之声不绝于耳，四周隐隐约约发出光亮。我举目一看，三个人正在石柱之下，地上还有胖子掐灭的烟头，都如同从噩梦中刚刚惊醒一般。我恍然意识到，玉玦可以打破那个梦境，至于是什么原因，我完全不得而知。而在此时，响彻不绝的碎裂之声仍在持续。我们被迫捂住耳朵，却挡不住这惊心动魄的声响，整座大殿变成了一个巨大的旋涡，三个人忽觉身在半空，惊呼声中一下子坐了下来，见一旁扔了一根灭掉的火把，我记得这是我们绕行石柱之前的位置！

大殿深处突然涌出迷雾，雾中四个大灯发出刺目的光亮，弥漫而来的浓雾，转眼将尖果吞了下去。还没等我们明白过来，突然打了一个寒战，一看自己正趴在一个洞口，我和胖子都爬了起来，只有尖果仍一动不动，好在她还有呼吸。我和胖子目瞪口呆，全然不知发生了什么。

此时地裂子中巨大无比的宝相花蔓条发出白光，洪水汹涌上涨，二人见到不远处有一个大木箱，上边印有"满映"的标记，可能是日军讨伐队炮艇上的物资，当年让水流带到此处。来不及多想了，背上尖果爬进木箱，洪波很快淹没了那片乱石，将我们冲到了另一条地裂子中，地动山摇之际，水流越升越高，后来的情况我们都不知道了。再睁开眼，已然置身于黑水河一条支流当中。

事后得知，原来宝相花长在地脉深处，它的果实形成了大得惊人的水晶，有人从周围经过，闻其声观其形，魂魄即入其中，自身却不知情。也可以说地底的水晶能够吸收人的意识，在迷窟一般的旋涡大殿中经历一层又一层的梦境，只会越陷越深，直至被宝相花吞噬。我和胖子身上的玉玦，似乎能够与水晶引发共振，这才得以从中出来。不过以我当时的所见所识，还想不到这些。

后话先不提了，简单地说吧，榛子也是命大，没让流沙活埋在墓道中，她跑去找来屯子里的猎户进山救人，除了我和胖子、尖果三人以外，其余的人全死了，尸首都没处找去。这在当时来说，可也不是小事儿了，好在有那两个打猎的大虎、二虎背锅。尖果回到屯子之后，持续昏迷了几天，一直不见好转。四舅爷暗地里请来一位跳萨满的，来给尖果招魂。跳萨满的折腾了三天，又翻白眼又吐白沫，好悬没把命搭上，只说尖果没死，但是被困在了一个地方走不出来！

我和胖子、榛子不能眼看着尖果死掉，三人一商量，决定再次进入深山老林，去找深埋于地底的宝相花！

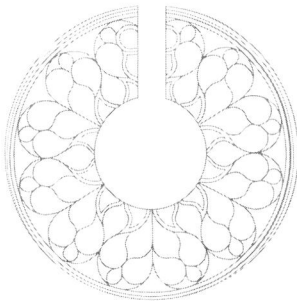